Inhalt

Vorwort: 5

Kultursieg durch Städtevernichtung: 10

Mama, ich spiele lieber Krieg!: 70

Angela Merkel spielt Golf, Pool, *GTA Online*™ und fährt Omnibus: 123

Heiße Stühle im Studentenwohnheim: 140

Ich heirate meinen Computer: 145

Das Leben ist sinnlos, schnall das endlich!: 174

DayZ – Anekdote zur ewigen Wiedergeburt in einer offenen Welt oder: Überleben ist alles: 175

Abschluss- und Randbemerkung des Autors: 219

4

„Indem ich dem Gemeinen einen hohen Sinn, dem Gewöhnlichen ein geheimnisvolles Ansehn, dem Bekannten die Würde des Unbekannten, dem Endlichen einen unendlichen Schein gebe, so romantisiere ich es."

Novalis

Vorwort

Herzlich willkommen bei dieser Versammlung skurriler Erzählungen rund um kreative und vor allem romantische Welten der Computerspiele. Mir persönlich ist schon aufgefallen, dass es zumindest einige Studien zu diesem Thema gibt. Modewellen medienwissenschaftlicher, soziologischer und psychologischer Analysen in dem Bereich haben damals auch mein Interesse geweckt, doch sind leider jene zumeist trockenen Ansätze einer Theorie vollkommen durch den akademischen Anspruch verdorben, ja oft von Menschen recherchiert und ausgearbeitet, die selbst keinen authentischen Zugang zu dem Medium haben, das sie da so allumfassend beschreiben und wissenschaftlich verorten wollen. Deshalb möchte ich als passionierter Gamer[1] einen literarischen Beitrag leisten, der einerseits für kleine und große Anwender von Online-Spielen[2] zur Selbstreflexion und Unterhaltung beitragen soll, sowie andererseits auch computerspielfremden Menschen einen Zugang offerieren kann, den es in dieser Form bisher im bel-

---

[1] Gamer=Spieler, insbesondere von Computerspielen.
[2] Spiele, die entweder vorwiegend via Internet gegen/mit menschlichen Spielern ausgetragen werden, oder sogar ausschließlich im Internet abrufbar sind (z.B. sog. Browser-Games).

letristischen Sektor nicht gibt. Oft genug stelle ich schockiert fest, wie wenig Verständnis Eltern im Umgang mit dieser virtuellen Matrix aus Programmcodes, an deren Schnittstelle sich ihre Kinder anschließen, vorweisen: „Ach, die machen nur ihre Spielchen oder liegen auf dem Bett und chatten am Notebook." Natürlich gibt es auch Familien, in denen Computergames im gemeinsamen Netzwerk zelebriert werden und Papa dem Sohnemann das neuste *Battlefield*[3] auf einem High-End-PC im Kinderzimmer installiert, um später gemeinsam mit seinem Nachwuchs Jagd auf internationale Fingerakrobaten machen zu können. Auch lassen einige veröffentlichte Beiträge im deutschen *Civforum*[4] darauf schließen, dass tatsächlich ganze Familien untereinander um virtuelle Weltherrschaft kämpfen oder, im Falle einer Ablehnung reaktionärer Frauen, die lieber mit einem echten Hund vor die Tür gehen, als bei den *Sims*[5] fremdzugehen, immerhin der Herr des Hauses heimlich abends in seinem Arbeitszimmer Züge eines sogenannten PBEMs[6] ausführt.

Wer richtig tief in dieses sich von der Vorstellungskraft speisende Universum eintaucht, wird mit Leichtigkeit feststellen, dass auch im digitalen Reich Individualität groß geschrieben wird. Verschiedenartigste Konzepte bedienen nahezu alle Vorlieben der Spieler, wie zum Beispiel das klassische Schachprinzip mit abwechselnden Zügen, allgemeine Ideale des

---

[3] Bekannter Shooter (Ballerspiel) von *Electronic Arts*.
[4] Traditionelles Forum im Internet zu der rundenbasierten Strategiespieleserie *Civilization*™ von Sid Meier.
[5] *The Sims*™: Ein Spiel, in dem das Leben (Arbeit, Freizeit, Haushalt, Beziehungen, etc.) einer Familie simuliert wird.
[6] Play By E-Mail (Ein Modus rundenbasierter Spiele, bei denen der jeweils aktuelle Spielstand per E-Mail weitergeschickt wird und so eine flexible Spielzeit zulässt; Nachteil: langwierig)

Brettspiels, Wunschvorstellungen einer gottähnlichen Steuerung, Strategie in Echtzeit, Rollenspiele diverser Genese, sportlicher Wettkampf, Größenwahn oder Amoklauf. Letzteres wurde zum Beispiel eindrucksvoll mit *GTA*[7] in Szene gesetzt, fand sich aber schon vor knapp zwanzig Jahren in dem Klassiker *Syndicate*[8], wo man als Agent im Einkaufszentrum oder in der U-Bahn ohne ersichtlichen Grund um sich ballern konnte. Wer so etwas schon immer mal machen wollte, aber, entgegen aller wilder dilettantischen Vermutungen über Korrelationen zwischen Amok und Computerspiel, nicht dazu gekommen ist, erlebt nun faszinierende Möglichkeiten, völlig frei von Sinn, hemmungslos Handlungen durchzuführen, die in der Realität ganz schlicht nicht im Aktionsspektrum einer gewöhnlichen Person liegen. Sicher wird hier und da mit dem Scharfschützengewehr einem Terroristen die Kugel verpasst oder der hohe General veranlasst einen Raketenbeschuss. So etwas kann ich ja heutzutage mit jedem Computer zu Hause im Wohnzimmer haben. Wofür also noch in den Krieg ziehen?

Wollte man als Schriftsteller Joseph Conrads *Herz der Finsternis* mit Erzählkunst und Erfahrungsrepertoire übertreffen, oder dessen Adaption *Apocalypse now!* von F. F. Coppola filmisch so aufpeppen, dass ein wertvolleres Bild offenbart wird, so glaube ich, würde man höchstens im ersten Fall scheitern und im zweiten Fall lediglich ein Kunstwerk seiner Zeit zerstören. Bei Computerspielen, den digitalen Kunstwerken einer begriffsfreudigen interaktionsgierigen Gesellschaft der Postmoderne, verhält es sich ganz anders. Sie sind flexi-

---

[7] *Grand Theft Auto*™ von *Rockstar North*; ein Actionspiel, wo dem Protagonisten prinzipiell ständig die Möglichkeit eines Amoklaufes offeriert wird.
[8] *Syndicate*™ von *Electronic Arts*. Klassiker und Urheber des Genres, dessen sich das moderne *GTA* bedient.

bel, einfach reproduzierbar und, je nach dem, modulierbar. Rezipienten werden Anwender und mutieren zu Soldaten, Elfen, Zauberern, Herrschern, Zombies und Göttern. Meine kleinen Erzählungen handeln von diesen „Digital-Art-Usern", von den Interaktionen zwischen Mensch und Maschine, sowie denen zwischen Mensch und Mensch durch die Maschine hindurch. Es sind Geschichten von vollwertigen Individuen und mystischen virtuellen Erscheinungen, hinter denen sich solche verbergen. Dabei soll der Titel des Buches nicht in die Irre führen oder auf Zynismus schließen lassen: „Trolle" sind liebevolle naive Wesen mit dem Hang zum „Flaming". Zwei junge Wortschöpfungen aus dem Cyberspace, die jemanden skizieren, der trotz Inkompetenz und Unwissenheit seine Kommunikationsfähigkeit unter Beweis stellen muss. Da ich selbst weitgehend leidenschaftlicher Anwender bin und eher wenig von technischen Basen digitaler Kunst verstehe, bereichert sich dieser Buchtitel im kreativen Sinne des Sprachgebrauchs mit solchen konnotativ weitreichenden Begriffen. Lodernde Flammen assoziieren sicher auch heiße Passionen in der Gutenberg-Galaxis, und Trolle, ja, die tauchen seit der nordischen Mythologie immer wieder auf und irgendwie steckt sicher in jedem von uns ein kleiner lieber Troll, der sich einfach nur mitteilen möchte.

Die sechs Erzählungen handeln, wie jener Untertitel meines Buches vielleicht vermuten lassen könnte, nicht ausschließlich von Schlachtfeldern und Virtualität. Neben dem hoch honorierten Online-Shooter *Battlefield Heroes*™, von dem es wirklich erstaunliche Geschichten zu erzählen gibt (der Chat und das Forum gehören selbstverständlich mit zur Schlachtplatte), thematisiere ich im vorliegenden literarischen Experiment auch Sid Meiers *Civilization*™, *Heroes of Might and Magic*™, *Shot Online*™, *GTA Five*™, *Neverwinter*™, *Unreal Tourna-*

ment™ und *DayZ*™. Ältere Zeiten, in denen noch mit „Splitscreen"[9] oder „Hot Seat"[10] Multiplayer-Gaming realisiert wurde und Internet sowie heimische Netzwerke wenig verbreitet waren, lasse ich noch einmal aufleben und beschwöre gerne Vorzüge einer lebhaften Realität jenseits hübsch animierter Spielewelten.

---

[9] Monitor wird in zwei Hälften geteilt, um ein Spiel zu zweit an einem Computer zu ermöglichen.
[10] Es wird abwechselnd an einem Computer gespielt. (funktioniert nur rundenbasiert)

Kultursieg durch Städtevernichtung

„Connected." Die freundliche Frauenstimme verrät ihm jeden Abend ein unheimliches Geheimnis. Sein Computer wurde erfolgreich mit dem Server verbunden und er ist nun in der Lage, sämtliches Gedankengut in ein Mikrophon zu artikulieren: Pop[11], Rush[12], Nahrung, Produktion, Forschung, Siedeln, Krieger, Erkunder, Ressourcen, Barbaren, Gold, Kultur und die blöde Tatsache, all jene mentalen Bits rund ums individuelle Spielkonzept nicht verraten zu dürfen, da seine Mitspieler im *Teamspeak*[13] nicht nur mit, sondern auch gegen ihn spielen. Deshalb wird gerne mal Klatsch und Tratsch in Manier einer alten Damengesellschaft beim Kaffeekränzchen praktiziert und einige Stimmen erzählen gar authentisch wirkende Dinge aus Beruf und Freizeit. Heute findet eine ganz besondere Runde statt. Geplant wird ein Fortsetzungsspiel mit der langsamsten Geschwindigkeit, die es ermöglicht, in nahezu jeder Epoche ebenso viele Züge[14] zu bewältigen, wie in einem ganzen Standardspiel von der Antike bis in die Zukunft. Sechs willige „Civ-Fanatiker"[15] sind mit von der epischen Partie und es wird wild

---

[11] Bezeichnet in der „Civ-Terminologie" Städtewachstum bei Meiers *Civilization*™.
[12] Ein schnelles Fertigstellen von Einheiten oder Gebäuden mit diversen Hilfsmitteln. (*Civ*)
[13] Programm zur Kommunikation mit mehreren Teilnehmern via Internet, insbesondere für Spieler.
[14] Als Zug wird hier das Ausführen eines „Turns" bei einem rundenbasierten Spiel bezeichnet.
[15] Anlehnung an den Namen der größten internationalen *Civilization*-Community: *Civfanatics*.

über die vorzunehmenden Einstellungen diskutiert: Pangäa[16], Archipel oder Kontinente stehen zur Debatte über die Generierung einer hübschen Landmasse, wobei weiterhin noch geklärt werden muss, ob das Klima feucht, normal oder trocken sein soll. Jedes Mal, wenn Stimmen aus dem schallenden Dolby-System im kleinen Zimmer ertönen, erleuchten grüne Lämpchen auf dem Bildschirm und zeigen an, welche Pseudonyme sich hinter den klingenden Sprechorganen verbergen. Morla, dessen Name vielleicht aufgrund alter Kindheitsträume rund um *Die unendliche Geschichte* auserkoren wurde, begutachtet das Flackern, während er selbst, eher introvertiert und genügsam, lediglich aufmerksam der lebendigen Gesprächsrunde folgt. Die Einstellungen für das künftige, regelmäßig Freitagabend stattfindende Event sollen wohldurchdacht ausgewählt und demokratisch entschieden werden. Wer so viel Zeit, Motivation und Enthusiasmus aufbringt, möchte natürlich seine liebsten Präferenzen erfüllt bekommen, auch wenn Kompromissbereitschaft zum guten Ton einer jeden E-Sports-Community[17] dazugehört. Natürlich hat die wöchentliche Herrenversammlung in Sid Meiers[18] virtueller Welt nicht sonderlich viel mit dem Begriff des Sports zu tun, aber dennoch passt mindestens ein, wenn auch gerne verheimlichter, außerordentlicher Wettkampfgedanke in den nach Macht und Ruhm strebenden Gehirnen zur sportiven Ertüchtigung. Innerhalb von einer knappen Stunde wird so ziemlich alles besprochen, was dem Ereignis zukünftig zuge-

---

[16] Eine Einstellungsvariante der Landmasse, die ein zusammenhängendes Gebiet generiert, und im Gegensatz zu Inseln oder Kontinenten die Schifffahrt überflüssig macht.
[17] I.d.R. professioneller „elektronischer" Sport (Computerspiele), hier eher als pathetische Übertreibung verwendet.
[18] Berühmter Computerspieleentwickler, der viele klassische Strategiekonzepte innoviert hat.

gen sein wird: kleine Landmasse, mittlerer Meeresspiegel, Kontinente, legendärer Start an Ressourcen und wütende Horden.[19] Nun spricht auch Morla leise mit Bedacht und bestätigt seine positive Gesinnung zu den vorgeschlagenen Einstellungen. Voller Freude über den erreichten Konsens brabbeln alle Stimmen durcheinander: „Das wird ein schönes Spiel, Leute!"; „Kann dann bitte jemand einen Raum[20] aufmachen? Morla, hostest[21] Du?" Seine 16.000er[22] Leitung in Kombination mit einem recht guten Gaming-PC prädestiniert ihn für einen wohlwollenden Gott der Organisation: den Host. Er startet hastig seine *Civilization5*™ Exe[23] über *Steam*™[24] und wählt im Hauptmenü den Multiplayer-Bereich aus, wo es die ersehnte Option „Spiel erstellen" gibt. Ein paar Sekunden später verkündet Morla frohe Kunde: „Das Spiel ist offen, der Host steht, bitte alle joinen[25]!" Nun hat sich zu den Stimmen aus fernen Orten der Soundtrack des Computerspiels gesellt. Klangvolle klassische Instrumente mischen sich mit verzerrten telefonartigen Gesprächen. Jemand tönt: „Ach, wie sehr ver-

---

[19] Eine Option, mit der das Aufkommen von Barbaren deutlich erhöht wird.
[20] Als Raum wird oft ein virtueller und geschützter Bereich bezeichnet.
[21] Ein Host ist ein Server, der anderen Klienten die gemeinsam genutzten Spieldaten zur Verfügung stellt.
[22] 16.000 kb/sec: Schnelle Internetanbindung, die den Datendurchfluss eines Servers bestimmt und beim Hosten von Computerspielen möglichst hoch sein sollte.
[23] Datei, die ein Programm ausführt.
[24] Distributionsplattform für Computerspiele im Internet.
[25] Anglizismus, der in diesem Kontext das Beitreten eines Klienten zu einem Server (Host) meint.

misse ich doch Baba Yetu[26]…" Die grafische Oberfläche des *Teamspeak*-Tasks[27] ist längst verschwunden und der fünfte Teil von Sid Meiers *Civilization*™ bevölkert im Vollbildmodus den Monitor. „Kurz afk[28]!"

Ein großer schlaksiger Mann um die vierzig steht in einer kleinen gemütlichen Küche, kocht Wasser in einem silberfarbenen Kocher und wartet ungeduldig auf das Piepen seiner Mikrowelle. Er ist afk. Im Hintergrund des sich langsam steigernden Brodelns und dem sanften Brummen einer Elektronik nuanciert leise der vielversprechende epochale Klang des Computerspiels, das in Morlas realem Hirn eine wahre Flut von Botenstoffen auslöst. Oberflächlich mit Tee und Lasagne beschäftigt, spielen sich in seinem Innersten komplexe Denkprozesse ab, die allesamt, fern von Wirklichkeit, nur eines im Sinn haben: Zivilisationen aufbauen. Auch wenn er Tastatur und Monitor verlassen hat, so bleibt kontinuierlich jene virtuelle Rolle eines zukünftigen Herrschers erhalten. Über sein spielerisches Alter Ego[29] muss sich Morla allerdings noch Gedanken machen, denn jedes Staatsoberhaupt hat eine bestimmte Fähigkeit und jede Zivilisation verfügt über spezielle Gebäude oder Einheiten. Per DLC[30] gibt es seit gestern Baby-

---

[26] Soundtrack des Hauptmenüs vom vierten Teil der *Civilization*-Reihe.
[27] In der Informatik ein laufender Prozess oder eine Anwendung.
[28] Away from keyboard. Abkürzung im Internetkommunikationsjargon.
[29] Neben einer gottähnlichen Herrscherrolle bezüglich der Spielmechanik wählt der Spieler bei *Civilization*™ auch einen bestimmten Anführer mit speziellen Eigenschaften oder bekommt diesen, je nach Einstellung, zufällig zugewiesen.
[30] Downloadable Content: Meist kommerziell vermarkteter Inhalt, der ausschließlich per Download distribuiert wird.

lon, eine defensive und forschende Nation, die in der *Civ*-Gemeinde schon vom Urbeginn der Reihe an Kultstatus besitzt. Nebukadnezar II., Chef des prestigeträchtigen Volkes der Babylonier, verfügt über eine überaus starke Spezialfähigkeit: die Genialität. Diese beinhaltet einen freien Großen Wissenschaftler bei Erforschung der Schrift und eine generelle Erhöhung der Geburtenrate großer Wissenschaftler um hundert Prozent. Darüber hinaus gibt es Kampfbogenschützen als Spezialeinheit und Babylonische Mauern, die die Verteidigung von Städten enorm erhöhen. Sollte sich niemand für diese wunderbare Zivilisation entscheiden, wird er sie wohl wählen, da geniale Forschung sowie eine gute Defensive schwerpunktmäßig ganz genau im Aktionsradius seines Denkapparates liegen. Seit geraumer Zeit genießt dieser Spitzname Morla in den Weiten des Internets einen Ruf als „Tech-Hure", was salopp bedeutet, dass jemand alles tut, um ein paar Technologien voraus zu sein. Prinzipiell eine ziemlich ehrenwerte Angelegenheit, zumal er auch im militärischen Sektor immer gut ausgestattet ist und trotz hoher Unterhaltszahlungen sehr gut forschen kann. Ein kleines Genie eben, dieser große schlaksige Mann in der Küche. Schmunzelnd wird der Deckel einer Feinkost-Lasagne abgezogen und kurz darauf heißes Wasser in eine Tasse mit Teebeutel gegossen. Küchengeräusche verstummen, ein Räuspern ist zu hören, schlappende warme Pantoffeln auf kalten Kacheln bewegen sich langsam zum Rechenzentrum der Wohnung zurück, zum externen Gehirn und Herz der Aufmerksamkeiten. „Re[31]!"

---

[31] „Return(ed)". Beliebte Abkürzung in der Internetkommunikation, hier stellvertretend für „zurück an der Tastatur".

Inzwischen hat sich der virtuelle Raum gefüllt. Sechs Slots[32] sind besetzt und vier Gamer haben bereits ihre Zivilisation gewählt. Arabien, Persien, Deutschland und Frankreich erscheinen auf einer kleinen Konfigurationsplattform des jeweiligen Steckplatzes, wobei daneben gleich des Spielers Pseudonym vermerkt ist. Für Harun al-Rashid aus Arabien geht Sulla ins Rennen, das reale Abbild von Persiens Dareios heißt Lahero79, Otto von Bismarcks Wenigkeit wird vom großen Chillo gespielt und Napoléon Bonapartes wirklicher Mensch hört im Netz auf den Namen Luxi68. Morlas Slot sowie ein weiterer mit dem Nickname[33] [Omega]tab³ (hoch 3) sind noch mit der Option „random"[34] belegt. Im Teamspeak wird soeben über die Möglichkeit debattiert, alle Spieler mit einer zufälligen Zivilisation starten zu lassen. „Dieser Modus eignet sich doch wohl kaum für ein so langes Fortsetzungsspielchen. Ich möchte schon gerne jemanden auswählen dürfen, dessen Eigenheiten mir auch liegen." Die relativ jung klingende Stimme erhält breite Zustimmung und man einigt sich schnell darauf, dass ein jeder frei wählen darf, wobei von Doppelungen abgesehen werden soll. Morla wundert sich über das mangelnde Interesse an den Babyloniern und stellt diese bei ganz gemächlicher Führung seiner Hand mit der Maus und zwei kleinen Klicks[35] ein. „Omega, komm schon, entscheide Dich!" Es erscheint im Chatfenster des Konfigurationsmenüs

---

[32] Platz für einen Spieler, den der Host freischalten oder schließen kann. Im jeweiligen Slot werden die individuellen Einstellungen vorgenommen, bei *Civilization*™ ist dies die Wahl des Staatsoberhauptes.
[33] Nickname = Spitzname, bzw. Pseudonym im Internet.
[34] Zufällig, willkürlich (wird in Games auch als Anglizismus eingedeutscht).
[35] Als Klick wird das Betätigen des Knopfes der Computermaus bezeichnet.

drei Mal „afk". Der verbale Diskurs verstummt, die Musik bleibt und der zukünftige babylonische König widmet sich seiner warmen Lasagne und seinem heißen Tee. Langsam mit Genuss schlürft er aus der Tasse, führt einen großen Happen Nudel-Käse-Substanz per Gabel zum Mund, während seine Augen stetig auf den Monitor gerichtet sind, um noch einmal alle Einstellungen zu begutachten. Im *Teamspeak* sind kurz einige schwer zu definierende Haushaltsgeräusche zu hören, dann wird es still. In ruhiger Atmosphäre beendet Morla seine Mahlzeit. Es ist Ruhe vor einer Flut von multimedialen Eindrücken und die letzte gänzliche Entspannung vor dem unglaublich nervenzerreißenden ersten Moment, in dem jedem Spieler seine Startposition offenbart wird. Nach und nach bestätigen alle Teilnehmer den Status, bereit zu sein. Nur fünf Minuten später beginnt die virtuelle Reise von sechs Oberhäuptern und ihren Maschinen im Jahre 4000 vor Christus: *Und die Erde war wüst und leer, und es war finster auf der Tiefe; und der Geist Gottes schwebte auf dem Wasser.*[36]

Nachdem der Host das Spiel gestartet hat, erscheint ein bunt animiertes hübsches Bild des gewählten Herrschers inklusive einer auditiven Erklärung historischer Hintergründe sowie eine schriftliche Auflistung aller Eigenarten und Vorzüge dieser Zivilisation. Nervosität zeigt sich in Morlas Ausstrahlungskraft. Seine Finger spielen auf der Glasplatte des Computertisches Klavier und während die Musik wechselt, der Bildschirm sich kurz verdunkelt und der Ladebalken[37] komplett gefüllt wird, durchströmen heftige Glücksgefühle seinen dürren Körper. Gleich einer religiösen Offenbarung zeigt sich die freudig

---

[36] Dieses bekannte Bibelzitat fand beim ersten Teil von *Civilization*™ Platz im Zwischenspann, während der Spieler auf die Generierung der Landkarte wartete.

[37] Ein grafischer Balken, der den Stand eines Ladevorgangs darstellt.

erwartete Position des ersten Siedlers. Sechs verschiedene Stimmungen werden schnell über den TS-Server[38] kommuniziert, wobei alle eine gewisse Anspannung und Unsicherheit spüren lassen. Ertragreiches Land in unmittelbarer Umgebung der ersten Stadt zu haben bewirkt einen enormen Startvorteil, den Mitspieler mit weniger guter Ausgangslage durch besseres Umland im späteren Verlauf ausgleichen können oder aber sie wandern mit dem Siedler einige Runden, um bessere Bedingungen zu suchen. Morlas Volk gehört allerdings zu den Glückseligen, die vor Ort in der ersten Runde sesshaft werden, da ein langer Fluss, umgeben von Grasland, zwei Kühen, Baumwolle und Zucker grandiose Konditionen bieten. Im direkten Einzugsgebiet befindet sich außerdem noch ein Berg mit Gold, und an den Grenzen des Nebels[39] sind einige Hügelketten zu erkennen. Drei Hexfelder[40] weit in alle sechs Richtungen kann die Stadt Gelände bewirtschaften und dieses für Produktion, Nahrung, Gold, Kultur und Wissenschaft fruchtbar machen. Nun sind zunächst einige Entscheidungen des Herrschers zu treffen, wie zum Beispiel der erste Produktionsauftrag, dessen Möglichkeiten sich momentan noch sehr übersichtlich gestalten, obwohl es schon von enormer Wichtigkeit sein kann, statt eines Arbeiters zunächst einen Krieger oder Erkunder zu bauen. Doch die Babylonier

---

[38] TS ist eine gängige Abkürzung für *Teamspeak*™.
[39] Begriffliche Anlehnung an den sog. Fog of War (FoW), der bedeutet, dass bestimmte Gebiete nicht einsehbar sind, bzw. nach Erkundung nur den aktuellen Status zeigen, wenn sich eine Einheit mit entsprechender Sichtweite dort befindet. Hier meint Nebel das gänzliche Fehlen einer Erkundung und somit eine optische Verschleierung (bei *Civ5* in Form von Wolken) des Geländes.
[40] Als Hexfeld (oder -raster) wird bei Spielen ein Spielplan bezeichnet, der aus Feldern in Form von gleichseitigen Sechsecken (Hexagonen) besteht.

sind risikofreudig und möchten möglichst unmittelbar einen Vorteil gegenüber den anderen Völkern erhaschen, der sich durch einen frühen Bautrupp[41] vornehmlich im Bereich der Infrastruktur zeigen wird und somit für höhere Erträge auf den ersten genutzten Geländefeldern sorgt. Es ist durchaus bekannt, dass besonders im Multiplayer zwei oder gar drei Kampfeinheiten zu Beginn produziert werden sollten, da die Vorteile von Erkundung und militärischer Stärke bei unberechenbaren menschlichen Nachbarn alles andere überwiegen. Strategische Herangehensweisen im Umfeld von Homo sapiens unterscheiden sich deutlich gegenüber dem Spiel mit Künstlicher Intelligenz.

Erste Runden ziehen ins Land; es herrscht inzwischen eine aufgelockerte Stimmung im Sprachchat und alle beteiligten Zivilisationen scheinen zumindest einigermaßen zufrieden mit ihrer anfänglichen Situation zu sein. Alle sechs Zocker[42] sind erfahrene Veteranen der *Civilization*-Reihe, doch dieser recht aktuelle fünfte Teil ist noch relativ jung, so dass kleine Diskussionen über die eine oder andere Spielmechanik entstehen sowie über Vor- und Nachteile des neuen Gameplays und der scheinbar verbesserten aber oft als unübersichtlich deklarierten Grafik gesprochen wird. „Eine Einheit pro Feld[43] wirkt wohltuend, jedoch stellt dies leider die einzig wahre Innovation dar." plaudert ein jung anmutendes Sprechorgan. Morlas Kopf qualmt metaphorisch gesprochen äußerst heftig, wäh-

---

[41] Synonym zur Spielfigur (Einheit) des Arbeiters.
[42] Beliebtes Wort für Spieler von Computergames.
[43] Mit dem fünften Teil wurde das Konzept eingeführt, lediglich eine einzige militärische Einheit auf einem Hexfeld haben zu dürfen. So werden militärische Interventionen strategischer und im Vergleich zum alten Prinzip (unendlich viele Einheiten pro Feld) gestaltet sich vieles übersichtlicher.

rend er den ersten Forschungsweg prüfend erstellt, aber dennoch findet sich Energie in seinen grauen Zellen, um Multitasking zu betreiben und so des Jünglings Lob und Kritik beizupflichten: „Ja, Du hast Recht, viele Neuerungen sind einfach im Vergleich zum vierten *Civ* nicht gelungen, bzw. eine Milderung der Komplexität sollte das Konzept innovieren, was leider immer noch nicht mit Erfolg gekrönt wird. Vielleicht wendet sich beim ersten Add-On[44] alles zum Guten." Sein linker kleiner Finger liegt sanft auf der linken Shift-Taste seiner Tastatur. Konzentriert blickt er auf den Bildschirm, wo der „Tech-Tree"[45] babylonischer Forschung prangt und darauf wartet, einer bestimmten Reihenfolge zu gehorchen. Manche Spieler entscheiden sich immer nur nach und nach mit jeder neu erforschten Technologie für die jeweils nächste, doch Morla entwickelt Maßnahmen über mehrere Zeitalter hinaus, wobei recht extreme Zweige entstehen, von denen nur dann spontan abgewichen wird, wenn imaginäre Militärberater aufgrund von kriegerischen Aktivitäten modernere Kampfeinheiten anfordern. Mit bedächtiger Mine scrollt er durch den Baum und wählt zögerlich per Mausklick zukünftige Forschungsvorhaben aus. Bei aktivierter Shift-Taste funktioniert eine Mehrfachauswahl, während erkorene Technologien farblich hervorgehoben und mit einer Nummer ausgestattet werden. „Warum dauert das denn so lange. Hätten wir doch besser den Timer[46] einstellen sollen?" ruft eine ver-

---

[44] Zusätzliches Programm, welches nur mit dem Hauptspiel funktioniert und neue Spielinhalte bietet.
[45] Eine Übersicht, die mit dem Prinzip eines Stammbaums die Abfolge der Technologien zeigt, wobei dort direkt Forschungen ausgewählt werden können.
[46] Zeitliche Begrenzung für das Ausführen einer Runde. Dies kann für Multiplayer-Spiele im Rundenmodus sinnvoll sein, aber auch den

meintlich ältere und rauchige Stimme über den TS-Server. „Keine Panik, ich muss nur eben ein paar Dinge vorausplanen. Etwas Zeit zum Überlegen darf man doch wohl noch in Anspruch nehmen...!" entgegnet Morla mit einem zarten Hauch kritischer Tonlage. Hecktisches, lautes, leicht gekünsteltes Lachen folgt kurz darauf von einem anderen Mitspieler, der sogleich dafür sorgt, dass sich die Lage beruhigt und über spielmechanische Aspekte debattiert wird: „Ich kann meine Fische nicht bewirtschaften, was soll das? Es befindet sich keine Barbareneinheit auf dem Feld und doch erscheint im Stadtmenü[47] dieses rote Besatzungssymbol, was mich daran hindert, den ertragreichen Fisch zu nutzen." Engagiert entfachen drei weitere Mitstreiter ein leidenschaftliches Feuer voller Erörterung der Problematik und wenig später herrscht wieder eine angenehme Stimmung an allen sechs Orten, die dank technischer Vernetzung zueinander gefunden haben, obwohl niemand weiß, wo sich die anderen wirklich aufhalten, wie sie existieren, aussehen oder welche Aura sie umgibt. Das Spiel verschafft ihnen eine neue Identität und bietet Zündstoff für allerlei soziales Miteinander wie auch konkurrierendes Gegeneinander. König Morla beendet seine langwierige Tätigkeit als Wissenschaftler und klickt sich noch schnell durch die Demographie, um erste Eindrücke eines Vergleichs zu bekommen. Drei Kategorien verheißen den ersten Rang für Babylon in dieser Welt: Bruttosozialprodukt, Bevölkerung und Getreideertrag. Zufrieden schmunzelt er vor sich hin, schließt

---

Stress erhöhen, sowie gerade in kriegerischen Zeiten taktische Schnelldenker übervorteilen.

[47] Im computertechnologischen Sinne ein Angebot von Optionen und Befehlen, das als Menü bezeichnet werden kann. Hier wird das besondere Stadtmenü angesprochen, wo Produktion, Felderwirtschaft, Gebäude- und Bürgerverwaltung sattfinden.

die Statistik und visiert den virtuellen Knopf an, der die Runde endlich beendet. „Soooooo…"

„Große Königin Morla, welch fruchtbares Land erblicken meine müden Augen dort drüben in eurem Reich." Die deutliche Stimme schlägt in seinem Gehörgang ein wie helle Blitze in die Nacht. Höchst konzentriert und schockiert lässt er das Bild seines Landes in alle Richtungen über den Monitor laufen und sucht die nähere Umgebung präzise ab. Innerhalb von Sekunden zeigt sich eine potentiell bedrohliche Einheit an den Kulturgrenzen seiner ersten Stadt: ein Späher aus Persien, rotfarben und unter Kontrolle des berüchtigten Lahero79. Einer der wenigen Mitspieler, welche Morla noch aus vergangenen Zeiten des dritten und vierten Teils von *Civilization*™ kennt. Die Sache mit dem gemeinsamen Quatschen dagegen ist recht neu. So etwas haben wir früher nicht praktiziert, sinniert er kurzerhand abseits der geistigen Schärfe, die nun für eine bevorstehende Diplomatie über den strategischen Bereich des Games hinausgeht. Außerdem kommen emotionale Komponenten ins Spiel: Vertrauen oder Verrat, Kabale und Liebe, um es übertrieben pathetisch zu formulieren. Doch angesichts der enormen Bedeutung, die dieses von *Firaxis*[48] und *2K*[49] erschaffene Universum für jene sechs Herren hat, kann man schon von derart schweren Begriffen reden, wenn es um Beziehungen zwischen ganzen Zivilisationen geht. „Da haben sich zwei gefunden!" krächzt die rauchige Stimme von Luxi68, dessen Tonlage in Morlas Kopf Assoziationen über weise Männer seines eigenen Alters auslöst. Dagegen wirkt Lahero79 wie ein überschätzter Jugendlicher, der sein Können

---

[48] Computerspielefirma, Design-Studios, die *Civilization 5* entwickelten.
[49] Produktionsfirma diverser Computerspiele, die auch an der Entwicklung der *CIvilization* Reihe mitwirkten.

allerdings schon früh in virtueller Gegenwart alter Menschen, die im realen Leben eher vor einer Midlife-Crisis stehen, unter Beweis gestellt hat. Mit ihm muss man immer rechnen, ob als Freund oder Feind: ein richtig guter Stratege, der nicht nur das Spiel in und auswendig kennt, sondern äußerst geschickt Verhandlungen führen kann und oft ein unterhaltsames, zwangloses RPG[50] entwickelt. Ironische Untertöne erklingen: „Hat unsere Königin diesmal auf frühe militärische Präsenz verzichtet?" Die feminine Anrede stellt eine verstaubte Verbindung zu längst vergangenen Demokratiespielen[51] her, in dessen Foren sich Morla einst als Außenministerin präsentierte. „Welcher verlauste Spion hat Dir denn solch einen Bären aufgebunden? Apropos, schade, dass es keine Spione mehr gibt. Das war im Multiplayer eigentlich immer recht amüsant." Und wieder entsteht schnell eine flüchtige Debatte um Konzept und Mechanik des neuen *Civilization*™, während Lahero den Vorschlag unterbreitet, zwecks privater Diplomatie kurz in den eigens auf *Teamspeak* befindlichen Verhand-

---

[50] Role-Play-Game; Spieler versetzen sich in die Rolle einer virtuellen Persönlichkeit.

[51] Ein Demokratiespiel (DG) ist in der *Civilization*-Gemeinde eine Spielvariante, bei der ganze Teams gegeneinander antreten und jegliche Taktik in einem speziellen (nur für Mitglieder des jeweiligen Teams zugänglichen) Forum besprochen wird. Dabei werden oft verschiedene Rollen verteilt. (s.o. RPG) Aufgrund des zeitlichen Horizonts wird selbstverständlich über mehrere Jahre hinweg die PBEM (Play By E-Mail) Methode angewandt und eine sog. „Zuguhr" sowie Schiedsrichter regulieren den Verlauf. Es wurden auch schon internationale DGs gespielt, unter anderem gegen eine Mannschaft der Spieleentwickler von *Firaxis*.

lungsraum[52] überzusiedeln. Morla willigt ein und wechselt schnell per Tastenkombination in den Fenstermodus, um den *Teamspeak*-Task aufzurufen, wo er mit zwei schnellen Klicks in den privaten Bereich gelangt. „Jetzt sind wir wohl unter uns, Kleiner. Dass es nur einen geben kann, gilt doch wohl kaum für unser aktuelles multiples Epos, oder wie siehst Du das?" Kriegsfreudiges Verhalten hat Lahero79 den Ruf eines hinterhältigen Ganoven eingebracht, obgleich es immer fair nach spielimmanenten Regeln[53] zuging. „Nun, momentan scheint genug Platz für uns beide vorhanden zu sein, aber Dein fruchtbares Land macht mir ein wenig Angst. Einer, zwei, drei...Du weißt doch, es gibt hier immer nur einen Gewinner." Wie eine kleine Drohgebärde wirkt dieser knabenhaft anmutende Ausspruch auf den mürben Nestor. „Du kennst mich doch, wäre ja nicht das erste Mal, dass ich Dich aus dem Spiel herausbefördere." Nach einigen kurzen Episoden des gegenseitigen Neckens beschließen die beiden scharfzüngigen Querulanten einen vierzig Runden andauernden Friedensvertrag. Voller Erleichterung und von der Gesprächsführung etwas erschöpft betreten Morla und Lahero wieder den Kanal[54] öffentlicher Weltverständigung. „User entered Channel!" folgt zweimal mit dem Ton einer erotischen Frauenstimme direkt hintereinander und löst spontan ein turbulentes Grölen aller Teilnehmer aus. Geheimnisse sind im Raum. Grundsteine einer möglichen Verschwörung oder Arglist wurden gelegt

---

[52] Administratoren können auf den Servern von *Teamspeak* verschiedene Räume erstellen, die sinnvoll für Teams oder geheime Absprachen sind.
[53] Regeln, die die Spielmechanik vorgibt, wie z.B. die Unmöglichkeit einer militärischen Intervention beim Abschluss eines Friedenvertrags über eine bestimmte Anzahl von Runden.
[54] Im Netzjargon der „Kanal" eines Sprachchats, bzw. Räumlichkeit auf Servern wie *Teamspeak*.

und die erste Saat einer diplomatischen Raffinesse gestreut. Weiter geht's: Klick.

[Omega]tab³, salopp gerne im Netz als Omega angesprochen, macht auf sich aufmerksam. Eine Stimme mittleren Alters, eher etwas jünger, so um die dreißig, leicht betäubt, scheinbar gleichgültig, spricht etwas aus, das übersehen wurde, nicht beachtet und ohne Interesse scheint: „Sagt mal, warum habe ich eigentlich die Osmanen? Mir fällt gerade auf, dass ich mir noch keine Gedanken um Eigenheiten meiner Zivilisation gemacht habe, aber Mr. Süleyman ist doch wohl eine denkbar schlechte Wahl, erzählt mir gerade die Zivilopädie[55]. Ach, Mist,...da hatte ich wohl den Hebel auf Zufall." Das Osmanenreich gut zu spielen erfordert kämpferische Aktivität, weil alle Boni des Herrschers im militärischen Bereich angesiedelt sind, doch Omega, so wie man ihn sich vorstellt, ist ein friedliebender Student, der ganze Wochen in einem dunklen Kellerzimmer verbringt, seine Sinne benebelt, Reggae lauscht und sich abends leidenschaftlich einem Computerspiel hingibt ohne groß darüber nachzudenken. „Und ich dachte, dass Du freiwillig mit zufälligem Staatsoberhaupt spielst, da so Deine Überlegenheit voll zur Geltung kommt – nach dem Motto – ich kann alle!" Spöttisch äußert sich auch die wohl jüngste Stimme im Raum: „Hast Du gedacht, Random wäre ein weises Urvolk aus den Himalaya-Sümpfen?" Leicht erzürnt entgegnet Omega: „Warte ab oder besser, bete, dass wir keine Nachbarn sind, du vorlauter Bengel. Denn als Osmane hätte ich schon ganz gerne eine einfache gemütliche Opfergabe, um mal meine Sipahi[56] auszuprobieren." Von der Vorstellung

---

[55] Im Spiel befindliches Nachschlagewerk aller Inhalte und Konzepte, auch Zivilopädie genannt.
[56] Spezielle berittene starke Einheit der Osmanen.

eines pazifistischen Gemüts muss wohl doch eher Abstand genommen werden. Wir schreiben das Jahr 2350 vor Christus, noch sind alle weit vom Rittertum entfernt und verfügen lediglich über einfache Reiter und Schwertkämpfer. Beide Einheiten benötigen Ressourcen, Eisen und Pferde, wie auch später die osmanische Spezialeinheit. Beides sieht Süleyman weit und breit nicht in seiner näheren Umgebung. Mit Erfindung der Tierzucht und Eisenverarbeitung zeigen sich solche Vorkommen, die für eine Nutzung von bestimmten Einheiten im Radius der Kulturgrenzen liegen und von einem Arbeiter ausgebaut werden müssen. Nach ein paar weiteren Sticheleien und lockeren Gesprächen bricht eine nächste Runde an. Im Gegensatz zu Morlas riskanter Spielweise hat Omega, der so oft in den Tag hineinlebende Müßiggänger, eine recht gewöhnliche Strategie verfolgt: Zwei Späher zum Erkunden des Umlandes, dann zwei Krieger zur Sicherheit und aktuell befindet sich sein erster Bautrupp in Produktion. Am rechten Bildschirmrand seines alten riesigen Röhrenmonitors erscheint ein rotes Ausrufezeichen samt böser Nachricht: Ihre Einheit Späher wurde vernichtet. Dazu dröhnt Alpha Blondie mit gelassenem Reggaebeat aus zwei Kopfhörermuscheln im süßlich verrauchten abgedunkelten Kellerloch, wo solche Mitteilungen noch recht gleichmütig aufgenommen werden. Während der eine Späher erbarmungslos von früh aufkommenden Barbarenhorden heimgesucht wird, gelingt dem anderen eine überraschende Aufklärung potentiell feindlichen Gebietes: Deutsche Ländergrenzen sind zu sehen. Dieser kleine freche Chillo, dessen Pseudonym bei ihm zwar Sympathien weckt, hat nun einen unscheinbaren Feind in seiner Nähe. Im Schutze der Wolken[57] würde er gerne einen Feldzug starten, zumal nicht nur das Land an Chillos Grenzen äußerst attraktiv aus-

---

[57] Nicht erkundetes Gebiet wird in Form von Wolken überdeckt.

schaut, sondern sogar Pferde für seine zukünftigen Sipahi vorhanden sind. Nur ohne Schwertkämpfer und Reiter gestaltet sich früher Krieg recht schwer, das weiß auch Omegas berauschter Kopf und so sucht er Rat beim Forschungsbaum, der verheißt, dass mit öffentlicher Verwaltung Pikeniere[58] ohne jeglichen Rohstoff hergestellt werden können. Außerdem bringt diese Technologie den Vorteil mit sich, dass Bauernhöfe an Flüssen mehr Nahrung abwerfen. Wie gut: Ein Fluss fließt direkt durch Istanbul und ein Arbeiter für Ausbauten steht nächste Runde bereit. Alles geplant, alles durchdacht, denkt er sich, beendet als letzter den Zug, zündet sich eine Zigarette an und verkündet den Gang zur Toilette.

Langsam wankt Omega durch den schmalen dunklen Flur seiner Dreier-WG. Diesmal klickt ein Lichtschalter und keine Maus. Beim Öffnen der Tür zum hell erleuchteten Badezimmer fallen einige Bierflaschen um, während die Zigarette in seinem linken Mundwinkel liegt und ein lautes Räuspern ertönt. Dann folgen übliche Geräusche alltäglicher Verrichtungen, die mit einem heftigen Spülgang abschließen. Der Student bewegt sich rauchend in eine große Wohnküche, wo ein monströser antiker Kühlschrank steht, öffnet diesen gemächlich und nimmt zwei eiskalte, samt Wasserperlen versehene, dunkelbraune Kannen mit dem Schriftzug *Unser Paderborner* heraus. Das mächtige Tor des Eiskastens schließt sich ruppig, wieder klicken Schalter; Omega kehrt entschlossen, die zwei klirrenden Flaschen in einer Hand tragend, zum Ort des klassischen Zeitalters zurück. Besonnen nimmt er auf dem rückenschonenden Bürostuhl Platz, öffnet eines der beiden Biere mit

---

[58] Starke Einheit des frühen Mittelalters, die auch eine Alternative zu Schwertkämpfern sein kann, wenn Eisen fehlt, da sie keinerlei Ressourcen für die Produktion benötigt.

einem Feuerzeug, drückt die qualmende Zigarette aus, setzt sich Kopfhörer auf und beginnt einen klitzekleinen Monolog: „Re." Alle Mitspieler haben die aktuelle Runde bereits beendet, wie unschwer eine tabellarische Darstellung an der rechten oberen Ecke des Bildschirms informiert. Sein gelassenes Gemüt wird für einen kurzen Augenblick von fleißiger Ruhelosigkeit heimgesucht und analysiert mit neuronalen Höchstleistungen die osmanische Situation. Keine fremden Einheiten sind auf der gesamten bisher aufgedeckten Karte zu erblicken. Entweder hat Chillo mit seinen Erkundern den Westen komplett ignoriert oder kaum welche produziert, aber dafür vielleicht schon Gebäude in Berlin gebaut. Eine eher schlechte Wahl der Taktik, zumal Omega nun plant, nach dem ersten unabdingbaren Arbeiter einige Speerkämpfer auszubilden, um mit seinen gesparten 300 Goldstücken, die vornehmlich aus vielen entdeckten Ruinen[59] stammten, bei der nächsten Erfindung zu starken Pikenieren aufzurüsten und Chillo heimtückisch mit einer mittelalterlichen Armee zu überrennen. Ob noch nebenbei Zeit bleibt für eine neue Stadtgründung wird sich zeigen, aber es scheint sicherer zu sein, einen schnellen Rush vieler möglichst moderner Einheiten zu bewerkstelligen, damit die Eroberung von Berlin zügig und ohne große Verluste ablaufen kann. Aufgrund fehlender Pferde in der näheren Umgebung wird leider ein schneller Überraschungsangriff mit Reitern nicht möglich sein. Da Berlin gut zwölf Felder weit von Istanbul entfernt liegt, dauert es ebenso viele Runden, bis ein Pikenier vor den hoffentlich nicht vorhandenen Stadtmauern[60] steht, denn im Gegensatz zu berittenen Einheiten kön-

---

[59] Ruinen werden auf der Karte entdeckt und beinhalten diverse Boni, wie Gold, Bevölkerung oder Einheiten-Upgrades.
[60] Stadtmauern können als Gebäude in einer Stadt gebaut werden und erhöhen den Verteidigungswert.

nen die Fußsoldaten lediglich ein Feld pro Runde zurücklegen. Doch Omegas militärischen Pläne erfüllen ihn mit Zuversicht: Siedeln ist für Weicheier, wahre Männer erobern sich die zweite Stadt, bewertet er stillschweigend ganz im Gegensatz zu seiner pazifistischen Haltung im realen Leben. Da gibt es mal ein Spiel, das friedliche Optionen anbietet, und doch wähle ich den Kampf, die Reibung und die Rolle des Aggressors, denkt er sich im nächsten Moment. Alle Einheiten befinden sich auf sicherer Distanz zu den deutschen Kulturlinien, um im weiteren Verlauf möglichst unentdeckt zu bleiben. Sollte Chillo Wind von der Existenz seines schmachvollen Nachbarn bekommen, so wird es zu spät sein. Die Weichen für einen erfolgreichen Feldzug sind längst gestellt, da bleibt kaum noch Zeit, ausreichende Gegenmaßnahmen einzuleiten. Überzeugt beendet Omega die von Toilette und Bier gezeichnete langwierige Runde. „Endlich, es ist vollbracht...übrigens...ich müsste später noch kurz zur Tankstelle, etwas Nachschub besorgen, eine Pause um kurz vor elf wäre schön."

Anderthalb Stunden vergehen schnell. Inzwischen hat sich für alle die geopolitische Graphie der Karte offenbart. Es existieren zwei große Kontinente mit je drei Zivilisationen. Im Game selbst besteht lediglich auf den einzelnen Landmassen Kontakt zwischen den Spielern[61], jedoch wurde kein Geheimnis gepflegt, das jemandem die grobe Struktur dieser Welt verheimlichen könnte: Omega, Chillo und Luxi68 teilen sich einen hübschen Kontinent, wobei der junge Chillo mittig zwischen zwei schwer durchschaubaren Staatsoberhäuptern sein überaus urbares Heimatland schnell um weitere Städte gen Osten

---

[61] Kontakt ermöglicht Handel und Verhandlungen, die über einen Diplomatie-Modus im Spiel abgewickelt werden.

vergrößert hat und so ein wenig Unmut des französischen Herrschers auf sich nehmen musste. Westlich lauert in großer Unbekanntheit Omegas Osmanisches Reich, dessen Existenz erst spät ergründet wurde und dessen Punktestand in Kombination mit der Demographie viel Erschreckendes zu Tage bringt. Punkte werden besonders durch Städteanzahl und Weltwunder forciert. Bisher existieren erst zwei dieser mit enormem Produktionsaufwand hergestellten Gebäude: Stonehenge und die Große Bibliothek. Beide befinden sich auf dem anderen, fernen, unerforschten Kontinent, bei Betrachtung der Punkteskala, genaugenommen in den Händen von Lahero79 und Sulla. Doch das interessiert hierzulande niemanden, da kein anderer je versucht hat, eines dieser einmaligen Weltwunder[62] zu ergattern. Viel wichtiger scheint allerdings, dass Omega mit Abstand auf dem letzten Platz dieser Punktetabelle verweilt, was ganz sicher dem mit Abstand ersten Platz bei militärischer Stärke geschuldet ist. Panikartig studiert Chillo diese erschütternden Werte, während ein lockerer Gedankenaustausch im Kanal staatfindet. „Ich bin ja mal gespannt, wer als erstes die Renaissance erreicht." Morla und Lahero debattieren über ein paar Strategien aus Wissenschaft und Forschung. „Ich bin ja mal gespannt, wer als erstes vernichtet wird." Omega hingegen bekundet mit scharfen Untertönen seinen Willen zur Macht und dem zum Alkohol: „Jungs, es ist viertel vor elf, ich muss jetzt schnell zur Tankstelle, mein Bier ist alle." Die sechs Herren einigen sich auf eine ausgiebige dreißigminütige Pause und so wird allen eine

---

[62] Weltwunder (WW) sind einmalige Gebäude, die dem Erbauer spezielle Boni offerieren. Wird ein WW während des Bauprozesses von einem Konkurrenten fertiggestellt, so erhält der Spieler lediglich einen unwirtschaftlichen Goldbetrag aus der bisher verwendeten Produktion.

Auszeit von virtuellen Herrschaftsgelüsten gegönnt. Einige deaktivieren ihr Mikrophon, um zu vermeiden, dass intime Geräusche oder peinliche Unterredungen versehentlich ins weite Web hinausgetragen werden. Chillo allerdings bleibt weiterhin lautlos vor seinem Monitor gefesselt, ohne den Drang zu verspüren, für einen kleinen Moment aus spielerischen Wirren auszubrechen. Zu sehr beschäftigt ihn diese militärische Übermacht mit dem dazugehörigen Trunkenbold, von dem er an sich ein friedvolles Image vor Augen hat. Noch nie ist etwas in einschlägigen Foren aufgetaucht, worüber man sich im Sinne eines Mehrspieler-Knigges Sorgen machen könnte. Da sind ganz andere mit von der Partie, wie zum Beispiel Lahero79, dessen Ruf als hochbegabter Kriegstreiber immer vorauseilt, obgleich er weder Regeln bricht noch unfreundlich in Erscheinung tritt. Wieder völlig andere genießen ein Ansehen als Hacker[63], Quitter[64] oder Flamer[65]. So etwas kann leicht verurteilt werden, aber ein Krieg nach allen Regeln der (Spiel-)Kunst hingegen stellt nichts Verwerfliches dar, ganz im Gegenteil, kompetente Erbarmungslosigkeit wird nicht selten honoriert, wie zum Beispiel in der neuen Civ5-Liga[66], wo Spiele fast ausschließlich zu schnellen Metzeleien

---

[63] Im Computerspielejargon bezeichnet dies eine Person, die unlautere Methoden verwendet, um nicht legitime oder legale Vorteile für sich zu erwirken.

[64] Ein Spieler, der ein Spiel vorzeitig abbricht und so den Spaß anderer Mitspieler verdirbt. Bei *Civilization* besonders kritisch, da in solch einem Fall die KI (Künstliche Intelligenz) übernimmt.

[65] Sich durch störende Kommunikation ständig bemerkbar machende Spieler.

[66] Mit *Civ5* wurde wieder eine leistungsbezogene Liga ins Leben gerufen. Absolvierte Spiele verlaufen zumeist kriegerisch, auf kleinen Karten, mit schnellem Tempo und unter vier Stunden. Das bie-

ausarten und nicht annähernd dem Konzept eines tiefen und weiten Epos[67] entsprechen. Die Welt, in der sich Chillos Bismarck momentan einrichtet, ist ein langwieriger Entwurf, der bis hin zu einer Siegoption[68] minutiöser Planung bedarf. Angesichts der sich anbahnenden Konfrontation im frühen Mittelalter, also wahrscheinlich schon in einigen Runden nach Pausenende, überlegt er sich angespannt, wie die Situation militärisch geregelt werden kann ohne seinen Grundriss für die Zukunft zu zerstören. Aus Erfahrungen speist sich sein Bewusstsein und kennt Verhaltensmuster kriegslüsterner Spieler, die der Logik einer Rentabilität gehorchen und niemals große Investitionen ins Militär ohne erfolgsgekrönte Konflikte einfach verpuffen lassen. Deshalb werden Friedensverhandlungen ganz sicher scheitern. Von solchen Gedankengängen bestürzt, ermutigt sich der friedliche Builder[69], eine kleine Unterbrechung der Durchforstung sämtlicher Menüs einzulegen, um kurz Stress abzubauen und sich wohlwollend auf eine große Schlacht, die schlimmstenfalls seinen Unter-

---

tet auch Nährboden für Kritiker, die eine Entfremdung vom epischen Konzept beklagen.

[67] Hier hinsichtlich der epischen Spielgeschwindigkeit gebrauchtes Wort, das zusätzlich im Sinne einer interpretationsbedürftigen Dichtkunst auch ein gewisses Maß an Spieltiefe impliziert. Mit langsamerer Geschwindigkeit nimmt i.d.R. auch die Beschäftigung mit „tiefen" Details zu, da Handlungen/Einstellungen prinzipiell schwerwiegendere Konsequenzen haben als in einem schnellen Spiel.

[68] Die fünf Siegoptionen (Raumschiffbau, Eroberung, Utopia-Projekt, Diplomatie, Zeit) erfordern viele Runden und werden mit Ausnahme der Eroberung frühestens in den letzten Epochen Moderne und Zukunft erreicht.

[69] Jemand, der seinen Fokus auf den gewaltlosen Aufbau ausrichtet. (Spielerjargon)

gang zur Folge hat, vorzubereiten. Sid Meiers Universum ruht, niemand beendet Runden, niemand spricht im *Teamspeak*, jetzt scheinen wirklich alle das zu sein, wovon manch ein Programmierer während der Arbeit träumt: Away from keyboard.

Draußen weht ein eisiger Wind. Während Chillo sein üppiges Kinderzimmer verlässt und heimlich durch warme Katakomben der elterlichen Villa streift, erreicht Omega frierend eine gelb-rot erleuchtete Tankstelle, deren Kunden sich in den letzten Minuten der Öffnungszeit auf zwei gut aussehende junge Damen beschränken, die mit ihrem Kleinwagen volltanken. Tanken möchte auch Omega, allerdings lediglich ausreichend Gerstensaft für den weiteren Gang des fulminanten Spieleabends. Zielstrebig läuft er durch einen breiten Rahmen, dessen Tür sich automatisch öffnet, und gelangt in ein hell funkelndes Konsumparadies voller Farben, deren optische Reize bei ihm einen tranceähnlichen Zustand auslösen. In seinem Kopf spiegeln sich rote, gelbe, blaue und grüne Linien der Regalwände und mutieren zu bunten „Kulturkreisen" verschiedener Völker. Chipstüten, Kekse, Flachmänner, Kaugummis, Schokoriegel und all die anderen aufgetürmten Produkte imaginieren eine unendliche Vielfalt voller sich frei entfaltender Kreativität. Ach, wie seltsam diese Welt erscheint. Sie gleicht einem Supermarkt, einem Themenpark, einem Menschenpark oder was auch immer, denkt sich Omega in dem Moment, wo sich die große Palette diverser Getränke in dem glasigen Kühlschrank zu erkennen gibt. Gierig packt er nach und nach sechs Flaschen *Paderborner* in seinen unscheinbaren knallroten Rucksack aus Polyester und geht auf leisen Sohlen zur Kasse, an der ein gefälliger Diener die Ware prüft und den festgesetzten Preis berechnen möchte. „Das macht dann genau fünf Euro vierzig bitte." Schwere

Münzen in seiner Hand beeindrucken ihn, doch plötzlich, ganz unverhofft, als er noch einige kleinere Goldstücke aus dem engen Schlitz der neumodischen Geldbörse presst, fällt das ganze Zahlungsmittel hinunter, auf den Boden und zwischen die Süßigkeiten des niedrigen Kinderegals vor der Theke. Stöhnend läuft Omegas Kopf knallrot an; sein Geisteszustand verflüchtigt sich innerhalb weniger Millisekunden in einen Sog der absoluten Realität, in das unbedingt Gewöhnliche und darüber hinaus noch in einen peinlichen Status voller banaler Hilflosigkeit gegenüber den seltsamen Blicken der beiden Frauen, die plötzlich hinter ihm an der Kasse warten. Stotternd entschuldigt er sich gleich dreimal – bei den hübschen Girls und beim Burschen hinter den Tresen. Dabei wird die Suche nach den verschollenen Münzen bewusst vernachlässigt und strebsam auf ein einziges Ziel hingearbeitet: Unabhängig jeglicher Beeindruckung durch weibliche Formen oder etwaiges Wohlgefallen an harmlosem Smalltalk so schnell wie möglich das gewärmte Kellerzimmer erreichen, um sich weitreichenderer Beschäftigung zu widmen, deren wahre Motivation mit dem realen Leben nicht viel gemein hat. Einzig der Rausch, dessen Präsenz häufig an wilde Unipartys erinnert, begleitet den Herrscher beim Andocken an die Matrix und scheint in gewisser Hinsicht seine Augen für den Boden der Tatsachen zu schärfen. Denn in Wirklichkeit ist da gar nichts in seinem Kellerloch außer den nächtlichen Träumen und den vielen schöngeistigen Romanen fürs Literaturstudium. Omega zückt einen größeren Geldschein und überreicht diesen dem Kassierer. Die jungen Damen kichern im Hintergrund wie gackernde Hühner. Er nimmt den Wechsel und eilt samt klimperndem Rucksack aus dem Shop. Bei gefühlten Minustemperaturen kühlt sich die Betriebstemperatur seines von sozialer Scham gestressten Körpers scheinbar ab und weckt wieder heftige Gier nach dem aufstrebenden osmanischen Reich, dessen geplanter Feldzug in den letzten sechs Minuten völlig in Vergessenheit geriet und nun auf einen Schlag wieder sämtliche Gedankengänge verstopft. Ein Glück habe ich nun genug Bier für die große Schlacht, besinnt er sich der gewissen Ursache dieses Spaziergangs über den Boden der Tatsachen.

Im Inneren der Köpfe anderer Beteiligter geht es friedlicher zu. Lahero79 hat soeben einen starken Kaffee gekocht und beschäftigt sich mental mit betriebswirtschaftlichen Portfolios seiner Arbeit. Auf dem riesigen schwarzen Bürotisch befinden sich drei Bildschirme: in zentraler Position ein vierundzwanzig Zoll LCD-Monitor, welcher an einen leistungsstarken Desktop-Rechner angeschlossen ist; links daneben ein edles Business-Notebook mit Dockingstation und rechts, leicht schräg gestellt, ein kleines weißes Netbook, das sich momentan keiner Funktion erfreut. Die farbenfrohe Landschaft des persischen Reiches erstreckt sich über den großen mittigen Bildschirm, während langweilig erscheinende schwarz-weiße Excel-Tabellen auf dem seriösen Laptop zu sehen sind. Nüchterne Tabellenkalkulation überschattet zur Pause Laheros üppige Spielerei, deren hintergründigen Prozesse durchaus ähnliche Konzentration beanspruchen. Da sein Friedensvertrag mit Morla in zwei Runden ausläuft, wird ebenso außenpolitisches Engagement gefordert, dessen Gegenstand an Seminare für gewaltfreie Kommunikation erinnert. Dies war vergangene Woche großes Thema unter Kolleginnen und Kollegen, da es Gerüchte über verbale Belästigungen gegeben hat. Ein Unternehmen, das andere Unternehmen berät, aber selbst sehr schlecht mit internen Konflikten umgehen kann, sucht sich wiederum Hilfe von der sogenannten Agentur für Herzlichkeit, und die heutige Unterweisung dieser mystischen Agentur hat Laheros Stimmung nachhaltig geprägt. Wie konnte er sich sonst auf diesen anti-strategischen Frieden einlassen? Entspannter freundlicher Umgang mit seinem virtuellen Nachbarn beinhaltet die Lohntüte einer kleinen Verzichtserklärung, und das ist auch ganz ok, beurteilt er in den hintersten Winkeln seines Denkapparates, während im Vordergrund Kostenvoranschläge für neu geschnürte Leistungspakete berechnet werden. Seine Beratertätigkeit erfüllt ihn nicht wirklich mit einem großen Maß an Sinngebung, allerdings wird in diesem Bereich genug Geld verdient, um über Mangelerscheinungen idealer Wertvorstellungen hinwegzusehen. Computerspiele beseelen recht erfolgreich vom Kapitalismus entfremdete Gemüter, indem sie dazu einladen, fernab jeglicher Normen eigene Phantasmen durchzusetzen. Auch wenn Kommunismus genauso schlecht sein soll wie Kapitalismus, Laheros Zivilisation war bisher immer eine durchtriebene Mixtur aller möglichen Kombinationen der gesamten Bandbreite gesellschaftlicher Formen, die Sid Meier anbietet. Nur einer Vorstellung kommt er nie zu nahe: die der Wirklichkeit. Davon gibt es schon genug in seinem Inneren und seinem externen Gehirn, der spießbürgerlich anmutenden tragbaren Rechenanlage im Geschäftsformat. Doch gleich ruht das geschäftige geschäftliche Treiben wieder ganz im Dienste des persischen Volkes, welches seine volle Aufmerksamkeit verdient, denn gerade ein Spiel wie *Civilization*™ erfordert viele verschiedene Bereiche strategischen Denkens, die Lahero unmöglich mit seiner ernsthaften Arbeit teilen möchte. Trotzdem scheint ihn irgendetwas immer wieder vom unbeschwerten Entertainment abzulenken, so dass er zumindest jede freie Minute nutzt, um auch außerhalb offizieller Pausen kurze Blicke von dem riesigen Schirm auf das kleine Business-Book zu lenken. Vielleicht geschieht dies aus Angst vor einer puren Ekstase in Sphären abseits des realen Erlebens, ähnlich dem besonnen Einsatz von Rauschmitteln. Im Gegensatz zu den meisten seiner wirklichkeitsgetreuen Freunde begegnet Lahero in der Freizeit anderen Menschen vorzugsweise im weltweiten Netz und nicht in lokalen Bars oder Restaurants. Schon während seiner Jugend nahm er lieber an LAN-Partys[70] teil, anstatt ständig in Diskotheken zu gehen. Bis zum heutigen Tage beurteilen ihn Vertraute, die zu einer solch spielerischen Liebhaberei keinerlei Zugang haben, recht argwöhnisch mit schlechten Noten bürgertumsähnlicher Vorstellungen. Doch das macht nichts, denn alles andere entspricht dem standardisierten Leben oberer Mittelschicht, genießt grundsätzlich hohes Ansehen und verträgt durchaus eine kleine Gegenbewegung. Und diese elektronische Denksportalternative wird ihn höchstwahrscheinlich die nächsten Monate jeden Freitagabend bis ca. zwei Uhr nachts beschäftigen. Der ältere Familienvater Sulla hat diese Zeit als Grenzwert gesetzt, da eine Anmaßung virtueller Leidenschaft bis in die frühen Morgenstunden dem Willen seiner Frau und seiner Töchter nicht entsprechen würde. Lang schlafende gestandene Papis mit quadratischen Augen gibt es hier nicht, dafür aber Langzeitstudenten, die nach spätem Feierabend einer *Civ*-Partie bis zum Morgengrauen Action-Games zocken, um sich von dem ruhigen Strategiedenken zu erholen und bei schneller Fingerfertigkeit an der Tastatur zu entspannen. Omega meldet sich in diesem Moment zurück und eine penetrante leicht alkoholisierte Stimme verkündet eben erwähnte Verhaltensweisen, die durch Laheros seriöses Arbeitszimmer dröhnen: „So, jetzt bin ich erst mal bis zwei versorgt. Wenn hier Schluss ist, begebe ich mich aufs Schlachtfeld von *Battlefield Heroes*[71], in der Hoffnung, dass meine Synapsen noch in der Lage sind,

---

[70] Zusammenkunft von Gamern, die an einem Ort ein Local Area Network (LAN) einrichten und Multiplayer-Spiele zocken.
[71] Comic-Shooter von Electronic Arts.

jene rasante Spielmechanik mit meiner Reaktionsfähigkeit zu vereinbaren." Schnell wird der Stecker des Headsets[72] in die Kopfhörerbuchse eingeführt. Lahero hatte diesen entfernt, um sich von den enganliegenden Ohrmuscheln eine kurze Zeit lang zu befreien. Im Gegensatz zu Morlas aktiviertem Push-to-talk-Modus[73] in der *Teamspeak*-Konfiguration, reagiert sein Mikrophon auf jeden Laut und überträgt diesen über den Server zu allen anderen Beteiligten. „Sind alle schon wieder anwesend?" Sullas betagte Klangfarbe bestätigt: „Jawohl, ich melde mich zurück, meine Töchter sind beide im Bett, meine Frau sitzt vor dem Fernseher und das Arbeitszimmer ist abgeschlossen." Schmunzelnd entgegnet Chillos jugendliche Stimme etwas über seltsame Familienverhältnisse und fordert gleichzeitig dazu auf, das Spiel nun fortzusetzten. Daraufhin teilen sich auch Luxi und Morla mit. Alle einigen sich auf die Weiterführung des spannenden Events, wobei es aufgrund der fehlenden Zeitglocke (sprich Timer) so oder so nur bei vollzähliger Anwesenheit voranschreitet, denn Runden werden ausschließlich manuell beendet. Innerhalb weniger Sekunden bricht ein neues Jahrzehnt an. Aktuell vergehen pro Runde fünf Jahre, was sich im Laufe der Zeit massiv abbauen wird, da Zivilisationen wachsen, mit jeder neuen Epoche komplexeren Strukturen unterliegen und das Erlebnis des Spielers bei dieser epischen Geschwindigkeit bis hin zu Jahreszeiten in der Moderne einer immer kleiner werdenden Flut von historischen Augenblicken unterworfen wird.

Plötzlich ertönt aus fünf Kopfhörern und einer Stereoanlage die Kriegsglocke und vier Menschen zucken kurz zusammen,

---

[72] Aus Kopfhörern und Mikrophon kombiniertes Set.
[73] Bei *Teamspeak* kann zwischen zwei Aufnahme-Modi gewählt werden, wobei „Push-to-talk" zum Sprechen das Betätigen einer zuvor ausgewählten Taste erfordert.

einer bekommt ausschließlich Gänsehaut am ganzen Körper und der Kriegstreiber selbst, kein Geringerer als Omega, schüttet Adrenalin aus, da er sich seiner für gewöhnlich inkompetenten Militärstrategie besinnt und im Unterbewusstsein panische Angst vor einer Niederlage gegen kindlich anmutende Kontrahenten hat. „Na endlich ist es soweit. Wer prügelt sich denn da drüben bei euch?" fragt Morla neugierig im Hinblick auf den entfernten Kontinent, denn er und seine beiden Mitbewohner der anderen Landmasse bekommen lediglich die Information, dass sich zwei Unbekannte den Krieg erklären. „Damit habe ich nichts zu tun!" Luxi68 spricht lautstark mit seiner eher selten in Erhörung tretenden Stimme und bemerkt sogleich, dass es in der näheren Umgebung wohl ordentliche Reibungen gibt, wie ihm seine Späher berichten. „Möge die Schlacht beginnen!"

Süßlicher Duft schwebt durch Omegas Kellerloch und dumpfe Klänge harmloser Reggaemusik berauschen den Kopf des osmanischen Reiches noch zusätzlich mit friedvollen Melodien, obwohl sämtliche Weichen seiner Zivilisation auf unbarmherzige Eroberung gestellt sind. Der Plan wurde nahezu vollständig ausgeführt: Erforschung von Öffentlicher Verwaltung, Produktion einiger Speerkämpfer zwecks Upgrade auf starke Pikeniere und möglichstes Stillschweigen über das Vorhaben. Im Zuge der Verwirklichung gesellten sich noch zwei neue taktische Maßnahmen hinzu, wie die spontane Gründung einer zweiten Stadt, die wissenschaftliche Errungenschaft der Mathematik und daran anschließende Produktion eines Katapultes, das als Fernwaffe für Stadteinnahmen in Frage kommt. Weitere in Frage kommende Strategieelemente des bevorstehenden Feldzuges sind freigeschaltete Sozialpolitiken, deren Eigenschaften militärische Interventionen begünstigen können, je nachdem, welche Auswahl man trifft. Dies stellt ein ganz neues Konzept im fünften Teil von *Civilization*™ dar. Omega hat sich bisher noch kaum damit vertraut gemacht und sich sogenannte Kulturpunkte, die dafür da sind, jene Politiken zu aktivieren, aufgespart und studiert kurzerhand das mitgelieferte Informationsposter. Noch entziehen sich Bedeutungen der Baumstrukturen von Tradition, Unabhängigkeit, Ehre, Frömmigkeit, Patronat, Ordnung, Autokratie, Freiheit, Rationalismus und Wirtschaft seinem Verständnis, doch schon ein erster flüchtiger Blick verrät ihm, dass im Sektor der Ehre dringend die ersten beiden Politiken gewählt werden sollten: Kriegerkodex und Disziplin. So erhalten Truppen auf Geländefeldern neben anderen eigenen Einheiten Angriffsboni und es erscheint ein großer General nahe der Hauptstadt. Die angesparten Kulturpunkte reichen soeben aus, um den Baum freizuschalten und die beiden Politiken auszuwählen, wobei jene Kosten mit jeder gegründeten Stadt um 33% steigen und jede nachfolgende Politik so oder so wesentlich teurer wird. Also lieber sofort handeln, bevor noch weitere Städte hinzukommen, denkt er umsichtig, klickt rasant im entsprechenden Menü auf Ehre, dann auf Kriegerkodex sowie Disziplin und erfreut sich seiner strategischen Kunstfertigkeit. Das osmanische Reich generiert bisher recht wenig Kultur, da entsprechende Gebäude nicht errichtet wurden, aber dennoch scheint der Herrscher davon überzeugt zu sein, dass alle Entwicklungen in korrekte Richtungen weisen und einem gewissen Gesamtkonzept zu Grunde liegen. Dann verschiebt sich Omegas Aufmerksamkeit vom Makrokosmos zum Schlachtfeld, wo bereits kleine Kämpfe um Chillos Grenzregion zu Beginn der Runde im unmittelbaren Moment der Kriegserklärung stattfanden. Durch simultanes Ziehen wird dem Angreifer meist ein enormer Vorteil zugestanden, denn Überraschungseffekte und schnelle taktische Fernangriffe sind auf seiner Seite. Für Truppennachschub auf den wichtigsten Hex-Feldern rund um das Krisengebiet sorgt er in aller Ruhe. Zwei Pikeniere sind in das feindliche Territorium eingedrungen, leicht geschwächt aufgrund des ersten Kampfes gegen zuvor vom Katapult bombardierte deutsche verschanzte Speerkämpfer. Jetzt heißt es Nachrücken, weiter vorstoßen mit Beschuss von hinten und schnell Bismarcks Herzstück in Besitz nehmen: Berlin, Wein, Weideland und Pferde; Chillos Bildungselite wohnt dort sicher in einer verheißungsvollen Bibliothek.[74] Omegas Stimmung gleicht dem Klischee weihnachtlicher Vorfreude. Riskant zieht er einen Späher über zwei Felder hinweg bis vor die Stadttore der mittelalterlichen Hochburg infantiler Naivität, die sicherlich vor lauter hübschen Kulturerrungenschaften strotzt, aber an mangelhafter Bewachung leidet. Lediglich ein vereinzelter Bogenschütze befindet sich in Berlin und im näheren Umland sind keinerlei weitere Truppen auszumachen. Vom militärischen Geschäftssinn eingefleischt mutiert aus dem friedlichen Studenten ein euphorischer Bösewicht, der keine Gnade im Umgang mit vorlauten Jungs kennt und am Ort ewiger Anonymität lässt er gerne mal das lang verdrängte Machtsyndrom aufleben, ohne dabei jeglichen kategorischen Imperativ zu beherzigen, dessen Schöpfers Biographie gestern noch ausführlich in seinem Lieblingsseminar besprochen wurde. „Mach Dir nichts daraus; es ist alles nur ein Spiel..."

---

[74] Gebäude ermöglichen neben Boni eine bestimmte Anzahl Spezialisten (z.B. Wissenschaftler), die diese Häuser bewohnen, anstatt Felderwirtschaft zu betreiben. Sie forcieren den Output von Kultur, Gold oder Wissenschaft und generieren nach einiger Zeit große Persönlichkeiten.

Im Angesicht dieser bereits erwarteten Übermacht denkt Chillo in einem Augenblick der Wut über „Ragequitting"[75] nach. Doch sein frischer Ruf ist ihm wichtiger, obgleich er natürlich seine Identität wechseln könnte, wie es ihm beliebt, doch zumindest der Sound von Stimmbändern lässt sich nur mithilfe eines Verzerrungsprogrammes manipulieren und das ständige Anlegen neuer Accounts bedarf unsinniger Zeitaufwendung. Bezüglich des Klanges von Stimmlagen widerfuhr dem jungen Schüler kürzlich eine interessante Begebenheit, bei der sich eine liebliche Frauenstimme auf dem Server von *Teamspeak* im Nachhinein männlichen Ursprungs entpuppte. Via ICQ[76] teilte Angelia mit, dass sie in Wahrheit und Wirklichkeit ein maskulines Subjekt sei, welches lediglich einen Vorteil durch feminine Reize bei diplomatischen Verhandlungen und Nachsicht kriegerischer Naturen erhaschen wollte. Doch bei derart wild gewordenen Osmanen würde sicherlich das Geschlecht eines würdigen Gegners keine Rolle spielen, ebenso wenig das Alter, noch die Tatsache, dass einem gelangweilten Teenager der Großteil des akuten Lebenssinnes geraubt und dessen empfindsames Ego gekränkt wird. „Keine Angst, kleiner Mann...das wird schnell und schmerzlos vorübergehen." Chillos Kopfhörer sind alt und klingen blechern, wodurch der Aggressor noch bedrohlicher wirkt. Sein 17 Zoll Laptop mit integriertem Mikrophon hingegen ist neu und leitet die folgenden Schreie präzise an den Kommunikationsverteiler weiter: „Du hat die ganze Zeit über nur gerüstet und gerüstet. Was soll das? Ich habe Dir nichts getan, das ist doch keine Art, du versaust mir meinen ganzen Abend!" Provozierendes, ironisierendes Hüsteln erklingt leise, darunter auch ein wohlbe-

---

[75] Modewort der Gamerszene, das jemanden bezeichnet, der wütend ein Spiel verlässt.
[76] Kommunikationstool zum Chatten.

kanntes Räuspern von Sulla. „Soll ich vielleicht warten, bis du mich in der Moderne mit Panzern überrollst, weil dein Land einfach viel bessere Ressourcen bietet und die ganze übrige Welt dich in Ruhe überall hin expandieren lässt. Ne, Junge, wir zocken doch hier alle, um zu gewinnen." Die Beherrschung der Spielelemente lässt bei dem angehenden Akademiker noch zu wünschen übrig, doch mit Eloquenz und Argumentationsstruktur zeigt er sich überlegen. Eine neue Runde beginnt. Es herrscht in Chillos behaglich eingerichtetem Zimmer eine Atmosphäre, die irgendwie dem kulturfokussierten Stil seiner Spielweise entspricht, doch in puncto Siegbedingung steht er bald eher vor einem Scherbenhaufen, als dass noch Zuversicht auf die wohl angestrebte Kulturherrschaft besteht. Diese würde ihn nach fünf komplett freigeschalteten Sozialpolitik-Bäumen und dem abgeschlossenen Utopia-Projekt zum Gewinner erklären, doch fernab solcher weit in der Zukunft verankerten Träume wird nun schon gegenwärtig nach einer vorzeitigen Entscheidung gesucht, und, da man auf dem Schlachtfeld momentan gemäß Omegas Pfeife tanzt, auch bald gefunden. Pikeniere versammeln sich vor den unmittelbaren Feldern Berlins, dicht gefolgt von einem Katapult. Die Stadt scheint umzingelt zu sein. Nächste Runde wird das Katapult via Fernkampf Berlin bombardieren, die Selbstverteidigung der Stadt schwächen, sowie Kollateralschäden an dem Bogenschützen verursachen. Chillo hat nun vorher während des aktuellen Zuges zweimal die Gelegenheit, seinerseits einen Fernkampf auszuführen, und zwar durch die eigene Stadtverteidigung und den Bogenschützen. Vier Ziele stehen zur Wahl: ein geschwächter Pikenier, zwei Pikeniere bei vollständiger Lebensenergie oder das Katapult. In der Hoffnung, die angeschlagene Einheit zu zerstören, wählt er weise nachhaltige Zielvorstellungen aus, und, siehe da, es funktioniert. Nachdem die Bogenschützen jene Truppen in den „roten Bereich"[77] geschossen haben, tut die Stadtverteidigung ihr übriges und vernichtet die mittelalterlichen Pikeniere. Doch zwei weitere sind übrig. Langsam fährt er mit dem Mauszeiger über gegnerische Einheiten und entdeckt voller Entsetzen, dass sich unter dem Katapult ein großer General verbirgt. Dieser liefert allen umliegenden Truppen einen Angriffsbonus von 33% und kann als zusätzliche Einheit auch auf bereits belegten Feldern stationiert werden. Laut Demographie handelt es sich bei den sichtbaren Feinden lediglich um einen Bruchteil osmanischer Militärstärke, somit wird spätestens die erste Nachhut Berlin überrennen, denkt er sich deprimiert und visiert nach kurzem Studium einiger Statistiken sowie dem Überprüfen seiner Produktionsstätten den roten Knopf an, der ein weiteres Jahrzehnt innerhalb weniger Sekunden vergehen lässt. Zu Beginn des nächsten Zuges wird möglichst flinke Reaktion verlangt, denn wer zuerst seine taktischen Angreifer in den Kampf schickt, ergattert meist Vorteile. Doch Omegas Katapult kommt allen anderen zuvor und schleudert erbarmungslos Felsbrocken hinter die Tore der deutschen Hauptstadt, deren Powergraph[78] vom saftigen Grün zum etwas labiler wirkenden gelb wechselt. Die beiden Pikeniere greifen ebenfalls sofort an, wobei sich der erste leicht geschwächt zurückzieht, der zweite aber die Bogenschützen vernichtet und kaum Schaden davonträgt. Just in diesem Moment wird in der belagerten Metropole ein Schwertkämpfer fertiggestellt, der den Pikenieren fast ebenbürtig Paroli

---

[77] Jede Einheit hat eine bestimmte Anzahl an Trefferpunkten, die grafisch anhand eines grünen, gelben oder roten Balkens angezeigt werden.
[78] Ebenso wir jede Einheit, verfügen auch Städte über eine Anzeige der verfügbaren Energie, wobei erst dann eine Eroberung stattfinden kann, wenn der Graph gen Zero geht.

bieten kann. Da Chillo weder über Goldreserven verfügt, noch sein Reich von übereifrigem Produktionsausstoß gesegnet ist, und das benötige Eisen verspätet zugänglich gemacht wurde, entfaltet erst jetzt sein Notfallplan Wirkungen. „Zum Teufel!" Eine ganze Armee von Pikenieren taucht auf der dritten Frontlinie hinter dem Katapult und dem großen General auf. Zwei angeschlagene Nahkampfeinheiten reichen nicht aus, um Berlin nächste Runde einzunehmen, doch Bismarck befindet sich entgegen aller Hoffnungsschimmer in einer komplizierten Lage, da in der Stadt lediglich eine Einheit aufgestellt werden kann und sein beschränktes Arsenal, bestehend aus drei Speerkämpfern, momentan nicht zum direkten Schutz vor der drohenden Invasion einsetzbar ist. Sie befinden sich in Reih und Glied östlich der Hauptstadt auf einer Straße, die trotz Erhöhung der Bewegungspunkte zum gegenwärtigen Zeitpunkt nicht den angedachten Nutzen bringt. Chillos Gemütslage verwandelt sich von Wut in pure Verzweiflung, bis er schließlich resigniert auf den Befehl „Verschanzen" klickt, um wenigstens einen kleinen Bonus für die nächste Attacke in der Tasche zu haben. Seufzend werden die Hände über dem Kopf zusammengeschlagen, im Hintergrund findet Smalltalk zwischen Lahero und Sulla statt, Luxi68 schweigt, Omega setzt nach jedem hastigen Schluck seine Bierflasche knallend auf dem Tisch ab und zum Ende dieser Runde bekundet Morla, dass ihm leider aus unerfindlichen Gründen ein frühzeitiges „Saven"[79] lieber wäre. „Wenn bei euch da drüben Langeweile aufkommt, habe ich einen besonderen Tipp. Einfach mal ein bisschen Krieg anzetteln, hilft garantiert." Und weiter geht's...

---

[79] Im Civ-Jargon ist damit das Abspeichern des Spielstandes gemeint und impliziert i.d.R. gleichermaßen die Unterbrechung, bzw. eine Vereinbarung von Terminen für Fortsetzungen.

Weiterhin marschieren Omegas mittelalterliche Truppen geradewegs auf Berlin zu. Das Katapult schleudert erneut tödliche Ladungen ab. Leider sind im Multiplayer wahrscheinlich aus Gründen der Performance diese Schlachtsequenzen nicht animiert, sondern alles gleicht einem pragmatischen Getöse, das an Schachsimulationen erinnert. Chillo schaltet die sogenannte strategische Ansicht ein, bestärkt damit die Optik eines Brettspieles und schafft dadurch einen Überblick, der sich ohne bombastische Grafik auf das Wesentliche konzentriert. Diese Runde kann sein Herzstück noch erfolgreich verteidigt werden; beide Angriffe der Pikeniere scheitern extrem knapp. Der Schwertkämpfer verfügt nur noch über einen einzigen Trefferpunkt[80] und taktisch klug zieht er ihn ins Hinterland zurück und postiert stattdessen einen gesunden Speerkämpfer in der Hauptstadt. Doch leider befindet sich Berlin selbst schon im unteren Drittel seiner Energiereserven und so bringt das geknickte Staatsoberhaupt der ganzen Situation nüchternen Realismus entgegen - zum Glück wieder etwas gefasster: „Nächste Runde werden Grundsteine für die Zerstörung meiner Wenigkeit und für Süleymans Größenwahn gelegt, das sei euch versichert." Die Sanduhr dreht sich und Chillos Prophezeiung rückt in greifbare Nähe: Berlin fällt. Für einen kurzen Augenblick spürt der jüngste Spieler tief im Herzen einen kleinen nicht unbedeutenden Schmerz, wenn sich Schatten um seine zentrale Metropole legen und die Farbe der Linien zum verhassten Orange wechseln, der Kolorierung seines Erzfeindes, dem alkoholisierten Proleten mit Bart und Turban, zumindest aus der Grafik im Diplomatie-Modus[81] folgend und nach der Stimmung im *Teamspeak* zu urteilen. „Das war es!

---

[80] Auch als Punkte der „Energie" einer Einheit bezeichnend.
[81] Die Optik des Gegenübers erscheint als Animation während der Spielmechanik entsprechende Vereinbarungen getroffen werden.

Darf ich bitte aufhören? Bevor sich mein Magen umdreht beim Anblick dieses Desasters." Ein Augenblick stilles Schweigen umhüllt das einstige Kriegsgeflüster. „Junge, Du weißt doch sicher wie das sich mit der künstlichen Dummheit verhält, die Dich dann ersetzten würde – bis zum bitteren Ende heißt deshalb die Devise." Ja, er kennt den Verhaltenskodex, der auf einer unliebsamen Tatsache beruht, nämlich dem Automatismus, welcher festlegt, dass menschliche Spieler, sobald diese eine Partie verlassen, durch den Computer ersetzt werden, so dass jene strohdoofe KI Unruhe und Chaos verbreitet. Aber so oder so verfremdet ein Abbruch grundsätzlich die Konstellation und Situation, selbst wenn Städte und Einheiten eines „Quitters" verschwinden würden, weshalb es müßig erscheint, darüber zu schwadronieren. „Da freuen sich Luxi und Omega sicher, eine herzlose Maschine untereinander aufteilen zu dürfen." verkündet ironisch Sullas wohlbekannte Raucherstimme. „Vielleicht geht die Sache noch heute zu Ende!" Auf den lallenden Tonfall reagiert Morla angemessen und verkündet lautstark, dass es wohl nicht nur für ihn an der Zeit sei, eine Pause einzulegen. Entgegen der geplanten vorläufigen Beendigung um zwei Uhr kommt es schon jetzt, kurz nach zwölf, zum Abspeichern jener spannenden Partie. Der Host stellt sich verantwortungsbewusst seiner Aufgabe, bestätigt den abgeschlossenen Speichervorgang, verweist noch schnell auf das Forum mit einem speziellen „Thread" per Link im Chatfenster vom *Teamspeak* und verabschiedet sich nahezu geräuschlos. „Die gute Morla hat es wohl eilig, wohin auch immer…ich bin dann auch raus, bis nächsten Freitag, gute Nacht!" Luxi68 klinkt sich ebenfalls aus. „Wer von euch Pflaumen folgt mir noch aufs Schlachtfeld? Ein bisschen ballern!" „Schlaf Dich mal lieber aus, Omega. Ich wünsche noch viel Spaß." Mit dem Zynismus eines Konventionellen beendet auch Lahero79 seine virtuelle Existenz für heute. Die verbleibenden Drei führen noch eine kurze lockere Konversation, wobei Chillo versichert, nächsten Freitag pünktlich zu seiner eigenen Beerdigung zu erscheinen, wie Omega dieses Ereignis kreativ betitelt. „Bis die Tage und bleibt sauber."

Sechs Tage ziehen ins Land, an denen der Spielstand auf Morlas Festplatte ruht. Einige erleben während dieser Zeit ihren Alltag, denken kaum an das monumentale Spiel, sondern mehr an ihre lebhaften Kinder, Mitmenschen oder generell an die Dinge des Lebens, die man anfassen kann. Andere bekommen den desaströsen Zustand ihres virtuellen Volkes nicht aus dem Kopf oder hegen Größenwahn, wie Omega, der abseits von Cyberspielerei gerne Nietzsche liest. Das ist nur *Menschliches, Allzumenschliches!* Einige sind ständig, auch außerhalb von Spielewelten, mit ihrem Computer zu Gange, andere nutzen selbigen nur freizeitbedingt, wieder andere haben ausschließlich Freizeit und führen primär ihr Leben im Netz. Es gibt da viele Facetten und Verhaltensweisen ändern sich hin und wieder, so hat sich Sulla einmal ähnlich einem Drogenentzug die virtuelle Zwangspause verordnet. Chillos Eltern wollten ihren Sohn ernsthaft zu einem auf Internetsucht spezialisierten Psychiater schicken, sahen allerdings dann doch davon ab, als ein Artikel in ihrer Lieblingszeitung erschien, der auf schwarzweißem Papier bestätigte, dass Computer, Computerspiele und das Internet den IQ steigern und grundsätzlich eher positive Wirkungen auf Jugendliche entfalten. Welch ein Glück! Vom beträchtlichen Konsum her, mit Abstand dem größten Zeitaufwand aller Protagonisten, könnte am ehesten Morla gut daran tun, seiner Nase hin und wieder etwas Frischluft zu verschaffen und seinen Augen Futter zu geben, dessen Erzeugung nicht auf einer künstlichen Mattscheibe beruht. Doch was macht das schon, wenn ein

Leben vor dem Schirm mehr Freude bereitet als die Realität. Omegas Seminar der Woche, quasi das Highlight seines geringen akademischen Semesterwochenstundenpensums, trägt den passenden Titel *Ethik der Matrix* und verfolgt eine Thematik, die gar nicht so weit von dem wenig reflektierten Verhalten am häuslichen Personalcomputer entfernt liegt: Wie sind Kopplungen zwischen Mensch und Maschine oder Leben in Scheinwelten moralisch zu bewerten. Im Angesicht prekärer Möglichkeiten neuronaler Medizin werden Thesen hochgestochener Philosophen gerne im universitären Umfeld auseinandergenommen und der leidenschaftliche Computerjunkie und Drogenliebhaber Omega mischt fleißig mit beim anderthalbstündigen Vogelflug über Berge aus Theorien. Er ertappt sich hin und wieder während dem folgsamen Zuhören dabei, wie seine Gedanken zum osmanischen Reich abdriften, zu den außen- und innenpolitischen Angelegenheiten, zur Machtübernahme von Berlin und seinem Bild in der Weltöffentlichkeit, dessen rhetorisches Gehalt im *Teamspeak* vielleicht unter dem alkoholischen Gehalt seiner Getränke gelitten haben könnte. Sobald er den Zustand seiner mentalen Beschäftigung der Situation entsprechend als abgelenkt überführt, versucht sein Gehirn aktiv nur noch über gegenwertige Sachverhalte nachzudenken und seine Sinne konzentrieren sich auf den Stoff, aus dem keine Träume sind, sondern bierernste Debatten resultieren, die sich allesamt der Realität widmen und keinen Platz für sinnfreie Belanglosigkeiten zulassen – so will es zumindest dieses wissenschaftliche Metier im Idealfall. Fast ebenso ernst schreitet Laheros Lauf der Dinge voran, nämlich möglichst abseits virtueller Träumerei im Diesseits knallharter kalkulierbarer Fakten, die er als Unternehmensberater wenigstens als solche verkauft, auch wenn sie in Wirklichkeit viel weniger berechenbar sind, ganz im Gegensatz zu Mechanismen eines Computerspiels. Er ist bei

Arbeitszeiten in der Woche so tief gefangen in der realen Welt, wo Handlungen ganz offensichtlich wichtige Konsequenzen erzeugen und wenig seiner experimentellen Leidenschaft abverlangen, deren Auslebung sich ausschließlich auf sein Hobby der Computerspielerei begrenzt, wobei die Trennlinie zur beruflichen Existenz einem *Eisernen Vorhang* gleicht. Es soll ja auch Menschen geben, die ihr Hobby zum Beruf machen oder umgekehrt, wie Profisportler aller Art oder der Journalist eines Computermagazins, der nie irgendetwas anderes außer Rechenmaschinen im Sinn hatte, ausgenommen vom wöchentlichen Gang zum Supermarkt natürlich. So ist es auch um Morla bestellt, der zwar fast täglich aus dem Haus zum Einkaufen geht, zumindest kurz, aber seine sonstige Zeit uneingeschränkt nur vor dem Computer verbringt, von Gängen in Küche und aufs Badezimmer abgesehen. Der Vergleich hinkt hinsichtlich fehlender beruflicher Perspektive, denn Definition von Existenz braucht mehr denn je ein Aushängeschild, einen Job, eine Anstellung oder besser eine Stellung in der Gesellschaft. Morla hat so etwas nicht. Er ist genügsam mit dem Leben in der Virtualität, auf den Datenbahnen der Cyberkultur, ohne je am Steuer eines echten Fahrzeugs, fahrend auf einer Autobahn, gesessen zu haben. Was man nicht kennt, vermisst man auch nicht, bekunden zumindest einige ältere Literaten. Gewissen Mangelerscheinungen beugen solche Weisheiten aber nicht zwangsläufig vor, zu komplex reagiert unsere Psyche auf nicht erfüllte innere Bedürfnisse, erzählen neuere Erkenntnisforscher. Doch davon spürt Morla nichts. Vor dem geliebten Rechner bleiben keine Wünsche so recht offen, dessen Gegenteil manch ein Real-Life-Fetischist annehmen würde. Grüne Golfwiesen können eben kostengünstig simuliert werden, auch für Stubenhocker und Arbeitslose – eine *Schöne neue Welt* – besser als bei Huxley und äußerst human. Und wer immer schon gerne Politiker oder gar

Staatsoberhaupt sein wollte, kann mithilfe von sogenannten strategischen Wirtschaftssimulationen in ähnlichem Maße seine Kompetenz unter Beweis stellen, ohne dafür ständig an lästigen Meetings und Konferenzen teilnehmen zu müssen. Freilich unbezahlt und als Hobby, aber immerhin der Vorstellung nach ähnlich einem Höhlenbewohner in Platons berühmten Höhlengleichnis, wo Schatten als Abbild der wirklichen Welt zu einer neuen erfahrbaren Realität werden, obgleich sie auch viele als Täuschung interpretieren. Führt Morla eine falsche Existenz? *Es gibt kein richtiges im falschen Leben!* Dieser Satz steht als Titel eines vermeintlich interessanten Artikels in einem beliebten Online-Magazin, das er tagtäglich voller Freude und Wissensdrang besucht und diese Woche erscheint dort ein wirklich kritischer Beitrag zur extremen Welt der Vernetzung und Hingabe an digitale Kultur, die der Autor eben als platonische Täuschung beschreibt. Während Morla so liest, greifen jene Thesen aus Buchstaben sein Gewissen an, das ihm befiehlt, seinen Lebensstil mehr auf materielle Gelüste zu fixieren. Dabei nimmt er seelenruhig die Verpackung der Sammleredition von Sid Meiers *Civilization*™ zur Hand, reibt genüsslich über das gravierte Logo und seufzt sehnsüchtig in Hinblick auf den nächsten Freitagabend. Bis dahin muss die Zeit mit dem Singleplayer der epochalen Rundenstrategie totgeschlagen werden, dessen künstliche Intelligenz leider noch viele Wünsche offen lässt. Aufrichtige Multiplayer zu finden, mit denen problemlos Spiele fortgesetzt werden können, gestaltet sich oft schwierig, deshalb diese Notlösung, mit der beschränkten aber zuverlässigen KI vorlieb zu nehmen. Ansonsten hält sich Morla gerne im *Civforum* auf, eine Plattform zum kommunikativen Austausch, wo man geschäftig Themen und Beiträge zu allerlei Sparten publiziert, meistens im Bereich der famosen Spieleserie aber auch gerne im beliebten „Off-Topic"[82]. Der in realen Gefilden wenig bekannte Morla ist in diesem virtuellen Forum ein prominenter und gern gesehener Benutzer, den stilvollen Humor und eine gute Schreibe auszeichnen. Neben hilfreichen Antworten „postet"[83] er auch gerne philosophische Statements zu allen möglichen Variationen thematischer Inhaltsfindungen, die sich auf einem gigantischen Server ansammeln und sich stetiger Erweiterung erfreuen. Ein wahrer Schatz, eine unermessliche Quelle zeitzeugenartiger Dokumente von Digital Art Usern, genauer der großen deutschsprachigen *Civilization*-Community mit ihren kommunikationshungrigen und wissensdurstigen Mitgliedern intelligenter Klassen und Ränge, vom arbeitslosen Alkoholiker bis zum Hochschuldirektor. Alle beteiligten Spieler dieser Geschichte nehmen ebenso am regen Diskurs im Forum teil. Morla hat für das Freitag-Abend-Spiel extra einen „Thread"[84] erstellt, wo bisher, wir schreiben gerade die Mitte der Woche, jeder schon einen Kommentar zum Verlauf hinterlassen hat:

(Die folgende Darstellung stelle man sich im Kontext einer immerwährend fortlaufenden Beitragsexplosion vor, wobei der hier unterstrichene „Nickname" zusätzlich mit einem Avatar versehen ist und der Beitrag grafisch von den jeweils anderen abgehoben erscheint.)

Topic: Freitagabendrunde (Sulla, Luxi, Lahero, Chillo, Omega, Morla)

---

[82] Außerthematischer Bereich. Typischer Anglizismus des Netz-Jargons.
[83] Im Jargon die Bezeichnung fürs Veröffentlichen im Netz.
[84] Thread: Faden, übergeordnetes Thema.

„Threadersteller": Also, wie vereinbart kommen hier alle Informationen, Berichte und Terminabsprachen zu folgendem Spiel herein:

[Spieleinstellungen] Namen aller Spieler und deren gewählte Zivilisation

<u>Sulla</u>: Hallo allerseits. Für mich ist dieses Spiel seit längerer Abstinenz mal wieder ein neuartiges Erlebnis. Und dann gleich der neue Teil. Momentan bin ich schier überwältigt von dem netten Gameplay und den netten Mitspielern. Zum Verlauf kann ich nur sagen, dass es bisher noch keine nennenswerten Ereignisse gegeben hat, außer dem spannenden Aufbau meines kleinen Reiches. Aber da passiert sicher schon bald mehr hinsichtlich meiner Kontrahenten! ;) [zwinkernder Smiley][85] Bis Freitag dann!

<u>Luxi68</u>: Willkommen zurück alter Hase. Auf meinem Kontinent scheint es etwas rauer zuzugehen als bei Dir. Das Gefecht zwischen Chillo und Omega ist auch an mir nicht vollkommen vorbeigegangen, zumindest denke ich, konnten wir alle ja daran etwas teilhaben dank moderner Sprachübermittlung. :D [Smiley mit breitem Grinsen][86] Ich freue mich auch schon riesig auf die kommende Fortsetzung am Freitag. Meine Majestät wird anwesend sein.

<u>Omega</u>: Guten Abend ihr zocksüchtigen Freunde der Nacht. Mein für gewöhnlich papierhungriger Geist hat sich überwunden, auch mal wieder in die virtuelle Welt der rundenba-

---

[85] Der Standard-Code „;)" erzeugt in vielen Internet-Foren ein zwinkerndes Gesicht, auch bekannt als Smiley.
[86] Der Standard-Code „:D" erzeugt in vielen Internet-Foren ein breit grinsendes rundes Gesicht, auch bekannt als Smiley.

sierten Aufbaustrategie einzutauchen. Scherz beiseite, das mit dem Papier...ich habe mir gestern einen E-Book-Reader bestellt, soviel dazu. Nach meiner aktiven Wochengestaltung freue ich mich wieder ganz besonders, die faulen Tage mit der Fortsetzung des imperialen Siegeszuges einzuläuten. Mein Körper ruht im Stuhl – meine Truppen marschieren durch ganz Deutschland. :D [Smiley mit breitem Grinsen] Und bitte Chillo, nimm es nicht persönlich. Bericht folgt etwas später, noch ist der nämlich geheim und liegt unter Verschluss beim Militärberater. Gute Nacht. Euer Omega.

Lahero79: Auch ich möchte meinen Beitrag leisten. Zum Spiel sei erwähnt, dass es mir richtig Spaß gemacht hat mit euch Jungs. ☺ [der Standard-Smiley schlechthin, der mittlerweile sogar von *Word*™ in ein grafisches Symbol umgesetzt wird] Zum Geschehen an sich möchte ich natürlich ebenso wenig wie möglich verraten, denn schließlich gibt es ja Geheimnisse zu bewahren. Also, wenn alles zu Ende geht, bis zur Siegbedingung selbstverständlich, zuverlässige Mitstreiter, dann werde ich in diesem Thread eine ausführliche Geschichte zum Spielverlauf veröffentlichen. Versprochen! Euer Lahero.

Chillo: Hi Leute. Also für mich sieht das alles nicht so rosig aus, denn Omega, seines Zeichens Aggressor und Kriegstreiber, verstümmelt mein schönes Land und hat ihm gar das Herz heraus gerissen. Darüber kann ich nun bereits getrost berichten, das Ende meiner blühenden Existenz in eurem Spielchen ist sowieso vorbei und wird kommenden Freitag zur Vollendung getrieben. Der historische Rückblick zu meinem deutschen Volk aus der Sicht des niedergeschmetterten Herrschers Bismarck: „Alles ist endlich. So auch die Geschichte meiner einst ruhmreichen Zivilisation, die in einem äußerst fruchtbaren Tal 4000 BC ihr Zentrum errichtete. So entstand

Berlin zwischen Kühen, Weinbergen und Goldvorkommen an einem kleinen Fluss, der schnell Farmen auf den umliegenden Grünflächen ermöglichte. So wurde das Umland schnell mit Infrastruktur versehen, Tierzucht erforscht, Weideland errichtet und etwas später Wein angebaut. Relativ schnell entschloss sich Bismarck dazu, sein Reich auszudehnen und begann mit der Produktion einiger Siedler, um wenig später neue Städte gründen zu können. So wuchs und gedieh die deutsche Bevölkerung und dehnte sich gen Osten zu weiteren Ressourcen aus, die Späher frühzeitig ausgekundschaftet hatten. Die Stimmung im Lande war überaus friedlich und andere Zivilisationen zunächst nicht in unmittelbarer Umgebung, so dass sich der Herrscher zu einem weitgehend militärfreiem Staat hinreißen ließ, was er später bitter bereuen soll, dank machthungriger Herrschaften aus der osmanischen Provinz. Jener feindlich gesinnte rückständige Stamm hat sich im Westen von Berlin ausgebreitet, wurde erst im frühen Mittelalter entdeckt und über statistische Auswertungen für *kriegsgeil* befunden – leider zu spät. Omega a.k.a. Süleymann überrennt mein geliebtes Herz mit Boshaftigkeit und zynischer Attitüde im *Teamspeak*. Wie er dann nächsten Freitag auch noch den Rest erobert, erfahrt ihr dann hier. Mit freundlichen Grüßen Chillo.

<u>Morla:</u> Meine Güte, Du hast Ausdrücke drauf und einen wirklich guten Schreibstil für Dein Alter. Respekt! Und sei nicht traurig – es ist alles nur ein Spiel! Bis Freitag.

„Das Essen ist fertig, Schatz!" Aus der mittleren Etage des stilvollen Einfamilienhauses ruft eine weibliche klangvolle Stimme mittleren Alters. Rauchig entgegnet Sulla, im echten Leben eher als Hans-Peter bekannt, vom oberen Stockwerk mit lautem Ton, dass er gleich kommt und nur eben noch eine

Kleinigkeit am Computer erledigen muss. Die Beiträge im Thread sind schnell gelesen und voller positiver Anspannung, ausgelöst durch Vorfreude auf das abendliche Spielchen, begibt sich Sulla an den Essenstisch seiner Familie, um mit seiner Frau und seinen beiden Töchtern vorzüglich zu speisen. Ganz wie ein König, denkt er sprichwörtlich beim Anblick des fleischigen Bratens, und zwinkert gedanklich seiner virtuellen Existenz zu, dem Herrscher von Arabien, Harun al-Rashid.
„Wie war Dein Tag, Schatz?" piept seine liebe Prinzessin.
„Ganz nett soweit. Aber das Wochenende kann ich gut vertragen. Einfach mal vor dem Rechner abschalten und im Kreise dieser verrückten Strategiespieler entspannen. Das hält jung!"
„Hört sich gut an. Darum liebe ich unseren Vater auch so, weil er sich immer jung hält."
Hans-Peters Töchter schauen während des Gesprächs ihrer Eltern gelangweilt auf ihre grün, braun, gelb gefüllten weißen Teller und schneiden das dunkle Rind bis eine von ihnen fragt:
„Papa, was sind das für Spiele, die Du da so oft am Wochenende spielst? Erklär doch mal!"
„Nun, Kind, es handelt sich dabei um eine strategische Aufbausimulation mit vielen reizvollen Möglichkeiten. Alles ist sehr komplex und kompliziert auf den ersten Blick, aber wenn man erst einmal die Mechanismen der Steuerung beherrscht und viele Auswirkungen seiner Handlungen abschätzen kann, geht's wie im Schlaf und entspannt total."
„Interessant, warum zeigst Du es uns nie und schließt Dich immer zum Spielen im Arbeitszimmer ein?"
„Das hört sich ja an. Ich kann euch das gerne mal präsentieren, bin mir aber recht sicher, dass das für Mädels in eurem Alter absolut nichts ist. Zu verbergen habe ich nichts, außer vielleicht meine komischen Freunde, die zusammen mit mir immer spielen."

„Du hast Freunde im Internet, Papa? Bist Du aus dem Alter nicht raus?"

„Wieso Alter? Ich bin modern, gehe mit der Zeit und ja, viele meiner Jahrgänge hängen nicht so oft vor der Kiste wie meine auch im realen Leben hoch geschätzte Persönlichkeit."

„Du spinnst!" Grinsend lächelt ihn eine seiner hübschen Töchter an. Eine Minute des Schweigens folgt, wobei typische Geräusche einer familiären Mahlzeit in der geräumigen Wohnküche erklingen. Dann bricht Sulla mit der Stille und erklärt: „Der maßvolle Genuss solcher Spielerei bedeutet in Wirklichkeit, dass man sich immer eines potentiell vorhandenen Risikos der Sucht bewusst sein sollte. Ich kenne da ein paar junge Burschen, die übertreiben es leider ganz beträchtlich."

„Wie sieht denn so eine beträchtliche Übertreibung aus, Papa?"

„Nun ja, wenn ein Junge euren Alters jeden Tag drei Stunden am Computer spielt, wo er doch in so jungen Jahren ganz andere Sachen machen sollte, fände ich das schon bedenklich."

„Und wenn er jeden Tag sechs Stunden einen Roman verfasst und dementsprechend auch vor dem Rechner hängt, wäre das ok?"

„Interessant. Ich denke, dass mit fünfzehn Jahren so etwas recht selten vorkommt, wobei der Vergleich gar nicht mal hinkt, denn Spiele können durchaus Kreativität und Ratio fördern, ähnlich der Erschaffung sprachlicher Welten, denn zumindest bei meinen Aufbaustrategien muss ich auch so einiges schaffen, viel nachdenken, kreativ sein, und, und, und…"

„Und vor allem auf einem Stuhl sitzen…was Du doch in der Woche auch ständig in Deinem Büro tust, oder?"

„Ach Kindchen, wir leben nun einmal in einer, ich mag's kaum aussprechen, Postmoderne. Und da sitzt man eben ständig."

„Postmoderne? Was bedeutet das?"
„Das kann Dir Mami sicher genau erklären." Erneutes Schweigen bricht kurz die lebhafte Konversation, dann beginnt Sullas Frau, Lehrerin für Deutsch und Sozialwissenschaften, mit einem beredsamen Vortrag: „Post bedeutet Nach, vielleicht kennt ihr das von „post scriptum" oder „post mortem", so einfach ist das auf den ersten Blick, eine Zeit nach der Moderne, doch möchte man diesen Begriff mit Inhalt füllen, wird es höchst kompliziert, da er in allen möglichen Bereichen anders ausgelegt wird und sehr viele Dinge beschreiben kann. Euer Vater meint damit aber sicher eine recht vereinfachte Tatsache, nämlich dass sich die Tätigkeiten der Menschen dahingehend verändert haben, wie es von der neusten sozialen Gesellschaftsform erwartet wird. Und die ist moderner als modern, wir leben ja teilweise in einer Matrix, verkabelt mit dem Rest der Welt. Da wiederum ist Hans doch Experte, nicht wahr?"
„Ja, mein Arbeitgeber und auch meine Person verkabeln die Welt, insbesondere Entwicklungsländer, um sie per Quantensprung in die Zukunft zu katapultieren. Wobei diese Verkabelung nur eine Metapher ist. Die Infrastruktur unserer Kunden ist so schlecht, dass wir Mobilfunknetze ausbauen und nicht wirklich Leitungen legen. Am Ende gibt es dann globales W-Lan sogar im tiefsten Dschungel, frei zugänglich für jeden Buschmann mit PC."
„Du machst uns Spaß."
„Ich mache vielen Spaß. Im Endeffekt geht es ja nur darum. Der Spaßterrorismus hat Langeweile für etwas schlechtes, unbedingt zu bekämpfendes, deklariert. Selbst Informationen sind heute Spaß, Politik, Medien und das ganze Zeug."
„Und Deine Computerspiele!"
„Gut, Freude am Spiel, das muss ja auch sein."

Die Stimmung der beiden Töchter verwandelt sich eindeutig in eine nachdenkliche Pose, in der sie schier unüberwindlich darüber sinnieren, was der Sinn und Zweck der Spielerei so sein könnte. Doch was können sie schon darüber wissen?
Der Zeitpunkt jenes viel beschworenen und ersehnten Fortsetzungstermins rückt in greifbare Nähe, genauer im nahegelegenen Arbeitszimmer der mittleren Etage, am heimischen PC von Sullas Exzellenz. Tatsächlich geht es vor dem Monitor nicht selten um diplomatische Angelegenheiten, als imaginäre fiktionale Persönlichkeit „in game", wie auch im Hinblick auf Terminabsprachen und sonstige Kommunikation außerhalb des Spiels mit den anderen Beteiligten. In diesem zuletzt genannten leicht real angehauchten Metier bewegt er sich gerade, im Ort des *Civforums*, der Schaltzentrale strategischer Zocker-Eliten. Zum Glück bleibt alles beim Alten, bei dem festgesetzten Termin, der diesem Spiel sogar seinen epischen Titel verliehen hat: „Das Freitagabendspiel." Noch eine Stunde bis Anpfiff. Hans-Peter lehnt sich gemütlich in seinem 500-€uro-Bürostuhl zurück und greif nach einer Zeitung aus vergilbten Papier. Die Tätigkeit des Lesens solcher Materialien wirkt altertümlich aber stilvoll vor dem großen Flachbildschirm, auf dessen Mattscheibe ein hübscher Bildschirmschoner in Form eines Aquariums mit bunten Fischen zu sehen ist. Nach einer Weile leisen Raschelns steht er auf und schließt die Tür des Arbeitszimmers ab. Dann erwacht eine Art Ausnahmezustand im Hause. Zigarillos werden mit heimlicher Mine aus einer Schublade gezaubert und eine Flasche Rotwein kommt auf wundersame Weise zum Vorschein. Sulla lässt es sich während seiner scheinheiligen Existenz gerne gut gehen, abseits des familiären Lebens, der realen Verpflichtung und dem Trouble einer Wirklichkeit, aus der es nahezu kein Entrinnen gibt. Doch dank Internet und Computerspiel setzt sich zumindest das Gehirn Kraft seiner Vorstellung von

diesem ganzen substanzlästigen Zeug ab, obgleich dessen Mangel direkt mit Tabak und Alkohol kompensiert wird, um nicht den Realitätsbezug zu verlieren. So interpretiert zumindest der Kommunikationsexperte Hans-Peter seine Situation vor dieser zuweilen von seiner Frau als Höllenmaschine bezeichneten kleinen Rechenanlage. Er entfernt den echten Kork des guten Riojas mit einem unauffälligen leisen Knall per Designerkorkenzieher und entnimmt sogleich ein riesiges Bordeauxglas einem kleinen Eckschrank, der passend zur insgesamt modernen Ausstattung des Raumes über neuartige Architektur verfügt. Wieder sitzend im rückenschonenden Bürostuhl gießt Sulla den dunkelroten Tropfen gemächlich in das überdimensionierte französische Weinglas und zündet sich mit Ausdruck ähnlich einer Werbebotschaft ein braunes Zigarillo an. Süßlicher Duft erfüllt den Raum, anders als bei Omega, aber mit ähnlicher Note. Nach einem kleinen Zug von dem parfümierten Rauch schwenkt er genüsslich das Glas unter seiner Nase hin und her und atmet dabei durch selbige tief ein. Blicke wandern ohne Eile Richtung Monitor, zum Fluchtpunkt einer Welt, die sich zwar an der Wirklichkeit orientiert, aber etwas offeriert, was dem Familienvater sonst eher verborgen bleibt: uneingeschränkte Kontrolle und Macht, das Beherrschen eines ganzen Imperiums und dergleichen. Noch dreißig Minuten bis zur Übernahme der schier grenzenlosen Verantwortung über das arabische Volk. Sein im Zuge vermehrter Aufregung erhöhter Blutdruck wird durch den sanftmütigen Rotwein abgeschwächt, gleichermaßen aber wieder leicht bestärkt vom Qualm, so dass im Endeffekt ein entspanntes Plusminusnull herauskommt. Voll freudiger Erwartung betritt er überpünktlich den *Teamspeak*-Server, um sich schon im Vorfeld mit etwaigen Anwesenden zu verständigen und die Vorfreude auf des Epos zweiten Teil zu teilen. Tatsächlich erscheint Morlas Name bereits im entspre-

chenden Kanal, allerdings mit dem Vermerk, dass sein Mikrophon ausgeschaltet sei. Sulla „joint" und fragt ohne Hoffnung auf Resonanz, ob ihn jemand hört. Totenstille herrscht in den soeben aufgesetzten Kopfhörern. Ohne Konversation, aber mit entspanntem Augenkontakt zu den neusten Nachrichten aus der *Civ*-Szene, genießt er die letzten Züge seines Zigarillos. Plötzlich klopft es an der Tür und Hans-Peters Einstimmung auf den virtuellen Spieleabend wird abrupt durch ein reales Ereignis gestört. „Moment!" Die helle Stimme seiner Tochter stellt ihm mit dumpfen Klang eine Frage: „Papa, kannst Du mir mal ein Computerspiel zeigen?" Er dreht den Schlüssel rum und öffnet die Tür. „Das ist heute Abend nicht so gut. Ich bin verabredet. Wie wäre es morgen Nachmittag?"
„Verabredet? Mit Deinen Internet-Freunden?"
„Ganz genau, kleine."
„Na gut. Aber dann auf jeden Fall morgen! OK?"
„Versprochen."
Schnell schließt sich Sulla wieder ein, zündet ein weiteres Zigarillo an, gießt Wein ein, setzt Kopfhörer auf und blickt konzentriert Richtung Flachbildschirm. „War das Deine Tochter, Sulla?" Omega hat sich eingefunden. Leichtes unangenehmes Prickeln durchfährt seinen Körper. Dem Mikrophon entgeht nichts. „Ganz recht."
„Wie alt ist sie denn?"
„Nicht sehr alt." Diese neugierigen Anonymen, denkt er sich kritisch und lenkt zum eigentlichen Thema: „Ob Chillo heute wohl mit seiner versprochenen Anwesenheit glänzen wird?"
„Bestimmt, es geht doch um einen guten Ruf." Die klare Aussprache des Studenten wirkt überraschend kompetent und nüchtern, ganz im Gegensatz zum letzten Mal, wo ständig die seltsame Kombination aus Trägheit vom Haschisch und Euphorie des Alkohols mitschwang. „User joined channel." informiert die Frauenstimme. Ein Blick auf die Liste verrät, dass

Lahero79 dem Kanal nun beiwohnt. Sulla heißt ihn zuvorkommend willkommen, doch es folgt keine Reaktion. „Ob sein Mikro nicht funktioniert?"
„Wer kann das schon wissen?" Ein weiteres Mal kündigt jene Cyberfrau einen neuen Nutzer an. Diesmal ist es der erhoffte kurz vor dem Untergang stehende Chillo, welcher sogleich alle miteinander freundlich begrüßt. „Jetzt fehlt nur noch Luxi und dann soll es losgehen. Morla, machst Du einen Raum auf?" Lahero ergreift mit der Seriosität seiner Realität die Initiative, das Fortsetzungsspiel möglichst schnell auf Kurs zu bringen. Morla bestätigt: „Eine Minute, dann steht der Host. Name und Passwort wie immer, Jungs." Innerhalb kurzer Zeit sammeln sich fast alle Mitspieler in Morlas virtueller Residenz, die bereits den Spielstand geladen hat und automatisch wie von Geisterhand den jeweiligen Herrschern beim Betreten ihre korrekte Zivilisation zuweist. „Woher weiß das Programm eigentlich, dass ich als Araber unterwegs gewesen bin?"
„Da wurde sicher etwas vermerkt, Informationen gespeichert, Spionage betrieben, wie auch immer."
„Ich frage ja nur, denn beim vierten Teil musste man immer seine Fraktion während des Ladens auswählen und konnte prinzipiell so auch leicht jemanden ersetzen. Geht das jetzt nicht mehr?"
„Keine Ahnung, was soll's. Momentan funktioniert ja noch alles und selbst unser gepeinigter Chillo ist ja anwesend. Doch wo bleibt Luxi?"
„Ruhig Blut, ihr Süchtigen. Er ist ja nicht mehr der Jüngste."
„Ich bin dann nochmal kurz afk."
„Dito."
„Ebenso, bis gleich."
Hans-Peter schleicht sich aus seinem Arbeitszimmer, um dem Kühlschrank in der Küche ein wenig Nahrung zu entnehmen,

obgleich sich sein Magen noch gut gefüllt vom verspäteten Mittagessen anfühlt. Doch Bevorratung ist angesagt, da ungern außerhalb abgesprochener Pausen der Spielfluss unterbrochen wird. Also belegt er einige Scheiben Brot mit feinem spanischen Schinken sowie Höhlenkäse und stellt sich samt Gürkchen eine gut bürgerliche Abendplatte auf einem großen Teller zusammen. Diesen trägt er entgegen königlicher Angewohnheiten selbst zum Regierungssitz, dem Thron des arabischen Gebieters, einem fünfhundert Euro schweren Gesundheits-Bürostuhl für sensible Rücken. Schnell schließt Sulla wieder die Tür zu, platziert die Platte in greifbarer Nähe zu Maus und Tastatur, schenkt sich weiteren Wein ein, zündet ein neues Zigarillo an und bekundet seine Präsenz: „Re."
„Hallo Sulla, mein arabischer Freund." Luxis verhältnismäßig reif klingende Stimme meldet sich zu Wort. „Dann wären wir ja vollständig." Nach einigen Momenten des standesgemäßen Smalltalks und dem Klicken des grünen Pfeiles als Symbol für uneingeschränkte Bereitschaft startet der Schöpfer aktueller Serververwaltung das Spiel. „Weiter geht's, viel Glück mit Land und Leuten." ruft Morla seinen Gästen zu. Auf allen sechs Bildschirmen der beteiligten Oberhäupter erscheint nahezu zeitgleich ein vielversprechender Ladebalken, an dessen Ende der Eintritt ins Reich ihrer Träume wartet.

Und schon wieder riecht es süßlich im Kellerloch. Leere braune Bierflaschen mit rot-weißem Emblem zieren das kleine Zimmer, in dem Omega gespannt auf die soeben geladene Administrationsoberfläche seines Imperiums schaut. Hoch konzentriert versucht er sich zu erinnern, was volltrunkene Militärberater letzte Woche alles veranstaltet hatten und was sie für Pläne schmiedeten, deren Umsetzung jetzt sein noch nüchternes Hirn bewerkstelligen soll. Im riesigen Kühlschrank warten noch Unmengen Bier auf ihn: ein überwältigender

Vorrat, beruhend auf dem stressigen Tankstellenerlebnis am nächtlichen kalten Freitagabend, angeschafft von einem nahen Getränkemarkt in Form eines ganzen Kasten *Paderborner Pilsener*. So verschwommen manch strategischer Verhalt im Kopf auch ist, grob weiß Omega noch, welche Zielvorstellungen sein Volk verfolgt und welcher Krieg zu Ende gebracht werden muss. Chillos weinerlichen Klagen über mangelnde Sozialkompetenz in einem derartigen Spiel waren sicher nicht angebracht, jedoch einprägsam und nachdenklich stimmend. Vielleicht nimmt sich manch einer solch programmierte Blendung zu sehr zu Herzen und empfindet gar wahrhaftiges Mitleid für den Verlust seiner digitalen Bevölkerung, die als Stellvertreter für sein ganzes wirkliches Ich ins Rennen ging und unter dieser Herrschaft versagte, bzw. durch Omegas militärische Genialität zu Grunde ging. Dessen Überlegenheit ließ Berlin schnell fallen, beruhend auf Chillos extrem friedlicher Spielweise ohne Sinn für Sicherheit. Nun betrachtet das osmanische Staatsoberhaupt jene Innereien der Eroberung, das ehemalige Herz von Deutschland, Berlin. Wie vermutet ziert eine hübsche Bibliothek das Gebäudeinventar des Städtemenüs. Diese wird der Wissenschaft seines Landes auf die Sprünge helfen, wenn lästige Phasen der Anarchie vorübergehen. Sicher befanden sich vor der Eroberung noch mehr Gebäude in Berlin, doch das Spielkonzept sieht es vor, nationale Wunder sowie kulturelle Gebäude im Falle einer kriegerischen Übernahme zu zerstören. Einzigartige Weltwunder hingegen bleiben immer inklusive ihrer enormen Vorteile bestehen, was eine Stadt, die über solche verfügt, sehr begehrenswert macht. Doch Berlin erschien Omega auch ohne derartigen Größenwahn äußerst wertvoll, geradezu unabdingbar für seine Ausdehnung gen Osten, wo neben Chillos vorgefertigter Infrastruktur auch Reichtum an Ressourcen zu finden ist. Der aktuelle Feldzug umfasst noch weitere Gebiete, genaugenommen das gesamte deutsche Territorium des fiktionalen Kontinents, dessen Hoheit sein unmittelbares Ziel darstellt. Was dann kommt, scheint ungewiss. Vielleicht ein freudiger lukrativer Handel mit Luxi oder es überfällt ihn die Gier nach dem ganzen riesigen Stück Land, nach uneingeschränkter geographischer Macht, lediglich umgeben vom Ozean, der schützend vor den fortschrittlichen Herrschern des anderen Ufers liegt. Bei diesen Gedanken schwingen auch noch andere taktische Überlegungen mit, jene, die sich eher auf Qualitäten des spielerischen Miteinanders beziehen und weniger auf eigene Vorteile. Er mag zwar ein prestigesüchtiger Einzelkämpfer im Computerspiel sein, aber auch Omega weiß, dass der Genuss nicht proportional dem Können entsteht, sondern ganz unberechenbaren Schwankungen unterliegt, die man durch Egoismus leicht ins Negative lenken kann. Einfache Wörter deuten spartanisch an: Lieber in einem guten Spiel mit Freude und Spaß verlieren als in einem schlechten mit Ärger und Stress gewinnen, oder so ungefähr. Allen Idealen zum Trotz, jetzt muss zu Lasten der gerne gesehenen Spielervielzahl bald einer vernichtet werden, er muss weichen, um Verhältnisse etwas zu verschieben und das kann für enorme Spannungen sorgen, im eigenen Land durch Größe, Unterhaltszahlungen, Anarchie und in der Außenpolitik, wo nun sein Ruf als *Warmonger*[87] unerbittlich die Runde gemacht hat, ebenso. Vielleicht besser als ein Image übertriebener Friedfertigkeit, für diese Chillo seinen Namen nun verbürgt, andererseits mutmaßen sicher viele aufgrund solcher Geschichten einen unentwegt aggressiven Spielstil und beugen mit hoher militärischer Stärke vor, so dass in Zukunft äquivalente Kriegstreiberei eher scheitert. Wer weiß? Epikurs Philosophie der

---

[87] Englisch: Kriegstreiber; wird teilweise als Anglizismus im Gamer-Jargon verwendet.

Lust noch vom letzten Semester im Hinterkopf, blendet er Konsequenzen und moralische Bedenken alias Tugenden, wie sie immer in diesen altertümlichen Geisterseminaren heißen, aus, und widmet sich der unmittelbaren Spieltriebbefriedigung ohne Achtung ethischer Kulturvorstellungen. Freudige, genussreiche Ausdrücke seiner Gesichtsmuskulatur verraten, dass er wahre Lust empfindet, dass seine Botenstoffe wegen einer bewussten Täuschung aus Einsen und Nullen verrücktspielen. Enthusiastisch bewegt Omega seine rechte Hand, führt damit die graue Standard-Drei-Tasten-Maus, klickt hin und wieder, bis das osmanische Militärkontingent an der für ihn gewünschten Position Stellung bezieht. Noch schnell einige Floskeln in den vernetzten Raum geworfen, Produktionen aller Städte kontrolliert oder angepasst, geht es mutig in die nächste Runde, indem er als letzter den roten Knopf betätigt, während alle anderen schon geduldig warten. Das Mittelalter schreitet im osmanischen Reich langsam und beschwerlich voran, denn Unterhaltskosten für Gebäude und Einheiten fressen den Großteil seiner Staatskasse auf und zerstören so manch einen Traum früher Renaissance. Bei den Fraktionen des anderen Kontinents sieht das ganz anders aus, dort beherrscht eine Atmosphäre des Friedens die Stimmung und sorgt so für fröhliche Wissenschaft, welche emsig in Bibliotheken fernab der Feldwirtschaft betrieben wird.[88] Am Ende mittelalterlicher Technologien steht das Bildungswesen, wodurch Universitäten gebaut werden können, die weitere Wissenschaftler beherbergen. Omega weiß über die Vorzüge einer fortschrittlichen Zivilisation einigermaßen Bescheid,

---

[88] Der Spieler kann manuell Bürger von den Feldern, die die Stadt umgeben und bewirtschaftet werden, abziehen und in Gebäuden (z.B. Tempel, Bibliotheken oder Fabriken) als Spezialisten (Wissenschaftler, Künstler, Priester, Ingenieure) einsetzen.

deren Bewerkstelligung ihm im Angesicht der Konkurrenz von Morla und Co nicht gerade leicht vorkommt, weshalb er auch die militärische Expansion präferiert. Jene wird unerbittlich vorangetrieben, Runde für Runde. Seine Armee aus Pikenieren lässt Berlin hinter sich und zieht im wahrsten Sinne des Wortes weiter gen Osten, oder besser, sie wird gezogen. Ganz genau prüft der qualmende Student die ergründbaren Wege seiner Einheiten, immer die Kartographie im Blick, den Nebel des Krieges und alles, was sonst noch zu einem erfolgreichen Feldzug dazugehört. Da wären zum Beispiel spezielle Fähigkeiten, die militärische Einheiten durch Erfahrungspunkte erhalten oder in Kasernen erlernen können. Dabei darf der gottgleiche Spieler entscheiden, ob diese als Beförderungen bezeichneten Eigenschaften defensiver oder offensiver Natur sein sollen. Insbesondere Angriffs- und Verteidigungsboni für verschiedene Geländearten, wie Wald, Hügel oder Ebene sind zu beachten, wenn an der Front und im Feindesland operiert wird. Darüber hinaus existieren Spezialisierungen, die den Kampf gegen spezifische Klassen (Artillerie, Reiter, Schiffe, Flugzeuge, etc.) verbessern und somit entsprechend einer möglichen Feindberührung bedacht werden sollten. All jene graue Theorie der Spielelemente schwirrt im Kopfe des osmanischen Staatschefs herum, während sich seine Armee unter Berücksichtigung ihrer besonderen Stärken und Schwächen formiert. Diese muss der Feldherr ganz genau beachten, schließlich hat er ja im Angesicht des übenden Krieges jene Fähigkeiten verteilt, um sie dann einzusetzen, wenn es hart auf hart kommt. Doch Chillos Gegenwehr verhält sich eher weniger kompliziert, fast gar nicht würdig, einen ausgetüftelten Plan zu beachten. Und so kommt es, dass alle vorgesehenen Feinheiten der Strategie im Sande verlaufen. Die paar Speerkämpfer sind schnell von der Karte geputzt, einfach durch Quantität und Qualität Omegas mittelalterlicher Pikeniere, obgleich sich Gegner wie Morla oder Lahero sicher nicht durch solch profane Mittel in die Knie zwängen ließen. Da wäre eine höhere Kunst des Krieges erforderlich, Strich, die Beherrschung diverser Fern- und Nahkampfeinheiten im Wechselspiel und Ausschöpfung des taktischen „eEpF-Kampfsystems"[89]. Dieses neuartige System erlaubt prinzipiell auch einen Sieg gegen offensichtliche Übermächte, und zwar durch den effektiv gezielten Einsatz hochspezialisierter gut ausgebildeter Einheiten, am Besten in Verbindung mit Generälen, die die Angriffsstärke noch zusätzlich aller umliegenden Militärs um fünfundzwanzig Prozent erhöhen. Denn eine noch so große Masse kann aufgrund der Begrenzung nicht genutzt, sondern lediglich nach und nach auf den Feldern „verballert" werden. Dabei gilt grundsätzlich, dass Sid Meier und sein Team die Aufwertung der einzelnen Einheiten ins gesamte Spielkonzept integriert haben, was sich zum Beispiel auch bei den Produktionskosten selbiger widerspiegelt. En masse lässt sich nicht mehr so einfach „rushen"[90]. Das hat dem Mehrspielermodus auf den ersten Blick gut getan. „Stacks"[91] sinnlos kombinierter Heeresverbände sind nicht mehr möglich, ebenso wenig deren gemeinsames Angreifen, was viele Multiplayer in den Wahnsinn trieb. Jetzt muss der Spieler viel mehr nachdenken, wenn Gegner nicht gerade in Chillos Manier veraltetes Militär in geringer Stückzahl präsentieren. For-

---

[89] Eine Einheit pro Feld. Jenes neue im fünften Teil eingeführte System ermöglicht taktischere Züge und erfordert mehr Aufmerksamkeit als das Prinzip der unbeschränkten Einheitenstationierung der Vorgänger.
[90] Anglizismus im Gamerjargon: Beschleunigen; „schnell und viel" meist unter Ausnutzung bestimmter Spielmechaniken.
[91] Ein Stapel (engl. Stack) verschiedener und/oder gleicher Einheiten auf einem Feld. Diese konnten vor dem fünften *Civilization*™ sogar mit nur einem Klick alle auf einmal bewegt werden.

dernde Strategie wurde schon durch die Eroberung Berlins und den kurzen generalstabsmäßigen Einsatz seiner Pikeniere obsolet, so dass er wie in Trance und erneut mit karibischen Friedensklängen der endgültigen Vernichtung Chillos entgegenstrebt. Aufschreie, Schreie des Schmerzens, Ringen nach unmöglicher Vergeltung in diesem virtuellen Leben und dergleichen verleihen nebenher durch die jugendliche fast piepsige Stimme Ausdruck einer vermeintlichen Peinigung. „Trage es mit Würde, junger Paderwan." scherzt Morla im akustischen Hintergrund. Doch jegliche Bemerkungen prallen am abendlichen frivolen Charakter des Omegas ab wie jene kläglichen Versuche eines Angriffes, die der Schüler in letzter Konsequenz im Angesicht des drohenden Todes aus purer Verzweiflung unternimmt. Nach vier geschlagenen Runden, drei Damien Marley Tracks, einer Flasche Bier, einem viertel Gramm Gras, zahlreichen einfühlsamen wie ernüchternden Glossen aller Mitspieler, lockeren kleinen Unterhaltungen und lässigem „Klick and Go" erscheint auf den Bildschirmen der restlichen fünf Staatsoberhäupter die wenig frappierende Nachricht über den Untergang der Deutschen Nation, ihres Zeichens „Chillo der Ratlose", der diesen Titel in der „Hall of Fame" verliehen bekommt, wie er recht mitteilungsfreudig kurze Zeit nach seinem imaginären Versterben im realen Exil bekannt gibt. Omega zähmt ganz bewusst seine Euphorie über den Siegeszug und erzählt der Öffentlichkeit von Welt, dass ihm sein kriegerisches Handeln moralisch betrachtet nicht sonderlich leicht fiel und er in Zukunft solche Akte der Zerstörung unterlassen werde. Allgemeines Schmunzeln macht die Runde. Keiner meldet sich zu Wort. Das Ende einer Zivilisation wird zwangsläufig so hingenommen wie ein verlorener Einkaufszettel. Stiller Applaus für den Aggressor und ein Hauch Mitleid dem Kleinsten gegenüber. „So Leute, dann noch einen schönen Abend, ich bin raus." Die letzte Artikulation des Jungen hallt durch den imaginären Raum des *Teamspeak*-Servers. Mit dem deutschen Volk verschwindet auch seine repräsentative Stimme. Fortsetzung folgt.

Mama, ich spiele lieber Krieg!

Es prangert unter seinem zitierten Beitrag eine zynische Botschaft mit dem anglistisch anmutenden Titel „Get a life, nerd[92]". Weiterhin steht dort, diesmal mit germanistisch angehauchtem Wortgefüge: „Du kriegst doch deine BFs[93] von deiner Mutter hinterher geschmissen. Und jetzt denkst du, dein armes RL[94] kannst du hier bei Battlefield ausgleichen. Echt erbärmlich, Nerd! Du hast bestimmt Pickel und einen dicken Bauch. LOL[95]." Boshaft und voller Wut auf den vermeintlichen Ketzer, der sein gefestigtes Image und die anerkannte, durchweg positive öffentliche Meinung zu seiner virtuellen Persönlichkeit mit dem Nickname[96] Overlord97 schändet, sucht Patrick schnell ein schönes Urlaubsfoto von seiner hübschen, braun gebrannten und jungen Realperson. Hastig lädt er das glamouröse Foto auf den freien Webspace eines Sharing-Anbieters[97] hoch und verlinkt dieses im *Battle-*

---

[92] Terminus aus der Internet- und Jugendsubkultur: Oft sind Computerfreaks gemeint. Während der Begriff allgemein negativ konnotiert ist, hat er sich in Internetcommunitys und unter Computerspielern und -freaks zu einer selbstironischen Eigenbezeichnung gewandelt.
[93] Battle Funds, virtuelle Währung bei dem Online-*Shooter Battlefield Heroes*, mit der man besondere Gegenstände (Items) wie Waffen und Kleidung käuflich erwerben kann.
[94] Real Life, im Gegensatz zu VL (Virtual Life); beliebter Ausdruck für das wirkliche Leben im Gegensatz zur „Cyber-Identität".
[95] LOL: Laugh out loudly, Abkürzung im Webjargon.
[96] Benutzername oder/und Spitzname in virtuellen Communitys, etc.
[97] Anbieter offerieren kostenlosen Webspace, damit User ohne Umstand Dateien mit anderen Usern teilen können.

field-Forum, um zu beweisen, dass Overlord97 kein pickeliger dicker Nerd ist, der mit einem Online-Spielchen seine reale Erbärmlichkeit kaschieren möchte. Zu dem Bild schreibt er noch einen Kommentar: „Ach, ich verstecke mich nicht vor der Realität, dafür stehe ich viel zu sehr auf meine Freundin!" Patrick hat trotz des tollen Fotos gar keine Freundin, aber das macht nichts. Eindrucksvoll wird der kritikfreudige Troll in die Flucht geschlagen.

Es gibt viel zu berichten von den Helden des elektronischen Kunstschlachtfeldes[98], ganz besonders von ihrem Erscheinungsbild, der Entwicklung ihrer Ränge und „Ratios"[99], der Freundschaften und Feindschaften, Clanbildungen und vom Klatsch und Tratsch in den Foren und Chats. Ständig gibt es Updates und neue Angebote. Das Geschäft mit dem niedlichen Töten floriert und als Kriegsreporter muss man sich wirklich keine Sorgen machen, dass der Stoff für Geschichten eines Tages ausbleibt. Nun möchte ich gerne das Gesamtwerk meiner Reportage über den stetig bestehenden Konflikt zwischen „Royals" und „Nationals"[100] veröffentlichen, sowie dem Ganzen eine Form verleihen, welche dem Anspruch der Literatur gerecht wird. Also werde ich eine ausführliche Erzählung anfertigen, die sich ganz besonders einem Helden widmet, dem der große Name *Robert De Hero* gegeben wurde. Allerdings muss dieser hier weniger schauspielern, sondern als Soldat der nationalen Kampftruppe aufs virtuelle Schlachtfeld ziehen, um sich dort trotz Unsterblichkeit ständig das Lebenslicht auspusten zu lassen.

---

[98] Begriffliche Anlehnung an die Produktionsfirma der *Battlefield*-Serie *Electronic Arts* (EA).
[99] Verhältnisberechnungen der Kills/Death und Win/Lost, etc.
[100] Die beiden Fraktionen (beruhend auf dem 2. Weltkrieg) des Online-Shooters *Battlefield Heroes*.

Es gab einmal vor langer Zeit einen emsigen Journalisten, der so ziemlich über alles berichtet hatte, was in der Welt so passierte: Religionskriege, Darwinistische Albträume, Hirnforschung, Fußball und vieles mehr. Sein überaus reicher Fundus an Erfahrungen brachte ihn immer weiter und trieb ihn an, vieles aufzuschreiben, um es gänzlich unvergesslich zu machen. Doch heute, nach einer gefühlten Epoche, sitzt er zu Hause im Ruhestand vor einem ihm völlig fremden Gerät und verspürt den Drang, doch ein kleinwenig den Erinnerungen gleich seines altersbedingten Standes etwas Ruhe zu gönnen. Sein Sohn hat ihm diesen Computer zusammengebaut, auch hinsichtlich einer Randbemerkung, dass jener dem modernen Stand der Technik entsprechen und für alle Arten neuster Computerspiele taugen solle. Früher reiste der passionierte Berichterstatter um die ganze Welt und umgab sich immer mit Menschen ganz anderer Art, anderer Herkunft und anderen Gepflogenheiten. In seinem eigenen Metier kannte er alle Handgriffe und verfügte über großartige Kompetenz, jedoch sagte ihm die Gesellschaft seiner Kolleginnen und Kollegen gar nicht zu, so dass im Gegensatz zur üblichen Kooperation unter Medienprofis eher Verbindungen zu völlig fremden Subkulturen entstanden. Später kamen dann dadurch interessante Einblicke ans Tageslicht, wie eine große Reportage über die Rastafari in Ghana, zu deren Religion er konvertierte - nicht zuletzt auch deshalb, um in Europa ganz legal Gras rauchen zu dürfen. Die Freizeitbeschäftigung des Marihuanakonsums soll nun mit der ihm völlig fremden Welt von *Battlefield Heroes* eine Symbiose eingehen, denn er möchte sein Bewusstsein in vielerlei Hinsicht erweitern und zudem sich in die Gesellschaft eines komplett anderen Menschenschlages begeben: kleine Computerkids und große Spielefreaks. Sein Profil eines intellektuellen Bücherwurms passt ganz und gar nicht zu diesem niedlichen Cartoon-Shooter[101] und dessen Community, die einem scheinbar trivialen Vergnügen hinterherjagt. Abstruse Ideen hinsichtlich einer intensiven Partizipation an dem lustigen Gemetzel ereilten ihn bei der Lektüre eines herausragenden Literaturmagazins, in dem ein junger Schriftsteller über seine Erfahrungen mit den comichaften Helden berichtete. Dort konnte man lesen, dass die Beschäftigung mit einem derartigen Ballerspiel ganz und gar nicht primitiv sei, sondern auch gebildeten Gehirnakrobaten eine ganze Stange Fähigkeiten abverlangt und zudem ein wohliges Vergnügen bereitet, das dem Intellekt als entspannte Sinngebung erscheint und somit nicht absurder daherkommt wie alle anderen Dinge, die sich an einer Schnittstelle zwischen Mensch und Maschine abspielen. Denn an sich steht der frischgebackene Rentner Computertechnik sehr kritisch gegenüber, was unter anderem seine konsequente Nutzung einer alten Schreibmaschine beweist sowie der Verzicht auf jegliches digitale System, wie Smartphone oder GPS. Wahre Werte spiegeln sich bei ihm in den materiellen Gegenständen wider, so zum Beispiel in zahlreichen Erstauflagen bedeutender Weltliteratur älteren Datums, für die inzwischen horrende Summen gezahlt werden. Doch nun bahnt sich etwas völlig neues im Leben des reifen Herrn an: das Eintauchen in die illustre Traumfabrik der interaktiven Einsen und Nullen, mit denen sein Gehirn in keiner Weise auch nur annähernd vertraut ist. Natürlich hat er sich schon informiert, gewisse Perspektiven nachvollzogen und auch mal in einer Fachzeitschrift geblättert, doch sein Gefühlsleben besteht in Bezug auf die kommende Erschaffung seines virtuellen Helden aus extremer

---

[101] Die grafische Oberfläche von *Battlefield Heroes* ist im Stil eines bunten Comics und somit weniger real und minder brutal.

Spannungsladung, welche ihn gleichermaßen elektrisiert und fasziniert. Nun beginnt die Entdeckungsreise. Gemächlich baut der bekennende Rastafari einen Joint, zündet sich selbigen mit einem Streichholz an und betätigt den Power-Schalter seiner neuen frisch eingerichteten High-Tech-Kiste. Grundsätzliches über das Metamedium hat er sich angelesen und in der Vergangenheit gab es hier und da mal ungewollten Kontakt zu Computern. Ein dicht beschriebener DinA4 Zettel liegt auf seinem antiken Tisch, gut leserliche Anweisungen über die Erstellung eines E-Mail-Kontos, da jenes eine Notwendigkeit für sämtliche Registrierungen bei beliebten Onlinespielen darstellt. Er inhaliert tiefe Züge rauchender Hanfblätter während ein Geräusch des wohlbekannten gängigen Betriebssystems signalisiert, dass das System gerade startet. Dann dauert es keine fünf Sekunden, bis die von seinem Sohn geschilderten Symbole für Netzwerkkonnektivität an der rechten unteren Grafikleiste auf dem Bildschirm erscheinen. Es ist vollbracht. Die Verbindung zum weltweiten Web steht.

Auf dem großen altmodischen Holztisch stechen ein moderner Flachbildschirm, eine rot beleuchtete Tastatur für Gamer und ein schwarzes Pad[102] aus Plastik mit aufliegender leicht überdimensionierter „Zockermaus"[103] hervor. Der Aura des gesamten Hauses hingegen entspricht die direkt neben Monitor und Tastatur befindliche Schreibmaschine aus elegantem schwarzem Metall. Der altgediente Journalist möchte im Verlauf seiner zukünftigen Karriere als neumodischer Spielejunkie ein klassisches Tagebuch führen, das detailliert alle Ein-

---

[102] Pad oder Maus-Pad zur besseren Auflage der Computer-Maus. Es werden spezielle Anfertigungen für Gamer angeboten.
[103] Spezielle Mäuse für Computerspieler verfügen meist über eine höhere Auflösung und sind somit schneller, sowie über zusätzliche Knöpfe und ggf. andere Features.

drücke festhalten und den Werdegang seines Helden beschreiben soll. Langsam drückt er den Joint in einem aschenbecherartigen Kunstgegenstand aus und beginnt zu tippen...

Ich befinde mich an meinem ganz persönlichen Ort des Vertrauens und begebe mich über eine Maschine in eine völlig fremde Welt des Misstrauens. Ja, ich verdächtige sie der Entfremdung, der Enteignung wahrer Identitäten und vieler anderer seltsamer Phänomene einer Bewusstseinstrübung. Doch diese Wertvorurteile sind mir gleichgültig, denn Zweifel überschattet mein Gemüt und es dürstet mich nach Erkenntnis in Lebensräumen fernab dieser verrotteten Mode, die da sagt, alles müsse aus Fleisch, Blut, Stein, Holz oder sonst was sein. Soeben bin ich dabei, nach genauer Anleitung meines Sohnes ein elektronisches Postfach einzurichten, dessen Existenz ähnlich einer Briefkastenfirma mein offizielles Erscheinen im Netz bewerkstelligt. So kann man wohl bestätigen, dass es einen gibt. Dass gewissenmaßen pseudoamtlich legitimiert wird, eine respektable Person verberge sich hinter irgendeinem Nutzernamen. So entstehen dann Räumlichkeiten der Privatsphäre: Du erhältst ein Passwort. Voller Tatendrang erkunde ich, während nebenher diese Zeilen verfasst werden, das unbehagliche Internet. Dies sei ein Netz voller hübscher Ideen, sagte man mir immer und immer wieder, doch niemals konnte ich irgendetwas dazu kontern, geschweige denn eine gescheite Meinung bilden. Jetzt wird das anders. Jetzt begebe ich mich nicht nur in diese Virtualität voller erwachsener Standards und Bürokratie, und hier sei kurz angemerkt, dass ja jeder Trottel meines Alters inzwischen E-Mails schreibt und den *Spiegel* online liest, nein, ich werde auch zu diesen Verrückten vorstoßen, zu denen, die sich selbst gerne als Nerds oder Freaks bezeichnen. Ob meine für solch junges Publikum erscheinende langweilige Persönlichkeit überhaupt Gefallen an der Sache findet, wird sich zeigen, doch da bin ich ehrlich; dieser kuriose Bericht über poppige Helden in frei zusammenstellbaren Kostümen jeglicher nur erdenklichen Fasson, dann noch mit unterschiedlichen Waffen, einsetzbaren Fähigkeiten, witzigen Gesten und vielen verschiedenen Dingen mehr, hat mich dermaßen neugierig gemacht, dass die Überzeugung nun Bestand hat, es nicht nur mal auszuprobieren, sondern richtig tief einzutauchen in dieses farbenfrohe Universum von *Electronic Arts*. Die Basis des ganzen Vorhabens ist schnell errichtet, bzw., wie man heute sagt, eingerichtet. Mein zuvor noch jungfräuliches Postfach empfängt soeben eine erste Nachricht: Bitte bestätigen Sie Ihre E-Mail Adresse, indem Sie auf nachfolgenden Link klicken. Nun bin ich drin und der Account sei mir sicher. Auf den Webseiten von *Battlefield Heroes*™ geht es sehr amüsant zu, so wird man zunächst mit einem kurzen äußerst spektakulären lautstarken Trailer[104] begrüßt, welcher schrille Helden in kämpferischer Pose promotet. Verheißungsvoll stellen sich drei verschiedene Klassen von Spielcharakteren vor: Kanoniere, Soldaten und Kommandos. Dabei zeigt das Video einige attraktive Aktionen, wie Faustschläge, Messerattacken, Brandbomben, wild umherkreisende aus allen Rohren feuernde Flugzeuge mit auf Tragflächen sitzenden um sich schießenden Passagieren, irre Panzerangriffe und einiges mehr, was viel Freude und Abwechslung verspricht. Kurz darauf gelange ich zur Hauptseite, wo sich eine Pinnwand mit neusten Nachrichten rund um das als kostenloses Spiel gepriesene digitale Meisterwerk befindet. Das mag jetzt etwas pathetisch klingen, jedoch muss ich wirklich mal betonen, dass solche komplexen interaktiven Dinge auf dem Bildschirm in letzter Zeit leidenschaftliche Bewunderung bei mir auslösen. Deshalb gebe ich nun derartige Wer-

---

[104] Kleines prägnantes Video zwecks Werbung und Vorschau.

tung ab, aus Überzeugung, Wohlwollen und meiner früheren negativen Haltung der gesamten Computertechnik gegenüber. Diese hat sich nämlich trotz meines hohen Alters enorm geändert und darf mit dem angestrebten Erfahrungsschatz revidiert werden. Also, los geht's. Ich logge mich mit den Daten, genaugenommen E-Mail und Passwort, ein. Die beiden dafür vorgesehenen Felder befinden sich ganz oben auf der Seite, sehr übersichtlich und leicht auffindbar. Das schafft sogar ein greiser Literat ohne Probleme. Dann gelangt man zum personalisierten Menü, wo ich mich erst einmal durch alle Funktionen klicke, wie zum Beispiel Aktivitätsindex, Cash-Verlauf oder „Item-History". Nirgends ist bisher etwas verzeichnet, so gilt es nun herauszufinden, wie mein Held in Aktion treten kann. Zwei besonders große Symbole ragen auf der Seite heraus: „Play now!" und „create a hero". Schnell dämmert mir, dass mit der Erstellung des Accounts nicht automatisch meine Spielfigur erschaffen wurde, so dass ich in freudiger Erregung den virtuellen Knopf betätige, welcher die erste spielbezogene Interaktion ermöglicht. Auch wenn mein kulturelles Interesse weniger dem Film gilt, soll jener Held den passenden Namen Robert De Hero tragen. Die Taufe verläuft glimpflich, denn entgegen realer Handhabung sind hier Namen absolut einmalig und stellen einzigartige Bestände dar, die kein zweites Mal mit denselben Zeichen existieren können. Da ich momentan keinerlei Ahnung habe, welche spielerischen Unterschiede zwischen der nationalen und royalen Fraktion bestehen, bestimmt meine Sympathie für rote Farben die Wahl. Dann nähert sich eine schwierige Entscheidung: die Frage der Klasse. Schon im Vorfeld informierte ich mich darüber, wobei herauskam, dass Kanoniere, Soldaten und Kommandos alle ihre Reize besitzen. Ersterer verfügt über 150, zweiter über 120 und letzterer über 80 Gesundheitspunkte. Verschieden sind auch je sechs Fähigkeiten, die mit der Zeit, so habe ich gelesen, „geskillt"[105] werden können. Aber zu diesen Details berichtet meine ungeübte Wenigkeit später mehr; jetzt fällt die qualvolle Wahl ganz spontan auf den Soldaten, der sich selbst und seine Teamkammeraden im näheren Umkreis per Knopfdruck heilen kann. Das gefällt mir. Als nächstes erscheint ein interessanter Baukasten, der es ermöglicht, Haar, Bart und Hautfarbe zu definieren. Natürlich gilt als Vorbild unser großer Schauspieler, weshalb ich mich für eine brünette Frisur und helle Haut entscheide. Fertig! Wenn ich nun einen Blick in mein personalisiertes Menü werfe, zeigt mir ein Verzeichnis den ersten sogenannten Slot, der mit dem Helden Robert De Hero belegt ist. Ein kurzes Studium der FAQ[106] informiert mich, dass sich bis zu vier Helden kostenlos einrichten lassen. Schön, denke ich mir, dann bleibt noch Platz für andere Kreationen und vor allem die anderen Klassen sowie die Fraktion in blau, das Team der royalen Kampftruppe. Es bleibt spannend. Nun bewege ich etwas behäbig den Mauszeiger zum auffälligsten Knöpfchen PLAY NOW. Ganz so einfach, wie die Symbolik suggerieren mag – einmal drücken und fertig – gestaltet sich der Start des Unterfangens aber nicht, denn zunächst muss ich ein Add-On[107] installieren. Ohne Mühe geschieht dies, wie von Geisterhand klicke ich mich nach und nach bis zum endgültigen Game durch, über Nutzerbedingungen, Installationsverzeichnisse und weitere Kleinigkeiten, die ich trotz fehlendem Verständnis einfach laufen lasse und nach Belieben alles bestätige.

---

[105] In diesem Zusammenhang das Auswählen bestimmter Fähigkeiten (Skills). Gamer-Jargon.
[106] Frequently Asked Questions. Sammlung von häufigen Fragen und deren Antworten.
[107] Zusatzprogramm; in diesem Fall ein kleines Tool für den Browser, das den Download des Spieles überwacht und prüft.

Herrlich! Amüsante Geräusche ertönen und das knuffige Spielchen lädt eine kleine Liste, die als einziges meinen Helden verzeichnet. Erwartungsvoll visiere ich Roberts Schriftzug an und betätige den linken Mausknopf. Schlachtfeld, wir kommen...oder begebe nur ich mich dorthin - ganz alleine?

Lächelnd sitzt der graubärtige Ex-Journalist vor seinem technischen Schmuckstück und lauscht den Klängen von *Battlefield Heroes*™, die bei angenehmer Lautstärke aus kleinen grauen Hi-Fi-Boxen strömen. Ständig wechselt seine Aufmerksamkeit vom silberumrahmten Bildschirm zur antiken Schreibmaschine. Dabei ändern sich Gemüt und Geste: Erstaunen sowie Bemerken auf der Seite des visuellen High-Tech, Konzentration und Versenkung beim klassischen Texten. Es sieht ganz so aus, als ob ihm bisher die erste Berührung mit der fremden Materie gefällt. Vor allem hat sich eine meist vorherrschende Einsamkeit auf dem Stimmungsbarometer der häuslichen Atmosphäre gewandelt - zu etwas Lebendigem und zu dem, was ihm wahrscheinlich immer anhaftete – geschäftiges Treiben vor exotischer Kulisse. Seit dem seine Frau, eine feurige Ashanti-Kriegerin aus Westafrika, wie er sie manchmal liebevoll an ihre Wurzeln erinnerte, verstorben ist, bestimmt eine Ruhe gefühlter Unendlichkeit die Aura des großen Chalets. Diese lebhafte Ghanaerin konnte ihn von inneren Monologen und Selbstgesprächen abhalten, somit die Auseinandersetzung mit Tod und Endlichkeit aufheben und Gedankenaustausch in ein Paradies grenzenloser Momente verwandeln. Zeiten trauter Zweisamkeit am Kamin, gemeinsamer Leseabende und feucht-fröhlicher Trinkgelage gehören der Vergangenheit an. Wenn normalerweise immer gesagt wird, die Realität holt jemanden ein, so passiert in diesem besonderen Fall etwas anderes. Mit Wirklichkeiten möchte er lieber abschließen und stattdessen in der Virtualität Comicfiguren abschießen, so wie es hunderttausende tagtäglich tun, um dem Leben aus Fleisch und Blut zu entrinnen und sich des Geistes zu Nutze machen, der über die materielle Nichtexistenz einfach hinwegsieht und von programmierter Schönheit geblendet wird. Diese digitale Entdeckungsreise erinnert an Tragweiten kindlicher Erfahrungen, an die Bildung von Humankapital und an den ersten Kuss. So aufregend kommt es ihm schon vor, obwohl er gerademal, metaphorisch gesprochen, die Koffer gepackt hat. Während einer genauen Inspektion sämtlicher Einstellungsmöglichkeiten des Hauptmenüs drängt ihn sein literarisches Schaffensbedürfnis immer wieder zwischendurch an die Schreibmaschine, mit der eifrig Erfahrungen auf Papier festgehalten werden. Er fährt fort...

Zumindest leistet mir auf dem Monitor eine Gestalt Gesellschaft, die sich bewegt und sichtlich atmet. Das suggeriert mir ein Gefühl der Zweisamkeit. Außerdem macht sie einen recht gelangweilten Eindruck, der mich geradezu auffordert, mit ihr in den Kampf zu ziehen. Doch es wird durch die Fülle offensichtlicher Optionen noch einiges mehr verlangt, so zeigt eine Art Holzleiste oben fünf Menüpunkte: Home, Mein Zeug, Shop, Freunde und Einstellungen. Daneben prangt aufmerksamkeitserregend ein schriller „Play-Now" Knopf. Bevor dieser gedrückt wird, studiere ich die Heim-Seite. Es scheinen dort alle wichtigen Daten meines Helden zu stehen, zum Beispiel eine große Nummer mit der anfänglichen Wertigkeit eins, welche wohl den aktuellen Stand des sogenannten Levels darstellen soll. Dabei handelt es sich um ein weit verbreitetes Element in Onlinespielen, das dazu dient, die Gamer bei der Stange zu halten und dauerhaft zu motivieren. Über solche Dinge hat mich der bereits erwähnte Erfahrungsbericht eines begabten Schreiberlings aufgeklärt. Genaugenommen liegt die nähere Bedeutung darin, dass Spielfiguren nach dem Vorbild realer Menschen Erfahrungen sammeln und so bestimmte Fähigkeiten verbessern. Letzteres liegt dann im Ermessen des Spielers, der Entscheidungen treffen muss, welche speziellen Skills dem Helden zugeteilt werden. Neben einer Anzeige für den aktuellen Stand der XP-Punkte, wie das im Jargon so schön heißt, befinden sich drei weitere Werte mit versehenen Symbolen und deren prägnanten einprägsamen Abkürzungen HP, VP wie auch BF. Nachdem ich gerade noch einmal die häufigen Fragen und Antworten durchgesehen habe, erschließen sich mir deren Bedeutungen in aller Ausführlichkeit. HPs bezeichnen Hero Points, die man sich durch Erfahrung nach und nach verdient, genauer nach jedem zweiten Levelaufstieg, und die dann auf Fähigkeiten verteilt werden können. Das heißt im mathematischen Klartext, wenn mein Held die Stufe zehn erreicht, kann ich zum Beispiel fünf Punkte auf Kampfmedizin anwenden, welche eine besondere Fähigkeit des Soldaten darstellt. Dazu später mehr; bisher bin ich mir noch nicht im Klaren über die genaue Funktionsweise dieses Systems. Kommen wir zu den VPs. Jene Valor Points fungieren als virtuelles Spielgeld, das durch Erfolge, wie dem Bestehen von Missionen, ansteigt und im Store, ähnlich der „echten" BF-Währung, für Kleidung, Waffen oder Widgets[108] ausgegeben werden kann. Sparen für die Zukunft soll hier weniger sinnvoll sein als in der Realität meinte der Autor des ersten mir bekannten intellektuell angehauchten Berichts über diese als Shooter betitelte Matrix. Mit dem Spielgeld lässt sich allerdings noch lange nicht alles erwerben, denn schließlich muss der dahinter stehende Konzern Profit abwer-

---

[108] In Einheiten aufgeteilte Gegenstände, die während des Spielens benutzt werden können und sich verbrauchen. Z.B. Heiltränke oder feuerfeste Unterhosen.

fen, und ein roter Mantel oder eine schicke Wintermütze entstehen trotz ihrer Immaterialität ja nicht von selbst. Deshalb steht neben dem Währungskürzel auch gleich ein Verweis zur Wechselstube, die eine kindgerechte Zahlungsoption per SMS mit dem Handyguthaben sowie alle anderen gängigen Methoden anbietet. Da mein Vorhaben Hand und Fuß haben soll und ich es irgendwie mit dem realen Leben verknüpfen möchte, beginnt von nun an für mich eine Zeit der Enthaltsamkeit. Mein Motto für die angebrochene Rentner-Episode lautet salopp: „Stop smoking, start playing!" Kosten meines Tabakkonsums belaufen sich auf gute vier Euro täglich, so dass ich genauso gut dieses Geld wohlwollend in die Spieleindustrie pumpen könnte, denn ob's verbrannt oder „verzockt" wird, erscheint doch relativ gleichgültig im Lichte einer von unserer Gesellschaft ständig gepriesenen Notwendigkeit von Rentabilität. Also, um stärker in das Geschehen involviert zu werden, tätige ich erst einmal eine Zahlung von zwanzig Euro per Kreditkarte, obgleich mir jeglicher Schimmer fehlt, was denn überhaupt mit der als *Battlfunds*™ bezeichneten Währung anzufangen sei. Ich tue dies einfach in der Hoffnung, zumindest die kommenden fünf Tage ohne Zigaretten auszukommen, denn aller Anfang, wie jeder weiß, ist schwer. Festgesetzte Prinzipien des Mottos unterliegen zwar keiner Kontrolle, aber wer hintergeht schon gerne seine eigenen Ideale, auch wenn dabei schwer zugängliche Süchte eine Rolle spielen. Passenderweise zünde ich mir nach Abschluss des kuriosen Deals meine letzte Zigarette an und habe vor, zukünftig aus Marihuana Tee zu kochen, damit weder Tabak noch Qualm von Nöten sind. Mein neuer Wandel belebt den von Rente und Alter träge gewordenen Geist. Nach einem kurzen Moment der Ruhe und letzten Räucherei widme ich mich wieder voll und ganz meinem mit 1400 BFs ausgestatten Heldenkonto. Der zweite Reiter im Menü zeigt „Mein Zeug".

Dort konfiguriert man das Erscheinungsbild der Figur, das Waffenarsenal, Fähigkeiten, sogenannte „Emotes"[109], Widgets und Missionen. Ich beschäftige mich kurz mit der Garderobe, die Robert standardmäßig zur Verfügung steht: ein blaugraues Hemd, passende Hose gleichen Farbtons und schwarze Stiefel. Jener geringen Auswahl und Einfallslosigkeit werde ich noch abhelfen, denn schließlich repräsentiert diese Gestalt meine individuelle Kreativität im Umgang mit Fragen des Designs, oder wie es Kids durch Anglizismen gerne zum Ausdruck bringen: „Wir müssen den Style representen!" Das Spektrum des Erscheinungsbildes beschränkt sich aber nicht nur auf eben erwähnte Montur, sondern beinhaltet insgesamt zehn mögliche Kleidungsstücke, die in Form kleiner blauer symbolischer Kästchen um den Charakter herum positioniert sind. Der virtuelle Kleiderschrank daneben bietet jene bekannte „Drag and Drop"[110] Option, wodurch ich einfach ausgewählte Klamotten per festgehaltener Maustaste hin- und herschiebe, bzw. an- und ausziehe. Meine Phantasie imaginiert mir gerade einen Helden, der lediglich in Unterhose und ohne Bewaffnung übers Schlachtfeld hüpft - als Appell an den Frieden und die Sinnlosigkeit von Kleiderordnungen. Solche Gedanken treiben Tränen in meine Augen; ein penetrantes nicht zu unterdrückendes Lachen überfällt mich. Ich gehe Tee kochen.

Nachdem wieder viele Male seine typische Körperhaltung mit starkem Bezug zu Monitor und Maus wechselte, nämlich in eine Pose voller Grübelei und grober mechanischer Tastenan-

---

[109] Als Emotes werden Gesten bezeichnet, die sich grafisch und akustisch präsentieren, wobei diese z.B. dazu dienen, den Gegner einzuschüchtern oder mit Teamkammeraden zu kommunizieren.
[110] Eine Technik, bei der Symbole auf dem Desktop durch Festhalten der linken Maustasten verschoben werden.

schläge, gönnt er sich eine kleine Ruhepause in der großen wohnlichen Küche seines ansehnlichen Hauses. Ältere Herren brauchen eben doch zwischendurch fassbare Materialien sowie eine Umgebung gewohnter Behaglichkeit in Räumen fernab jeglicher Cybertechnologie. Er kocht in aller Seelenruhe Wasser in einem abgenutzten Topf auf und präpariert eine große Teekanne mit jenen halblegalen Kräutermischungen, die das Bewusstsein auf empfindliche Art berühren und zumeist dafür sorgen, dass eine höchst sublime Wahrnehmung gefördert wird, aufgrund derer zahlreiche Gedankenblitze einen noch so dunklen Geist hell erleuchten. Wenn dadurch nicht gerade törichte Gespräche lieber Mitmenschen enttarnt werden oder eine Sinnlosigkeit der Dinge zu Tage tritt, kann der Rentner durchaus angenehm berauschte Stunden erleben, ohne dabei seine Persönlichkeit in alle Richtungen zu verteilen, um sie dann am nächsten Morgen wieder mühsam zusammenzufügen. Feste Strukturen und das konstante neuronale Netzwerk greiser weiser Menschen erlauben viel Gelassenheit beim Verkehr mit der Umwelt, wobei fluide Geister jugendlicher Wesensart immer gegen Flutwellen überwältigender Sinneseindrücke anzukämpfen vermögen. Das kochend heiße Wasser fließt sanft dampfend über grüne gekräuselte Stile und Blätter, die auf einem dunkel verfärbten Teesieb liegen und mit dem grau-weißen Bart, der unmodernen Küchengarnitur und einer mittelalterlichen Kerzenbeleuchtung das harmonische Bild diesseitsbezogener Gemütlichkeit zusammenfügen. Nachdem die Kanne gefüllt ist, setzt er sich in einen großen weichen Sessel, der sich völlig untypisch direkt neben dem Gasherd befindet und von dem aus für gewöhnlich köchelnde Nahrung beobachtet wird. Jetzt interessiert ihn nur das Durchziehen des Tees, was nicht weiter spektakulär erscheint, ebenso wenig wie der Genuss eines frischen Apfels, den er nebenbei gemächlich verzehrt. Solche

Kleinigkeiten gehören zum veranschlagten Lebenswandel und zu einem innovativen Dasein mit neuen Kopplungen an die lange große weltweit vernetzte Datenautobahn, die völlig paradox, gar ohne geringste Notwendigkeit, im Lichte seiner aristokratischen Niederlassung erscheint. Doch das gierige Streben nach dem Unbekannten, bisher ganz besonders in der natürlich angehauchten Welt ausgeprägt, fesselt ihn nun auch im Sektor des Virtuellen, und damit sei konkret gemeint: Fabelartige Computerspiele bestimmen seit dem heutigen Tage den Forscherdrang des berenteten eloquenten Schreiberlings. Deshalb folgen wir nun weiterhin aufmerksam seinem literarischen Bericht, dessen Produktion er nach einer kleinen Tasse Tee wieder fortsetzt...

Als nächstes klicke ich mich zum Waffenarsenal. Dort wo vorher noch der Kleiderschrank war, befinden sich nun alle mir zur Verfügung stehenden Waffen. Ausrüsten kann ich diese wieder durch bereits erwähntes Prinzip des Auswählens und Ziehens, diesmal in eine Ausrüstungsleiste mit ebenfalls zehn freien Plätzen. In dem Frage- und Antwortkatalog habe ich gelesen, dass lediglich zwei Waffen mitgeführt werden dürfen, sowie als zweite Kategorie der „Explosives" Dynamit, Granate oder Raketenwerfer. Letzteren kann allerdings ausschließlich die Klasse des Kanoniers verwenden. Eine Standardbewaffnung ist bereits vorkonfiguriert. Für meinen Soldaten Robert de Hero handelt es sich dabei um eine *Toms Thompson* Maschinenpistole mit dreißig Schuss Munition, mittlerer Reichweite und mittlerer Feuerrate. Als zweites gibt's *Flints fleißige Flinte*, ebenfalls mit mittleren Werten aber nur zehn Kugeln im Magazin und prinzipiell eher für den Nahkampf gedacht. Slot Nummer drei belegt ein Bündel Dynamit, vorzüglich zur Bekämpfung von Panzern geeignet, denn mit einem gezielten Wurf bleibt es an Fahrzeugen haften und sprengt diese in die Luft. Drei von zehn Kästchen der Ausrüstungsleiste sind also für Waffen reserviert, der Rest kann mit Fähigkeiten und „Widgets" belegt werden. Dazu komme ich sofort, denn die nächsten beiden Reiter des Menüs betiteln spannungsvoll genau jene Kategorien. Fähigkeiten stellen ein zentrales Spielprinzip des charmanten „Third-Person-Shooters"[111] dar, und deren strategische Einrichtung durch Verteilung von Heldenpunkten wird emsig in der „Heroes-Community"[112] diskutiert. Mein Soldat besitzt zu Beginn einen einzigen Punkt im Feld der Kampfmedizin, eine von sechs Fähigkeiten, denen jeweils bis zu fünf Punkte zugeordnet werden können. Weitere heißen Granatenflut, Sprengladung, 6. Sinn und Brandkugeln. Ich fahre langsam mit dem Mauszeiger über die Symbole und entdecke, dass dabei immer Fenster geöffnet werden, welche entsprechende Erklärungen inklusive Werte diverser Eigenheiten wie Reichweite, Schaden oder Dauer bereitstellen. Nun, ich kann darüber immer noch sinnieren, wenn der praktische Einsatz unmittelbar bevorsteht oder auch schon erprobt wurde; aktuell benötigt mein Können lediglich das Hantieren mit einer wichtigen Taste, die die Kampfmedizin auslöst und mir und meinen Kammeraden im Umkreis ein wenig Heilung verschafft. Also setze ich mich mit Heiltränken, Pflastern, Schraubenschlüsseln und feuerfesten Unterhosen auseinander, die alle artverwandt als „Widgets" bezeichnet werden, deren Wortherkunft auch nach ausgiebigen Recherchen ein Rätsel bleibt. Manche Dinge muss man nehmen, wie sie sind. Als Startbonus erhält jeder Held fünfzig Pflaster, die eine langsame Re-

---

[111] Im Gegensatz zum Ego-Shooter sieht der Spieler seine zu steuernde Figur aus einer Art beobachtender Kameraperspektive.
[112] Damit ist die „geschlossene Gesellschaft" gemeint, die sich aus allen angemeldeten Spieler zusammensetzt.

generation nach Aktivierung bewirken, welche jedoch stoppt, sobald eine feindliche Kugel den Körper trifft. Alternativ kann der Held auch einen „grandiosen Gesundheitstrank" einsetzten, der unmittelbar fünfzig Trefferpunkte wiederherstellt. Bis zur Aktivierung des nächsten „Widgets" gleicher Sorte muss allerdings eine bestimmte Zeit verstreichen, deshalb sollten der richtige Moment und günstige Ort auserkoren werden, um strategisch effektiv seine Gegner zu dezimieren und sich dabei bester Gesundheit zu erfreuen. Ich fühle mich schon wie ein gut informierter Experte in Fragen des Überlebens auf den spielerischen Schlachtfeldern, doch wecken Gedanken an mir völlig unvertraute Steuerungselemente, die Fingerfertigkeit und Reaktion an Tastatur sowie Maus abverlangen, eher Zweifel bezüglich gekonnter Praxis. Im Alter lassen ja bekanntermaßen jene geforderten Vermögen nach, doch bin ich zuversichtlich, dass verarmte Schnelligkeit immerhin durch reiche reife Überlegungskraft ausgeglichen werden kann. Zusätzlich passt meine soziale Ader optimal zum gewünschten Spielstil eines Soldaten, der im Gegensatz zum Kanonier oder Kommando eher auf Gruppendynamik bezogen zu sein scheint. Ich möchte mich nämlich besonders gerne unters unbekannte kuriose Internetvolk mischen. So, weiter im Text, bzw. Bild: Der Einkaufsmarkt liegt nur eine geringe Bewegung mit der Maus und einen Klick weit entfernt, direkt neben „meinem Zeug". Optisch gestaltet sich das Fenster des Shops wie Roberts persönliche Garderobe, nur dass hier ein immenses kommerzielles Angebot rechts neben den persönlichen Ausrüstungsslots zu finden ist. Käufliche Pixel fürs Erscheinungsbild, das sich in zehn verschiedene Bereiche vom Korpus aufteilt, die ich der penetranten Vollständigkeit halber alle umreißend auflliste: Gesicht, Hals, Kopfbedeckung, zweimal Oberkörper für Unterhemd und Mantel, Beine, Gürtel, Handschuhe, Stiefel und noch ein schlecht zu definierender

Bereich zwischen Schulter und Leiste, wo einerseits Tiere Platz nehmen können oder auch Bierkrüge und Tassen festgeschnürt werden. Das hört sich seltsam an? Nun, das Spiel ist, wie der Romancier schon schrieb, ein Glücksfall für die Landschaft der Ballerspiele, denn bei ihm wird kein Anspruch auf Realitätsabbildung gepriesen, sondern abstrakte Verniedlichung betrieben. Deshalb binden sich die virtuellen Spielfiguren nicht an standardisierte Kleidung, ähnlich einem wirklichen Krieg, nein, hier können Äffchen, Papageien, Skorpione und Alligatorschildkröten auf der Schulter getragen oder Papiertüten über den Kopf gestülpt werden. Also durchforste ich zunächst das umfangreiche Kleider- und Accessoire-Sortiment, um für meinen Helden eine passende Auswahl zu treffen, denn schließlich bin ich auch im richtigen Leben wählerisch, wenn es um das optische Erscheinen geht. Gemäß den eben beschriebenen Körperzonen befinden sich zehn Reiter im Geschäftsmenü. Der erste zeigt den Katalog der Kopfbedeckungen, wobei einige Besonderheiten im Moment aufgrund der Weihnachtszeit das Standardangebot ergänzen, wie auf den Webseiten zu lesen ist: Nikolausmützen, Schneemannsgesichter mit Mohrrüben, Clownsnasen und einen wunderbaren Adventskalender, der jeden Tag neue Überraschungen bereithält, welche es entgegen jeglicher Ideale des Sankt Martin allerding nur zu kaufen gibt. Diese Festtagsgegenstände, oder wie die Gamer sagen, -Items, sind nur zeitlich begrenzt verfügbar, weshalb sie sich extremer Beliebtheit erfreuen und manch ein für Geschenke angedachtes Taschengeld verschlucken. Meinem persönlichen Geschmack spricht das Weihnachtsangebot eher weniger an, aber ein schwarzer Zylinder für einen unschlagbar günstigen Preis von 280 BF erregt heiße Aufmerksamkeit, so dass ich ihn meinem Helden gleich mal aufsetze. Per „Drag and Drop" geht's in die Umkleidekabine. Der große weit nach oben abstehende Hut könnte natürlich nachteilige Effekte bewirken, wenn sich Robert zum Beispiel hinter etwas verstecken möchte - doch das kümmert mich wenig. Auf zur nächsten Kategorie, dem Gesicht. Neben saisonalen roten Nasen und Nikolausbärten probiert mein Held noch diverse Sonnenbrillen, Gasmasken, Gesichtsbemalungen sowie Rauchartikel aus. Einige Überlegungen später entscheide ich mich für die geringste Investition „in natura" und klicke weiter zum Halsschmuck. Hier besticht ein gutes Angebot meine vom ungewohnten Monitor müde gewordenen Augen: der weiße Fliegerschal für schlappe 140 BF, umgerechnet genau ein Euro. Kurzes Schmunzeln überkommt mich, denn ich denke daran, wie meine Winterkleidung entgegen aller Ratschläge immer ohne solch ein Accessoire auskommen musste, weil mein Hals gerne kühle Luft spürt und enge Schals oder enge Oberteile selbige rauben, zumindest dem Gefühl nach. Nun gönne ich halt wenigstens meinem virtuellen Alter Ego solch ein nur dem Material nach verhasstes Objekt, das rein optisch betrachtet in immateriellen Welten durchaus hübsch anzusehen ist. Vor dem realen Hintergrund meiner Aversion erwerbe ich die paar virtuellen weißen Pixel, um sagen zu dürfen, ja, einen Schal habe ich schon einmal gekauft. Die nächste Abteilung definiert den Oberkörper - von nackig bis dreckig und Unterhemd, Kratzer, Tattoo bis zu verschiedensten T-Shirts. Unnötig, wenn es denn etwas Dickeres für die entsprechende Jahreszeit sein soll, also einen Reiter weiter rechts anwählen und zu den Pullis und Jacken gelangen. Ich studiere jene Auswahl sehr genau und entscheide mich dann für einen schwarzen langen Mantel, der mit Zylinder und Schal bestens harmoniert. Mit 450 BF liegt das noch im Rahmen, wobei eine ordentliche Hose eingespart werden kann, da dieses als „Mantel der Geheimpolizei" bezeichnete Grafik-Item fast bis zum Boden reicht. Passende Schuhe wären allerdings noch ganz nett, weshalb ich den Teil der Beine getrost übergehe und mir die Fußdesigns anschaue: ausgefallene schwarze Schuhe, weiße teutonische Touristenpantalletten, glänzende Stiefel, Ninja-Fußwickel, Schlägerstiefel und vieles mehr. Rein visuell prägt das Schuhwerk die Optik des Helden eher nur geringfügig, außer den weißen Turnschuhen, die sich extrem vom schwarzen Gesamtlayout abheben und sehr gut zum Fliegerschal passen. Ich kaufe sie ohne große Entscheidungssuche zum Hammerpreis von 140 BF. Schnickschnack für Schulter und Gürtellinie kommt nicht in Frage, so wird das Outfit etwas minimalistischer im Gegensatz zu den Möglichkeiten gehalten; wir wollen ja nicht overdressed zum Kriegsschauplatz erscheinen, obwohl „Kim die Kobra" auf Roberts linker Schulter schon entzücken würde. Auch der umgeschnallte Bierkrug hat seinen Reiz, aber durch ihn wirkt dann die Figur irgendwie überladen, und außerdem steht im *Battlefield*™-Forum geschrieben, dass zusätzliche Gegenstände am Körper enorme Wirkungen auf die Auffälligkeit des Helden haben, insbesondere im Blickfeld des sechsten Sinns, eine Fähigkeit des Soldaten, die für kurze Zeit alle Gegner sichtbar macht, selbst durch Wände hindurch. Doch dazu erfahre ich sicher später mehr; nun wird sich um ganz elementare Dinge für einen Shooter gekümmert - Waffen: abgedrehtes Über-Maschinengewehr, Hakans Hacker, Lothars Locher, Ferdis Fettspritze - alles Maschinenpistolen mit unterschiedlichen Eigenschaften in Reichweite, Feuerrate, Munition und dem kritischen Schaden, dessen Bedeutung mir noch verborgen bleibt. Auch Pistolen können Soldaten benützen: gestohlener Neros Nervenberuhiger, Gerharts Größenwahn, Peters schicker Prügel und andere skurrile Namen bezeichnen die angeblich mit hoher Präzision ausgestatteten handlichen Kleinkaliber. Letzte Alternative wäre eine Shotgun, wie „Schobis schicker Schnellschuss" oder der „Super-Schläger". Über die

Handhabung der Waffen im Allgemeinen informiere ich mich momentan parallel zum Task der Spieleanwendung und stoße bei der von Wissensdrang geprägten Suche auf einen Haufen genauer Werte inklusive exakten Definitionen. Dabei fällt mir auf, dass scheinbar auch kleinen Zockern der Hang zur Wissenschaft innewohnt, wenn sie akribisch Zahlen analysieren und passende Strategien dazu entwerfen, deren publizierten Ausformulierungen im Netz bezaubernd wirken. Ein rührseliges Gefühl befällt meine Stimmung beim Lesen dieser selbstgemachten Guides[113]; so viel Liebe steckt in für mich bislang nicht existenten eingehenden Beschäftigungen mit scheinbar unbedeutenden Scheinwelten. Trotz aller Stillung des Erklärungsbedarfs erschließt sich mir keineswegs eine Fixierung auf spezielle Waffengattungen, allerdings verstehe ich zumindest deren Differenzen: lange Reichweite und langsame Feuerrate versus gegenteilige Eigenschaften oder beide Werte im mittleren Bereich; das bildet den Grundsatz des Konzepts der Schießeisenphilosophie. Die Soldatenklasse hat vielfältige Kombinationen mit Pistolen, Schrotflinten und Maschinenpistolen zur Auswahl, wobei letztere am häufigsten verwendet werden, da deren Bedienung wohl verhältnismäßig simpel sein soll. Aus diesem Grund entscheide ich mich dann auch für eine kurze schnelle „Rudolfs Über-Rettung", die angeblich beliebteste Nahkampfwaffe, welche dann statt der Schrotflinte Verwendung findet. Den „Kommandanten", eine durchweg mittelmäßige Standard MP, belasse ich im zweiten Slot der Ausrüstungsleiste. Da der Umgang mit Pistole und Shotgun mehr Zielgenauigkeit und Planung bezüglich des Nachladens erfordert, bin ich sicher gut beraten, diese Gattungen erst später auszuprobieren. Entspannt verlasse ich das Waffengeschäft, um Angebote der letzten noch verbleibenden Katego-

---

[113] Führer, Handbuch (Anglizismus).

rie zu prüfen – die der Wortherkunft nach mysteriösen „Widgets". Dort gibt es glücklicherweise beim Herüberfahren mit dem Mauszeiger ebenso ein Kästchen inklusive nett gemeinten Informationen über Funktion, Sinn und Zweck der sich verbrauchenden Dinge, wie Pflaster oder Fußbälle. Richtig, ähnlich einem Hut, hat der Freizeitball keinen Nutzen, sondern dient ausschließlich dem Spaß, auf dem das ganze Spiel sowieso aufbaut. Das verlangen die Gamer ja auch, denn der Spaßterrorismus hat uns unserer Langeweile beraubt, alles andere gehört vergangenen Zeiten. Heutzutage brauchen wir am besten viele bunte Bilder, viel Musik, ach was erzähl ich, viel Kommunikation generell. Besonders bewusst wurde mir das nach dem Tod meiner geliebten Frau, die mich auf klassische traditionelle Weise ganz natürlich unterhielt, aber nicht um Langeweile zu bekämpfen, sondern eher um mit ihr gemeinsam zu leben, im Sinne einer hübschen Symbiose aus Nichts und Sein, denn auch die pure Existenz eines völlig inhaltslosen Raumes oder gar Gedanken hat meine Seele beschäftigt und berührt, wobei jene Träume vom Nichts immer weiter schwinden und von den neuen Medien vernichtet werden. Doch genug der Leere, jetzt werden die restlichen Fensterchen der Ausrüstungsleiste mit „Widgets" gefüllt, ich möchte ja schließlich auch ordentlich was zu drücken haben, denn jeder Slot muss mit einer Taste versehen werden, die entsprechende Waffen, Fähigkeiten oder „Widgets" aktiviert. „Widgets", „Widgets", „Widgets"... ich denke an nichts anderes mehr und mache eine kleine Pause, um auf *Spiegel online* zu entspannen – eine Seite, deren Gehalt man auch für Rentner mit Leichtigkeit das Adjektiv sinnvoll zuordnen kann.

Von leichter Nervosität gezeichnet, wohl wegen drohender Abstinenz realer Gelüste, liest der alte Journalist das Nachrichtenportal des *Spiegel*-Magazins, dessen materiellen Bruder er seit einem guten Jahrzehnt gerne auf Reisen studiert, besonders aufgrund den darin befindlichen leicht verdaulichen Ernsthaftigkeiten. Eine Existenz ernst zu nehmen, so schrieb einst einer seiner liebsten Autoren, ist im Angesicht des endlichen Daseins gar nicht so einfach, weshalb gerade im letzten Lebensabschnitt, beschönigend oft als Abend apostrophiert, das Gemüt nach weniger Schwermütigkeit strebt. Auch wenn es nicht leicht fällt, abzuschalten, zu vergessen oder unendliche Momente statt Erinnerungen zu genießen, muss Würde bewahrt und verteidigt werden. Seine Gedanken kreisen um Maschinen mit Schnittstellen, die alten leidenden Menschen per Anschluss eine schöne Virtualität bieten, etwas, dass ihre Natur verweigert, nicht mehr zu Stande bringt, Träume und dergleichen. Das Dilemma in jener Hinsicht zeigt sich wie so oft in Fragen der Moral, doch ob der weise Mann Bücher liest oder der Demente Spiele spielt, beides findet ja im Kopf statt. Nachdenklich und von Zwielicht gespalten sitzt er vor seiner Apparatur, immer noch samt „Widgets" und Super-Waffen im Hinterkopf und vordergründigen Auseinandersetzungen mit politischem Entertainment. Nach einiger Zeit der Ablenkung kommt wieder das Spiel an die Reihe, wobei es ernst werden soll: Roberts erster Auftritt auf dem *Battlefield*™. Erneut meldet er sich an und drückt PLAY NOW... dann wieder ein Blick zur Schreibmaschine und Geräusche von Tastenschlägen erklingen im Raum neben der des Ohrwurms verdächtigten Melodie des immer vertrauter werdenden Shooter-Games...

Ich gelange gerade wieder in das niedliche Menü, begebe mich in den Store und erwerbe einige Pflaster, Schraubenschlüssel, grandiose Gesundheitstränke und, aus Tollerei, fünfundzwanzig Geschenke, die als Bomben fungieren – Weihnachten steht schließlich vor der Tür. Nachdem alles eingerichtet ist, muss ich ein zweites Mal auf PLAY NOW klicken, damit das Spiel endgültig startet und sich zu einem Server verbindet. Voller Vorfreude auf die gametechnische Entjungferung tue ich dies hemmungslos und prompt erscheint ein blaues Fenster mit folgenden Worten: Bitte warten, es wird nach einem passenden Server, der Deinem Erfahrungslevel entspricht, gesucht. Richtig, hier entwickeln sich die Helden ja fortlaufend, erhalten neue Fähigkeiten, steigen in Stufen und Rängen auf, einfach gesagt, sie lernen viel dazu und verbessern sich, so dass entsprechend Spiele nach dem Kriterium der Erfahrungslevel zusammengestellt werden, und zwar für jedes Team jeweils bis zu acht Helden. Einer davon werde ich nun sein: Robert De Hero. Der Ladebalken bewegt sich unregelmäßig hin und her, die Titelmusik beginnt wieder von vorne und plötzlich wechselt die Optik vom kleinen blauen Fenster in ein Vollbild voller Werbebotschaften und drei aufgeteilten Bereichen, in denen je eine bestimmte Information steckt: Tipp des Tages, nächste Karte und Host[114] des Servers; ein weiterer Ladebalken zeigt den Stand des Prozesses an, jener Vorgang, der mich zur ersehnten ersten Station der Existenz meiner neuen Daseinsform bringt, dem „Alpenanschlag", eines von zehn Szenarien, in denen epische[115] Schlachten ins Leben gerufen werden. Das Bild verdunkelt sich kurz und plötzlich erscheint mein Held in einer hübsch animierten 3D-Landschaft – die Sekunde der Geburt: Level eins, null Erfahrungspunkte und eine einzige kleine Fähigkeit. Der Ort, an dem ich, bzw. meine Spielfigur, „spawnt"[116] (ja, ich beherrsche schon den Jargon des Metiers, in dem ich mich

---

[114] Standort eines Servers, Gastgeber.
[115] Es sei angemerkt, dass im Gamerjargon gute Schlachten gerne als „epic" bezeichnet werden.
[116] Im Gamerjargon ist damit das Entstehen der Spielfigur gemeint.

bewege) liegt von flachen Bergen umgeben in einer malerischen Natur. Gemächlich fahre ich mit der Maus über diese schnell gleitende Oberfläche des schwarzen Gaming-Pads und beobachte dabei aufmerksam den Bildschirm. Die Perspektive wechselt rasend schnell und während ich mich umschaue, bewegt sich Robert entsprechend meiner Befehle äußerst dynamisch, ja, jene hübsche mit Zylinder und Mantel ausgestattete Gestalt dreht und neigt sogar ihr Köpfchen. Obwohl es sich nicht um eine Ego-Sicht handelt, und die Figur immer im Sichtfeld des Betrachters bleibt, kommt ein Gefühl auf, das vermittelt, man sei wirklich mittendrin und Teil dieser virtuellen Welt, wenigstens der Vorstellung nach, und da es neuerdings in meinen wirklichen Räumlichkeiten entgegen alter Gewohnheit nicht mehr nach Qualm riecht, sondern eine erfrischende Duftlampe die Luft betört, fühlt sich alles so seltsam an, ganz wie in einer fremden Umgebung, obgleich ich mich an meinem vertrautesten Ort befinde. Wohlige Wärme durchdringt meinen Körper beim Anblick der schönen bunten Welt und ich betätige die bekannten Zocker-Tasten A, W, S und D, um meinem Helden das Laufen beizubringen. Mein linker Handballen liegt dabei entspannt auf einer speziellen Auflage vor der Tastatur, während die Fingerspitzen leicht einzelne Tasten drücken und so Befehle wie links (A), geradeaus (W), rechts (D) und zurück (S) geben. Außerdem müssen noch ducken und springen bedient werden, da es kleine Mäuerchen, Kisten, Steine und dergleichen gibt, hinter denen man sich verstecken oder die man überwinden kann. Ich erkunde die nähere Umgebung, entdecke dabei eine rote Fahne und allerlei Details, wie umherfliegende Vögel oder sich im Wind wogende Blätter. Während Vögel und Blätter nett gemeinten Schnickschnack darstellen, handelt es sich bei der Fahne wohl um eine bedeutungsschwere Markierung, welche anzeigt, dass dieser Platz oder Bereich dem roten

Team gehört. Bei dem, nennen wir es Punkt, wo Robert geboren wird, existiert allerdings keine gewöhnliche Flagge, die beliebig oft hoch und runter gezogen werden kann, sondern eine dem Hauptstützpunkt zugehörige, welche sich nicht vom Gegner einnehmen lässt. Neben dieser besagten Stelle gibt es weitere Fahnen, um die beide Teams kämpfen müssen – das ist das *Battlefield*™-Prinzip, das worum es sich auf dem Schlachtfeld dreht, und natürlich auch um die eigene positive Leistung, strich, Teamplay und Egotrip haben für die meisten Spieler gleichrangige Bedeutung; soviel konnte ich bisher aus den ganzen Beiträgen im Forum herauslesen. Für mich steht nun zunächst das eigene Überleben im Vordergrund, und so tastet sich mein Held langsam voller Vorsicht und Sorge um den Energiebalken voran. In der linken Ecke des Bildschirmes zeigt ein hellblau gefülltes Kreuz den Stand der Lebenskraft an, dessen exakter Wert auch in Zahlen direkt daneben steht, denn im Endeffekt lässt sich ein programmiertes Spielchen auf Kalküle reduzieren, weshalb die extrem detaillierte Statistikauswertung der einzelnen Charaktere auch gerne als Referenz für herausragende Leistungen herhalten muss. Diesen Aspekt beleuchte ich sofort nach meiner ersten ausgiebigen Session; jetzt heißt es ballern bis der Arzt kommt, wobei ich mit der Fähigkeit Kampfmedizin selbst einer bin und auf dem Schlachtfeld nicht nur mir, sondern auch anderen heilsam helfen sollte. Nach einer gründlichen Inspektion der Basis lasse ich meinen Helden durch das Betätigen der Taste „E" in einen Jeep einsteigen und gebe per „W" Gas. Die Lenkung gestaltet sich äußerst angenehm mit denselben Tasten wie bei der Bewegung zu Fuß. Selbstverständlich hätte ich auch die Tasten alle nach eigenen Vorlieben belegen können, doch habe ich natürlich keinerlei Präferenzen, geschweige denn irgendeine Ahnung von Optimierungsmethoden im Sinne einer verbesserten Fingerakrobatik, weshalb vorerst alles im

Urzustand belassen wird. Also fahre ich mit zwei Fingern auf „A" sowie „D" lenkend durch die flache Alpenlandschaft und blicke gleichzeitig durch Führung der Maus ein wenig in der Gegend herum, versuche aber dabei die Spur der Wegführung zu halten, die sich durch eine Art Wald-Pfad präsentiert und laut Karte die Richtung zur nächstgelegenen Flagge zeigt. Für den großen Überblick gibt es die Taste „M" wie „Map" oder im Deutschen Karte, wo genau zu erkennen ist, an welchem Ort man sich gerade befindet und was sonst noch alles jene kleine schlachtfeldartige Welt zu bieten hat. Langsam nähert sich der angepeilte Stützpunkt und ich erkenne bereits, dass dort eine rote Fahne weht. Würde sich dort ein Gegner in näherer Umgebung befinden, ginge die Fahne gen Boden und nach einer kurzen Zeit weht am Kopf des Mastes blaue Farbe im Wind. Da ich gerne möglichst schnell den linken Mausknopf, welcher für den Schuss verantwortlich ist, ausprobieren möchte, fährt Robert weiter in eine Richtung, die ein roter Pfeil vorgibt. Permanent weist das grafische Zeichen daraufhin, wo gegnerische Beflaggung stattfindet und animiert, diese zu unterbinden. Mit Höchstgeschwindigkeit rase ich durch bewaldete Hügellandschaft bis einige sich rührende blaue und rote Schriftzüge auf dem auch sonst farbenfrohen Bildschirm auftauchen: die Namen von Verbündeten und Feinden. Ohne sonderliche Furcht schicken meine langsamen Finger den Soldaten mitten ins Gefecht, dann „E" fürs Aussteigen drücken und einen möglichst schnellen Überblick verschaffen. Einige Kammeraden liefern sich gerade einen heftigen Kampf direkt vor meinem Sichtfenster, dann drehe ich mich, sehe zwei Rauchspuren, zwei rote zackige Symbole rechts oben, höre ein dumpfes seufzendes Geräusch und falle leblos um. Ein Bild des erfolgreichen Schützen wird mir präsentiert; er winkt freundlich gestikulierend, während der Countdown meiner Widergeburt läuft. Das war ein kurzer

Auftritt denke ich mir und entstehe sogleich wieder im Spiel. Ein Blick auf den Stand der Dinge per Betätigung der Tab-Taste verrät meine Punkte und die Anzahl allen Sterbens und Eliminierens im Kontext aller anderen Mitspieler: null Punkte, null „Kills" und ein „Death" sichern Robert den letzten Platz der nationalen Fraktion – fängt ja gut an. Kurz resümiert und auf den Punkt gebracht handelte es sich bei dem tödlichen Vorfall wohl um zwei präzise Kugeln aus dem Lauf eines Scharfschützengewehres. Ich beschließe, ein paar Trockenübungen zu machen und schieße auf einen Baum in der Nähe des neuen Geburtsortes. Detailverliebte Animationen kommen zum Vorschein, beispielsweise kleine dampfende Wolken, abfallende Splitter und sichtbare Einschusslöcher. Von fünfundzwanzig Kugeln des Magazins meiner Standard-Maschinenpistole stecken genau zwanzig in dem braunen Stamm, also teste ich das Nachladen und drücke „R" wie „Reload". Ein klackendes Geräusch ertönt, währenddessen Robert seine Waffe füllt und siehe da, am rechten unteren Rand zeigt eine Grafik den Stand des Ladevorgangs in Form einer sich gelb füllenden Hülse an sowie die Anzahl vorhandener Patronen. Ein Gefecht fordert bei diesem Vorgang erhöhte Aufmerksamkeit, da wertvolle Sekunden über Tod oder Leben entscheiden und Momente unfreiwilliger Feuerpausen dringend überbrückt werden sollten, vorzugsweise durch den Wechsel zur Zweitwaffe. Ja, die Theorie ist meine Freundin, Praxis hingegen das große böhmische Dorf und unbekannte Mysterium, welches zu erkunden ich kaum im Stande bin, so alt fühlt sich mein gemütlicher Geist vor den unzähligen flotten Bildern, die da jede Sekunde wie ein heftiger Regenschauer auf mich einprasseln. Aber ähnlich dem vom Himmel fallenden Wasser haben auch diese visuellen Eindrücke Vor- und Nachteile für das Gemüt, so kann tröpfelndes Wasser gleichermaßen depressiv oder beruhigend wirken und Bilder fördern Aufmerksamkeit aber strengen unglaublich an. Einen Versuch im Getümmel möchte ich noch wagen, ein Manöver und einen Angriff. Diesmal fällt die Wahl des Fahrzeuges auf das robustere Vehikel, den hundertachtzig Energie starken Panzer. Mächtige Geräusche eines anlassenden Motors ertönen unmittelbar nach dem Einsteigen und eine schwarzgraue Abgaswolke umgibt das Heck. Wiedermal bestimmt der Pfeil die Richtung, erneut tauchen Namen der Mitspieler beider Teams am Horizont auf und der zweite radikale Feldzug steht bevor. Ich steuere den Panzer geradewegs in jene Ansammlung kurioser Namen, die da geschäftig um die Gunst der „Kills" buhlen und feuere wahllos auf alles was sich bewegt und rote Buchstaben über dem Haupt trägt. Nach vier Schüssen erscheint tatsächlich rechts oben ein freundliches Gesicht der blauen Fraktion samt Namen und dem Hinweis „Kill erzielt". Hoch motiviert ballere ich fortlaufend mit dem schweren Kaliber in die Menge und ein weiterer Kopf wird eingeblendet inklusive dem Vermerk „Bei Kill geholfen". Meine Stimmung steigt merklich, doch dann schreit (große Buchstaben werden als Schrei in der jungen Netzwelt aufgefasst) ein gewisser Meister Soda im Chat, der sich unten farbig markiert einblendet: „TANK NOOB". Da diese Bemerkung höchstwahrscheinlich auf meinen Helden gemünzt ist, betätige ich die Enter-Taste zum Aufrufen des Chat-Fensters und schreibe interessiert zurück: „What does it mean, tank noob?"[117] Währenddessen explodiert Robert mit dem Panzer, sichtlich eliminiert von einem dicken Kanonier und seiner Panzerfaust, deren Gebrauch ebenso wie die Einblendung des Täters angezeigt wird. Freude kommt da auf, schließlich gehört das Sterben auch dazu und das freundliche Winken des glücklichen Killers bringt mich sogar zum Lachen. Im Chat tut sich darauf-

---

[117] Deutsch: „Was bedeutet Tank Noob?"

hin nichts mehr, keine Erklärungen, keine Gespräche, gar nichts. Die Runde ist dann leider schnell vorbei und mein Team verliert recht knapp. In der endauswertenden Statistik prangt der Name Robert De Hero auf dem vorletzten Platz mit zwei zu zwei im Kill-Death-Verhältnis und 423 Punkten. Dann lädt das Spiel eine neue Karte mit dem vielversprechenden Titel „Showdown bei Sonnenaufgang", wobei der Tipp des Tages lautet: „Wenn Du oft genug ins Leere schießt, triffst Du irgendwann ein Kommando." Ich meine, gelesen zu haben, dass die Klasse der Kommandos über eine Fähigkeit verfügt, die sie unsichtbar werden lässt, was ihnen den Ruf eines bewaffneten Stalkers einbringt, da das Verfolgen und unauffällige Anschleichen zum Standardrepertoire ihrer Strategien gehört. Außerdem nutzen diese in den meisten Ballerspielen als „Sniper" bezeichneten Figürchen im Nahkampf ein leises Messer, gegen deren Einsatz du dich als Soldat mit der Fähigkeit „Sprengladung" schützen kannst, welche ähnlich einem heftigen Faustschlag den Gegner wegkatapultiert. Aber so weit sind wir noch lange nicht, verfügt Robert ja zu Beginn lediglich über geringe heilende Kräfte und sein realer Partner ist sich so ziemlich über gar nichts im Klaren, außer im Bereich grauer Theorie. Das Bild wird wieder kurzerhand schwarz, wenn auch nur Millisekunden und ich befinde mich daraufhin an einem hellen Sandstrand umgeben von dunkelblauem Meer. Hinter dem Strand erstreckt sich eine kleine Landmasse. Einem Drücken auf „M" folgt ein Blicken auf die Karte, welche verrät, dass wir uns auf einer kleinen Insel befinden einschließlich vier heiß zu umkämpfenden Fahnen. Ich nehme den Finger von „M" und die Makro-Übersicht wechselt sofort zu meiner bescheidenen Mikro-Perspektive, durch diese ich nicht nur Panzer und Flakgeschütze erblicke, sondern auch ein bereits aus dem Vorspann bekanntes Flugzeug. Um mich herum herrscht geschäftiges Treiben, es wird gehupt, Helden steigen in Jeeps und Panzer, einige laufen hinfort, doch das Flugzeug erhält keinerlei Beachtung. Von Neugier angetrieben schicke ich meinen De Hero in den schnittigen Kampfflieger mit der für alle Vehikel vorgesehenen Taste „E" wie Einsteigen. Prompt springt der Propeller dieser einmotorigen Maschine an und nach einigen Sekunden kontinuierlicher Betätigung der Vorwärts-Taste W beginnt Roberts fliegender Untersatz zu rollen. Am Ende des Rollfeldes angelangt ziehe ich die Kiste hoch. Das funktioniert zunächst ganz hervorragend, indem die Maus mehrfach nach unten bewegt wird, also zum Körper hinziehen, anheben und jene Bewegung wiederholen. Scheinbar ist die Steuerung nicht besonders sensitiv eingestellt, deshalb sind weite Wege auf dem Pad erforderlich, deren Notwendigkeit ich per Konfiguration noch eliminiere, doch gegenwärtig muss alles nach Standardvorgaben funktionieren, schließlich soll hier ein Senior zurechtkommen und kein versierter Anwender von neumodischer Spielesoftware. Eine wenn auch sehr vereinfachte Flugsimulation innerhalb dieses Shooters sorgt für erstaunliche Abwechslung, da gänzlich andere Gefühle aufkommen, wenn man gen Himmel emporsteigt. Nach einigen Manövern unter zu Hilfenahme des Seitenruders „A" und „D" sowie Quer- und Höhenruder der Maussteuerung, deren Tragweiten fernab von jeglichem Realismus liegen, ertönt eine laute Sirene und ein Schriftzug wird eingeblendet: „Achtung Soldat! Du verlässt das Kampfgebiet. Bestrafung in zehn, neun..." Ein Countdown zählt Sekunden runter und ich gerate in inszenierte Panik.

Herrlich erscheint dieser Anblick im Lichte reaktionärer Vorstellungen über alternde weise Greise: Der graubärtige Rentner flucht, stößt kleine kurze intensive Schreie aus und lacht dann doch wieder, während er halb angespannt, halb entspannt vor jenem vor schnellen farbenfrohen Bildern strotzenden Bildschirm verweilt und sich des kompletten Arsenals der Bedienungselemente eines modernen Ballerspiels bedient, sichtlich beschäftigt, vertieft, geradezu euphorisch betäubt, wie vom Rausch eines künstlichen Paradieses. Leider verliert er im Flugzeug beim jungfräulichen Erkunden der Vogelperspektive die Orientierung und wird daraufhin mit dem imaginären Tode seiner Spielfigur bestraft. Verdutzt gönnt er sich daraufhin eine weitere Auszeit, um sich dem vertieften Studium diverser Konfigurationsmöglichkeiten zu widmen, da ihm recht schnell klar wurde, dass einfach erscheinende Mechanik individueller Optimierung bedarf. Also besucht er nach Betätigung der Esc-Taste[118] das Menü der Einstellungen, genauer jene Sparte mit dem Titel „Steuerung". Schier überwältigt von einer Fülle verschiedenster Optionen, die in vier Bereiche aufgeteilt sind, wie „zu Fuß", Landfahrzeuge, Flieger und eine generelle Kategorie, klickt der ermüdete Journalist auf ein Kreuz am rechten oberen Eck, das ultimative Symbol aller Programmbeendigungen. Dann versetzt er den Rechner und sich selbst in den Ruhezustand: zweimal Klicken und ins Bett legen, fertig.

Geruhsame Stunden liegen hinter mir wie ein weiter Weg, den ein Wanderer zurückgelegt hat, wobei ich keine Kilometer zähle, sondern jede Minute Schlaf, deren Gesamtheit am Ende der berühmten vierundzwanzig Stunden genau zehn davon ausmachen soll. Solch ein Vergleich hinkt zugegebener Maßen, aber er ist auch wiederum passend, denn die Bedeutung vom Schlummer avanciert im Alter zu einer Art Berg, der mühsam bezwungen werden muss, obwohl jenes Unterfangen früher lediglich einen Akt der Gewöhnlichkeit und Selbst-

---

[118] Hier: Escape-Taste, die für den Abbruch von Anwendungen Verwendung findet.

verständlichkeit darstellte. Im wachen Zustand erkunde ich ebenfalls etwas für viele Menschen Gewöhnliches, in gemeinen Kinderzimmern gar Selbstverständliches. Statt Leseabend am Kamin heißt es nun Spieleabend am Computer. Auf Befehl wechselt das Betriebssystem vom leisen energiesparenden Stand-By in den High-Performance-Modus, der allen Komponenten Höchstleistung abverlangt; kaum notwendig für das kleine süße Killerspiel, da gibt es ja ganz andere Kaliber, die auf möglichst hohen Realismus verweisen, diesen imitieren und so wesentlich höhere Ansprüche stellen als es hier mit nett gemeinter Comicgrafik geschieht. Doch was Erfahrungshorizonte angeht, so wollen wir, Robert und ich, vorerst mit dem putzigen Schlachtfeld vorlieb nehmen und brutale Welten blutspritzender Effekthascherei getrost ignorieren. Auf ein Neues! Bei jedem Start muss die E-Mail sowie das zugehörige Passwort eingegeben werden, woraufhin dann die Webseite das entsprechende Heldenkonto lädt und nach Spielstart synchronisiert, so dass immer alle persönlichen Einstellungen und Items erhalten bleiben. Mein Alter Ego mit Mantel und Zylinder erscheint prompt einige Sekunden nach dem wohlbekannten „PLAY NOW" und ich logge mich in seine Heimat, dem virtuellen „zu Hause" ein, wo Kleider- und Waffenschrank stehen, Gefühlszustände (sogenannte „Emotes") erlernt, sämtliche Freunde verwaltet und allerlei technische Einstellungen vorgenommen werden. Letzterem schenke ich die Fülle meiner Aufmerksamkeit, denn eine starke Basis soll entstehen, der Grundstein aller Fingervirtuosität, Hand-Maus-Akrobatik oder wie man es auch nennt... Eigens dafür habe ich in einschlägigen Foren recherchiert, auf welchem Fundament Hardcore-Gamer ihre hohe Kunst einer hervorragenden Kill-Death-Ratio bauen, also welche Konfiguration nutzen sie, im Detail welche Tasten belegen sie und welche Geschwindigkeit, Beschleunigung und Sensitivität stellen sie für ihre

Mauszeiger ein. Die wichtigsten „wissenschaftlichen" Erkenntnisse sind „gebookmarked"[119], ja, ganze philosophische Abhandlungen lassen darauf schließen, dass eine Entscheidungsfindung für die „Settings" nicht leicht fällt, zu unterschiedlich sind Gewohnheiten, Vorlieben und physische sowie mentale Fähigkeiten. Meine verrostete Wenigkeit leidet sicherlich unter einem geistigen Defizit im Bereich Reaktion, oder sagen wir lieber: verfügt über jenes Defizit mit dem angenehmen Beigeschmack eines entspannten Botenstofftransfers, der nicht nur alles langsamer macht, sondern in Kombination mit Kräutertees so ziemlich alle Sorgen vergessen lässt, Ausgleich schafft und im Gegensatz zu dieser hyperaktiven Jugendkultur mit ihren Idealen der Schnelligkeit und Funktionstüchtigkeit Ruhe und Leichtigkeit fördert. Die Sache mit Maus und Tastatur soll nun auch möglichst leicht, einfach, praktisch, komfortabel sein. Als erstes schraube ich die häufig erwähnte Sensitivität herunter – von 1,0 auf 0,5 für alles was sich zu Fuß abspielt. Ein geringerer Wert erhöht angeblich Zielvermögen und Genauigkeit, bzw. verlangsamt Übertragungen von der materiellen Maus auf den immateriellen Zeiger, strich – es geht nicht mehr so übertrieben flott wie bei meinem ersten Versuch; doch wenn das schon alles wäre. Viele Spieler nutzen unterschiedliche DPI-Stufen[120] für verschiedene Situationen; sie verändern per Knopfdruck die Abtastrate oder Auflösung ihrer Maus, um beispielsweise im Nahkampf wendiger und über weite Strecken präziser zu sein. Das erscheint mir jedoch viel zu kompliziert, verwirrend, unruhig und dergleichen, weshalb ich lediglich eine einzige Stufe mit sehr hoher Auflösung nutze; mehr Knöpfe als irgendwie

---

[119] Anglizismus des Netzjargons, welcher das Hinzufügen eines Lesezeichens im Webbrowser meint.
[120] Auflösung der Mausgenauigkeit.

notwendig kann ein Mann meines Alters nicht verkraften. Nach der genauen Beschreibung eines nicht persönlich bekannten Spielerkollegen setze ich noch Geschwindigkeit und Beschleunigung in der Systemkonfiguration von Windows auf ein Minimum, so dass sich die 5700 DPI meiner Gamer-Maus voll entfalten ohne dabei übertrieben schnell zu wirken. Gleich werde ich wissen, ob das gewählte Konzept meiner behäbigen Natur entspricht, ob es gefällt und ob es von Erfolg gekrönt sein wird. Immer und immer wieder lockt der schreiend gelbe PLAY NOW-Knopf, erwartungsvoll visiere ich diesen mit dem nun deutlich gemächlicher zu führenden Zeiger an und klicke mich in die verheißungsvolle Traumwelt. Nach erfolgreicher Spielsuche klinkt sich mein Held diesmal ins Küstengefecht ein, so der Name des nächsten Kriegsschauplatzes. Amüsiert lese ich gemäß einer sich entwickelnden Routine den aktuellen Tipp des Tages: „Wir wollten zuerst die Fähigkeit ‚Lagerfeuer' für Kommandos implementieren, jedoch stellten wir fest, dass sie derartigen Zuspruch gar nicht benötigen." Das hört sich ja ganz lustig an, zumal ich sogar glaube, den unterschwelligen Insiderhumor zu verstehen, der sich auf das sogenannte „Camping" bezieht, womit stetiges Halten einer Stellung gemeint ist. Diese Art von Taktik liefert seitenweise Diskussionsstoff auf der berüchtigten Austauschplattform, dem liebevoll und einfach betitelten Forum mit seinen Moderatoren und Administratoren. Zu dem sozialen Ort reger Kommunikation schreibe ich später noch ausführliche Impressionen, jetzt wird vorerst das Gefecht an der Küste ausgetragen, in dessen Chaos Robert mit seinen vielzähligen Leben entsteht, sich etabliert oder wie man auch immer jene Auferstehung oder Geburt nennen möchte. Er erwacht im Herzen des Krieges, zwischen feuernden Panzern, herabstürzenden Flugzeugen, Rauchspuren von schnellen präzisen Geschossen der Scharfschützengewehre und wild um sich schießenden Infanteristen. Neben einer Geräuschkulisse, die an extreme Schusswaffengefechte erinnert, bereichern sympathisches Pfeifen, Lachen und provozierende Stimmungsmacher (ja, die „Emotes") jeglicher Art den vorherrschenden Sound. Meine alten Ohren hören genau hin und identifizieren noch weitere Klänge in näherer Umgebung, allerdings ohne diese wirklich zuordnen zu können. Von Reizüberflutung beeinträchtigt steuere ich den Helden ins Abseits der Kampfhandlungen, um einen Überblick aus sichererer Distanz zu erhaschen - doch der bleibt leider aus. Zu viele rote und blaue Schriftzüge überall verteilt, keine Front oder Kampflinie ist auszumachen, weshalb ich mich wie immer einfach hineinstürze in die große unbekannte Schlacht, diesmal gemächlicher und spürbar langsamer, zielgenauer, professioneller. Glücklicherweise fällt Robert einem behäbigen angeschlagenen gegnerischen Kanonier in den Rücken, der nach wenigen Schüssen aus der Maschinenpistole zu Boden geht. Wenn das mal kein erfolgreicher Start ist. Freudig schlage ich einen Weg Richtung Teamkameraden ein. Blau gefärbte Namen wie HELLmutKohl oder ClintWestwood erscheinen am Horizont und weisen mir den Pfad zur freundschaftlichen Gesinnung. Doch auf halber Strecke zum sicheren Mob schlagen wilde Salven um mich herum ein, es zischt, blitzt, leuchtet zackig rot an allen Ecken des Interfaces und plötzlich rast ein Flugzeug durch Roberts Korpus hindurch wie gewöhnliche Messer durch Butter. Daraufhin erscheint das typische Bild des glücklichen Siegers, diesmal in Form einer Frontalaufnahme des steil aufsteigenden Flugzeuges mit tosendem Motorengeräusch. Freie Felder ohne Schutz sind tunlichst zu meiden auf Karten, wo solche Vehikel verkehren. Also, wiedermal, nach kurzem Lerneffekt, auf ein neues Leben: Schon ca. acht Sekunden später inkarnieren Sinne und Gehirn in alter Frische, genaugenommen mit einhundertzehn Lebenspunkten in Ge-

stalt vom sympathischen De Hero und seiner Montur. Gar ganz leer ist diese Hülle nicht, hinter der Steuerung steckt ein echtes Lebewesen samt Fingern, die so sehr nach Kontrolle gieren, wie glibberige Tentakel von Tintenfischen, wenn sie eine harmlose Beute fest umschlingen. Ebenso ungefährlich, ähnlich glitzernden Mini-Fischchen, schimmert die in der Dämmerung rot leuchtende Tastatur. Meine Hand liegt gemäß medizinischer Empfehlung auf einer dafür vorgesehenen weichen Ablage und in dem Moment erhöhter Konzentration, wenn meiner Spielfigur wieder Leben eingehaucht wird, verspannt der dranhängende Arm mit Auswirkungen bis zur Wirbelsäule. Doch das macht nichts, es kommt mir vor, als würde dabei eine Art positiver Stress entstehen, schließlich erfreue ich mich außerordentlich an dem ganzen Prozedere vom Hirn bis zum fernen Server, wo auf einer Festplatte kleine Stromschläge die Befehle meiner Fingerspitzen ausführen. Nun, irgendwie so stelle ich mir das Ziel dieses unergründlichen Weges durch weite Netzwelten vor, die metaphorischen Pflastersteine, auf denen moderne Volkswanderer wandeln. Auch meinen Held schicke ich auf Wanderschaft, denn sein Geburtsort liegt mal wieder weit entfernt vom Kampfgeschehen und kein Fahrzeug befindet sich in der Nähe. Also laufe ich „W" drückend über Felder und Wiesen, diesmal möglichst gedeckt durch magere Baumbestände. Flugzeuggeräusche versetzten mich in leichte Panik, doch nichts passiert meiner inzwischen sehr liebgewonnenen Spielfigur. Der Punktestand, welcher ständig am oberen Rand des Bildschirmes eingeblendet wird, verrät, dass das vorherrschende Spiel mit aktuell dreißig zu dreißig Punkten sehr ausgeglichen verläuft. Ein Blick auf Details aller Beteiligter per Tab-Taste zeigt Roberts persönlichen Erfolg mit je einem Death und Kill sowie 334 Punkten. Motiviert betrete ich die heiße Zone wilder Schießereien, um bisherige Ergebnisse zu verbessern. Da Capo! Drei meiner Kammeraden liefern sich ein heftiges Gefecht mit zwei stämmigen, irrsinnig schnell umherlaufenden Kanonieren, die wohl einer Fähigkeit der rasanten Geschwindigkeit mächtig sind, dem sogenannten „Leg it". Feine Animationen in Form von kleinen Windböen und Staubwolken unterstreichen den aktuellen Modus, der für eine bestimmte Zeit, je nach Anzahl der vergebenen „Skill-Punkte"[121], andauert und allen in einem gewissen Radius befindlichen Freunden den schnellen Fuß verschafft. In unserer Kolonne hingegen gibt es momentan keine mir zu Teil werdende Fähigkeit. Das gegnerische Ziel im Auge zu behalten gestaltet sich höchst kompliziert, denn die Jungs sind so zügig unterwegs, dass fast alle Kugeln in gähnender Leere einschlagen oder durch die Lüfte jagen – bis zum Ende des äußerst beschränkten Universums. Doch mit vereinten Kräften tragen wir schließlich den Sieg davon, zumindest den einer Etappe auf dem Weg zum Endsieg am Ausgang der Schlacht; jedoch jeder Kill und jedes Überleben bergen ruhmreiche Gefühle des Triumphes in sich, so will es das Spiel. Besonders gut fühle ich mich auch nach dem Betätigen der Taste mit jener Heilfunktion, die meinen befreundeten Soldaten und mir selbst Leben spendet. Eine blaue Dunstglocke, oder wie man dieses symbolische optische Ereignis beschreiben möchte, umhüllt für einen knappen Augenblick Roberts Antlitz und Aura. Dabei erklingt ein undefinierbares aber passendes Geräusch - mit Worten kaum zu beschreiben; es kommt nicht in der realen Welt vor, harmoniert indes zu hellblauen Erste-Hilfe-Maßnahmen der knuffigen Helden auf dem Monitor. Gerührt empfange ich daraufhin zwei „Wave-Emotes", das freundliche Winken und Pfeifen

---

[121] Fähigkeiten (skills) werden durch sogenannte Helden-Punkte vergeben, welche wiederum nach Stufen erreichter Level zur Verfügung stehen.

als Dank für die Pflicht des Soldaten, der als einzige Klasse anderen Mitspielern Heilung verschaffen mag. Solidarisch bleiben wir drei dicht zusammen, in der Hoffnung, auch bei folgender kurioser Feindberührung gegenseitig Vorteile voneinander zu beziehen: Nichtsahnend und vielbefürchtend streifen unsere Helden durch Häuserreihen inmitten einer Gegend, die an britische Inseln erinnert, als plötzlich mehrere zuvor unsichtbare Gegner mit giftigen Messern auf uns losgehen. Der äußerst ungemütliche Soundeffekt jener Giftklingen und die optische Erscheinung grünlicher Intoxikationen machen das Aufeinandertreffen mit diesen Attentätern zum Erlebnis anderer Art – nicht wie eine typische Schlacht zwischen Kriegern, eher wie ein Kampf gegen hinterhältige Meuchelmörder, der sich ziemlich spannend gestaltet. Erstmalig bekomme ich den berüchtigten Schlag der Soldaten-Klasse zu Gesicht, den „Blasting Strike"; mit einer unscheinbaren Animation und einem dumpfen Knall schlägt einer meiner Kammeraden die Messerkämpfer weit hinfort, so dass wir, alle gemeinsam auf sie ballernd, ohne Probleme ihrer Tode mächtig werden. Robert bekommt dafür gleich zwei „Assist-Kills"[122], welche rein statistisch vollen Bluttaten (kindgerecht ohne blutiger Animation) entsprechen, allerdings in manch anderen Bereichen, wie der Erfüllung von Missionen, die sich mir bisher bedeutungstechnisch noch nicht erschlossen haben, verschiedenartig gewertet werden. Nach konsequenter Abwehr dieser unaufrichtigen Attacke streifen unsere drei Helden weiter durchs Land auf der Suche nach spielerischen strafrechtlich unbedenklichen Tötungsdelikten. Und natürlich werden sie fündig, denn schon nach kurzer Zeit ergeben sich

---

[122] Ein assistierter Kill („Assist") kommt zu Stande, wenn zwar erheblicher Schaden verursacht wurde, der Abschluss allerdings einem anderen Mitspieler zu schulden ist.

neue Situationen mit amüsanter Kampfhandlung, immer wieder neu, immer wieder anders. Diesmal kommt es zu einem waschechten Gefecht zwischen gleichberechtigten Klassen, den Kanonieren und Soldaten ohne Heim und Tücke mit völlig offensichtlicher Maskerade eines angreifenden Wahnsinnigen im Stil niedlicher Figürchen. Schnell laufende mit Windeseile verzierte dicke schweres Gerät tragende „Gunner"[123] werden von Soldaten hinfort geschleudert und sogleich angezündet, da einer meiner Teamkameraden Brandkugeln aktiviert, eine weitere spezifische Fähigkeit, die dafür sorgt, dass Opfer in Flammen aufgehen und über Zeit, je nach Level der eingesetzten liebevoll im BFH-Gamer-Anglizismus-Jargon abgekürzten „BBs" („Burning Bullets"), einen bestimmten Schadenswert verursacht. Der Kamerad scheint zu wissen, was er da tut; nach kürzester Zeit brennen alle Gegner inklusive einem unsichtbaren Attentäter, der sich heimlich aus dem Zentrum militärischer Aktivität stehlen möchte: Keine Chance – lodernde Flammen verraten ihn und so schieße ich konzentriert auf den gelb-orange animierten Brandherd, der mir sogleich einen Kill beschert mit dem heroischen Vermerk „Blindbeschuss". Dieses Ereignis ist wohl etwas Besonderes, ein erwähnenswerter Moment, der statistisch verzeichnet wird im Sinne einer heldenhaften Ruhmeshalle, wie jemand im Forum schrieb – doch dem detailverliebten Studium der überragenden Statistik widme ich mich später, erst muss ich diese ja mit Daten füttern. Also versucht Robert im Zuge des weiteren Kampfverlaufes eine positive Bilanz zu ziehen und fleißig Punkte zu sammeln. Um einen hoch herausragenden Leuchtturm herum, am Rande der Küste und potentiellem Ende der

---

[123] Englische Bezeichnung für Kanonier, die Klasse bei BFH mit schweren Maschinengewehren. Meist wird das englische Wort auch im Deutschen verwendet.

hiesigen Welt, scheint sich die entscheidende Schlacht zu entwickeln. Die dort ansässige Flagge ist im Besitz des Feindes und eliminierte Gegner entstehen in jener Umgebung, um sogleich wieder vernichtet zu werden. Mein nächster Treffer führt zum folgenden Ereignis, das sich gebührend in Form von glitzernden goldenen Säulen über dem Kopf der Figur darstellt: „Level-Up!"[124] Völlig irritiert vom grafischen Effekt lasse ich meinen Helden durch das aufkommende Gefecht wandeln mit dem Ergebnis eines schnellen Todes. Ebenso schnell erscheint De Hero natürlich wieder auf der Bildfläche und kämpft recht ertragsreich bis zum Ende, einem eindeutigen Triumph über die royale Fraktion in dieser Runde. Die abschießende Statistik bestärkt mein heiß gelaufenes Egozentrum. Anschließend wird im Menü abgekühlt und ein neuer Fähigkeitspunkt verteilt - wiedermal eine Wissenschaft für sich. Fünf Möglichkeiten bestehen, als da wären Kampfmedizin, Brandkugeln, sechster Sinn, Granatenflut und Sprengladung a.k.a. „Blasting Strike". Für Letzteres entscheide ich mich nach kurzer Recherche in FAQ und Forum, wobei mir offenbart wird, dass das Wegschlagen von Attentätern, die mit scharfen giftigen Klingen um sich stechen, äußerst effektiv sein soll und es auf kurze Distanz keine alternative Verteidigung gibt. Erstmalig experimentiere ich an den Einstellungen zur Steuerung herum, indem für die berüchtigte Sprengladung eine neue Taste zugewiesen wird, namentlich Maustaste Nummer zwei, welche sich an der linken Seite meiner Gamer-Maus befindet und optimal mit dem Daumen betätigt werden kann, vorzugs- und praktischerweise in brenzligen Situationen, in denen kaum Zeit bleibt, wilde Verrenkungen durchzuführen oder schlecht erreichbare Tasten zu betätigen.

---

[124] So wird der Aufstieg zu einem höheren Level im Gamer-Jargon bezeichnet.

Wo ich gerade dabei bin, wild herum zu konfigurieren, genehmigt sich Robert noch eine Neuerung, und zwar erwerbe ich für ihn, bzw. mit ihm, einen Batzen grandioser Gesundheitstränke, dem ebenfalls ein gutes Knöpfchen zugewiesen wird, diesmal „C", dessen kurze Strecke für den linken Zeigefinger, der für gewöhnlich auf „D" liegt und den „rechten" Weg[125] organisiert, optimale Voraussetzung bietet. Im Inneren Stolz auf meinen kompetenten Umgang mit den Optionen der Software, freue ich mich schon wie ein junger Bube auf neue Runden, um frisch eingerichtete Funktionen auszuprobieren, um den „Skill"[126] zu verbessern und um Roberts Entwicklung bis hin zu einem angesehenen Giganten voranzutreiben. Nach bekanntem Schema logge ich mich ein. Nach einem unbekannten Tipp des Tages erblickt mein Held, soeben im Spiel angekommen, erstmalig einen sogenannten Rang, was mich zu einem Exkurs zum eben erwähnten Aufstieg der Giganten beflügelt: Ab dem zehnten Level erhält ein jeder Held den ersten Prestige-Rang, so etwas wie ein Aushängeschild für eine Art Ansehen, das alle sehen sollen. Der Kamerad, der vor meinen imaginären Augen auftaucht, hat den Vermerk [General] unter seinem eigentlichen Namen positioniert. Nach bisherigen Erkundungen bedeutet dies mathematisch ausgedrückt, dass er in seiner bisherigen Laufbahn seit dem zehnten Level fünfzehn Mal 16.000 Schadenspunkte verursacht hat und dadurch seinem Helden aktuell der letzte Rang des Generals auferlegt wird. Die Liste mit den sechszehn Rängen geht dann aber bald wieder von vorne los, unter Hinzunahme der römischen Zwei (II) bis zum endgülti-

---

[125] D ist eine Standardbelegung für die Bewegung der Spielfigur nach rechts.
[126] Der Anglizismus „Skill" bezeichnet gemäß der Übersetzung die Fertigkeit eines Spielers.

gen Titan, dem „[General] C" wie Einhundert. Anhand der Zahl ist dann erkennbar, wie viel Schaden derjenige schon verrichtet hat, dementsprechend wie viel Erfahrung er in seiner Schießwut sammeln konnte, usw., was immer man interpretieren möchte, jedoch sagt es nichts über wirkliche Fertigkeiten aus, außer den Möglichkeiten, die ein Held durch sein Level und die Verteilung seiner Heldenpunkte an Fähigkeiten erlangt. Ob er damit auch umgehen kann, steht auf einem anderen Papier, zu dem ich später noch ganz genau komme. Wie dem auch sei, mein freundlich gesinnter Soldat hat bedeutend mehr Erfahrung auf dem Buckel als ich das von meinem geliebten Robert behaupten könnte, der, obwohl er im Gegensatz zu den meisten Standardgestalten unglaublich toll aussieht, geradmal um die sechs Kills geschafft hat und soeben ins zweite Level aufgestiegen ist. Deshalb hafte ich mich an die Fersen des offensichtlichen Generals, der sicher besser weiß, wo es langgeht, wo Kämpfe stattfinden und wie man möglichst viele Figürchen niederstreckt, ohne selbst in der positiven Bilanz der Gegner aufzutauchen. Wir befinden uns in der Buchenbucht, einer Karte mit Flugzeugen, Flugabwehr, Panzern und Jeeps. Mein Vorbild geht zielstrebig auf das erste Vehikel zu, einem porösen Jeep, leicht durchlöchert und rauchend. Er setzt sich auf den Fahrersitz und beginnt wild zu hupen, bis ich ihm folge und „E" drückend ebenfalls Platz nehme. Beunruhigend beobachte ich am rechten unteren Rand die Energieleuchte des Fahrzeuges, welche mit ganzen vier Punkten rot blinkt und dabei bedrohliche Geräusche erzeugt. Innerhalb von zwei Sekunden explodieren wir bei der Ausfahrt aus unserem Stützpunkt. Gut gemacht, General! Nun ja, einem „Private X" wäre das sicher nicht passiert. Die Spielmechanik verrät uns, dass Robert nur einen Unfall hatte – wohl nichts Schlimmes – zumindest verdient sich dadurch kein anderer einen goldenen Kill. Samt negativer Bilanz starte ich nun richtig; aber auf eigene Faust mit einem Panzer, der frohlockend auf seine Inbesitznahme wartet, inzwischen sicher bekanntermaßen durch Betätigung der E-Taste. Leicht mechanisiert, gar nicht liebevoll animiert, verschwindet meine Gestalt in dem Fahrzeug und die Perspektive fokussiert sich auf den grauen mächtigen Panzer, der seinen kraftvollen Motor aufbrummen lässt. Mit gewohnter Fingerfertigkeit steuere ich den Koloss aus der Basis heraus auf eine betonierte Straße. Diese führt über Brücken an Bergen vorbei und teilt sich nach kurzer Strecke in Richtung Ost/West. Spontan lasse ich das Gefährt nach rechts abbiegen und gelange hinter einer kleinen Kurve vor dem Hintergrund einer malerischen Meeresküste an ein Schiffswrack auf Sand. Dort tobt die Schlacht. Mehre Panzer beschießen sich, Flugzeuge stürzen ins Innere des ausgemergelten Holzbaus, optische und akustische Explosionen finden massenweise statt, Pixel-Leichen fliegen durch die Luft und das Schiff gleicht einem kriegerischen Epizentrum. Ich fahre einmal durch ein großes Loch an der Mitte des Rumpfes, wobei mir gleich zwei Gegner vor das Kanonenrohr laufen, die getrost überfahren werden, was meinem Helden ein weiteres heroisches Ereignis beschert: „Panzerangriff." Nett gemeinte Schriftzüge während des Kampfes, begleitet von einem kurzen Soundeffekt, lösen inzwischen schon Glücksgefühle aus. Motiviert führe ich mit verschwitzten Fingerkuppen meiner linken Hand Tastaturbefehle aus und fahre noch eine Runde um den Krisenherd, während die rechte Hand darum bemüht ist, den Turm des Fahrzeugs zu bewegen, um weitgehend geräuschorientiert nach feindlichen Truppen Ausschau zu halten. Schüsse, fliegende Dynamitstangen oder Granaten, als auch das berühmte Pfeifen und Winken, verraten gerne ihren Aufenthaltsort. Sobald sich rote Schrift zu erkennen gibt, versuche ich möglichst zielgerichtet einen Anschlag mit der Panzerkanone auszuführen. Nachladezeiten dauern allerdings enorm lange, so dass mein nervöser rechter Zeigefinger gerne oft und viel, geradezu wie wild, auf die linke Maustaste hämmert ohne dabei irgendetwas auszulösen. Plötzlich klebt am Heck ein rotes TNT, welches zwar niedlich ausschaut und entzückend tickt, aber äußerst bösartig sein soll. Ich gehe auf Nummer sicher und drücke „E", woraufhin Robert das Fahrzeug verlässt und den scheinbar sichereren Strand betritt. Mit einer krachenden Explosion fliegt mir der Panzer um die Ohren, im wahren Sinne des Wortes, nämlich durch den enormen Stereo-Effekt meiner Musikanlage, und dann hagelt es Kugeln aus allen Himmelsrichtungen, die teilweise am zerstörten Blechhaufen klingend abprallen. Dabei funkelt, blitzt und raucht es auf dem Monitor. Zu allem Überfluss schlagen noch Geschosse von Bazukas unter den weißen teutonischen Turnschuhen ein und mein Held wird hoch in die Luft geschleudert. Das verschafft mir paradoxerweise einen angenehmen Überblick: In einem kurzen Moment kommt mir alles verlangsamt vor, und ich nutze die Phase, um mit der Maus potentielle Ziele zu lokalisieren. Eine Schar feindlicher Gestalten stürmt das Wrack, während meine Wenigkeit gen Himmel fährt und zu ihnen hinunterschaut. Dann folgt ein Sturzflug zur Erde mit einem lauten Schrei des Protagonisten. Kurz vor dem Aufprall betätige ich SPACE, was zum Auslösen des Fallschirmes führt und den Sturz elegant bremst. Allerdings bin ich nun ein leicht zu treffendes Objekt der Begierde. Rote Zacken suchen das Interface heim und zeigen normalerweise hilfreich die entsprechende Richtung an, aus der geschossen und getroffen wird, doch diese Information bringt mir aktuell rein gar nichts, so hoffnungslos unflexibel hänge ich in den Gurten. Trotzdem visiere ich tendenziell den wütenden Mob an, der da vom eigentlichen Schlachtfeld abgelenkt in die Höhe blickt, treffe aber leider kaum, wie ein Mangel erscheinender Zahlen verrät, welche immer dann ganz formell über dem Opfer auftauchen, wenn ein entsprechender Wert an Schaden bei ihm verursacht wurde. Nichts dergleichen. Was sich aber deutlich bemerkbar macht, befindet sich in der linken unteren Ecke des Monitors: Roberts leuchtende Energieanzeige. Sie sinkt beträchtlich. Kaum schlage ich sanft auf dem sandigen Untergrund auf, erlischt der hellblaue Lebenssaft fast gänzlich. Nach einer kleinen Drehung, dem Hauch eines Schwenks, geht die Figur samt Kostüm, mal etwas weniger pathetisch ausgedrückt, animiert zu Boden. Der glückliche Killer stellt sich zwangsläufig kurz vor und schenkt seiner erhöhten Aufmerksamkeit ein freundliches Winken, oder, um der leidenschaftslosen Linie treu zu bleiben, er drückt „Q" und wählt klickend die „Wave-Emote" aus. Nicht sonderlich beeindruckend aber nett. Und wieder geht es von vorne los, am ersten Stützpunkt „spawnt" mein Held und ich beginne erneut eine Erkundungstour. Diesmal nehme ich vier Räder statt zwei Ketten und an der T-Kreuzung biegt Robert innovativ nach links ab. Die Straße führt zu einem kleinen verlassenen Dorf samt idyllischer Mauer und offenem Stadttor. Interessiert wird das Fahrzeug am Rand geparkt und ich begebe mich ins Innere dieser Ansammlung häuslicher Bauten. Hinter der ersten Häuserfront befindet sich ein Platz mit einer gehissten nationalen Fahne, die zunächst für Wohlbefinden sorgt und suggeriert, dass es hier für mich sicher wäre – doch der Schein trügt: Ein unsichtbarer Kamerad hockt verstohlen in einer Ecke auf Lauerstellung und begrüßt mich mit der Forderung nach einem Sanitäter. Den Wunsch erfülle ich ihm und aktiviere sogleich meine hellblau visualisierte Kampfmedizin. Ach, wenn ich schon nicht gut Killen kann, dann wenigstens Heilen, denke ich mir voller altruistischer Geisteshaltung und suche schon wieder verzweifelt mein Team, um weitere gute Taten zu vollbringen. Doch alles, was in Erscheinung tritt, sind rote Buchstaben, Helden des gegnerischen Teams, die sich gerade durch die engen Gassen der verstädterten Gefilde drängen. Panisch suche ich Deckung und verstecke mich in einem kleinen Gang, da ertönt freundlich gesinntes Pfeifen. Ein skurril wirkender Soldat mit einer Nikolausmütze auf dem Kopf leistet meinem Zylinder Gesellschaft und gestikuliert zu meiner Freude amüsante Formen der Verspottung, die zwar prinzipiell zur Kommunikation mit dem Gegner gedacht sind, aber auch für Freunde nette Unterhaltung bieten können. Nur dumm, dass das spezifische Lachen, welches gerade laut die Umgebung beschallt, unseren Standort und zudem die nationale Zugehörigkeit verrät, denn jede Fraktion hat ihre ganz besonderen „Emotes". Nachdem sein Held sich ausgelacht hat, besser gesagt nach Ablauf der programmierten Zeit dieses virtuellen Gadgets, zaubert er eine Trompete aus seiner Unterhose, denn mehr trägt er nicht am Körper. Dann beginnen angenehme Klänge aus dem Blasinstrument die engen Gassen der kleinen Karibik-Siedlung zu berauschen, gar nicht typisch für ein Kriegsszenario, eher für eine laue romantische Sommernacht. Das gefällt mir. Die Atmosphäre mit zirpenden Grillen im Hintergrund und nächtlichem Mondschein machen diesen Kriegsschauplatz zu einem ästhetischen Erlebnis der ganz besonderen Art; Feuer und Kanonen gehören natürlich auch dazu, notwendig für den Hauch eines Gefechts, das weniger ausgetragen, sondern vielmehr genossen wird, wenigstens dann, wenn man selbst ab und an erfolgreich zum Schuss kommt und ein paar Kills abgreift, um die bisher noch geheimnisvolle heißgeliebte Statistik seines Helden aufzubessern, von der ich schon viel im Forum lesen durfte, über „Stat Pader"[127] und „K-D-Ratios"[128]. Sagte ich gerade wirklich Hauch

---

[127] Anglizismus im Gamer-Jargon, der das Ausnutzen von Spielmechanismen zur Punktegewinnung ohne normalen Spielablauf be-

eines Gefechtes? Das muss sogleich revidiert werden, denn die folgenden Szenen haben eher den Charakter eines wilden Massakers, das an Extremität eines Kampfes kaum zu übertreffen scheint: Der Klang der Trompete verstummt und vier weitere Kameraden tauchen zu meiner Freude um mich herum auf und gestikulieren amüsiert. Dann bricht die Hölle los. Zu sechst strömen wir in die etwas größere Gasse jener Siedlung und treffen auf die eben schon erwähnte wütende Horde feindlich gesinnter Helden, die uns aggressiv attackiert mit Raketenwerfern, Maschinenpistolen, Gewehren, Granaten und Messern. Unsere Antwort fällt nicht minder schwer und weniger vielfältig aus. Einige Figuren werden gegen Wände geschleudert, was schlimmen Schaden verursachen kann, andere vergiften sich an toxischen Klingen, laufen in Granatenfluten, bekommen einen Durchschuss (Fähigkeit des Kommandos) verpasst oder treten in eine Truppenfalle, die gewaltige Sprengladungen auslöst. Kampfhandlungen erscheinen im Lichte der Kreativität dieser schöpferischen Programmierer, die neben der Beschäftigung, Kindern um ihr Taschengeld zu bringen, auch wirklich künstlerische Ergebnisse ihrer Arbeit liefern. Vor allem interaktive Ergebnisse, die man im Gegensatz zu einem Gemälde nicht bloß anschauen, sondern benutzen, in ihnen aufgehen und ganz neue eigene Dinge entwerfen kann. Außerdem eröffnet es Möglichkeiten, mal abseits realer Vorstellungen Schlachtphantasien auszuleben, paradoxerweise vor allem lustige mit viel Humor, die ich in solch abstrus amüsanter Form zuvor noch nie gesehen ha-

---

schreibt.

[128] Kill-Death-Verhältnis, ein Wert, der ausdrückt, wie viele „Kills" im Verhältnis zu den eigenen „Deaths" erzielt wurden. Beispiel: 120 Kills und 100 Death ergibt eine KDR von 1,2. Dieser Wert in der Statistik ist aussagekräftig und gilt oft als Prestige.

be. Derartig heftige Kampfhandlungen wären im Leben, wie es sich die meisten so vorstellen, absolut undenkbar, trotz des großen Actionkinos mit Superhelden aus Fleisch und Blut. Das Geplänkel in der Phantasie fordert aber so einige Fertigkeiten auf realen Tasten, was mich momentan noch überbeansprucht und dementsprechend mehr stresst als grenzenlose Freude bereitet. Aber graue altersbedingte Gelassenheit überkommt meine Seele auch hier vor dem bunten Bildschirm, deshalb verstimmt sich das innere Gemüt kaum, wenn Robert nach fünf Sekunden von einem gegnerischen Soldaten und seinen feurigen Brandkugeln eliminiert wird. Dennoch, die kurze Beteiligung an der Schlacht war sehr intensiv, deren fataler Ausgang angenehmer Weise nicht das Innere berührt hat, Demut oder so etwas. Manch ein junger Mensch wäre vielleicht höchstens ausgerastet, hätte wütend auf Tasten gehämmert und Zorn entwickelt, jedoch nie ernsthaft etwas an die Substanz der Würde kommen lassen. Dafür erscheint die Spielfigur zu schnell aufs Neue, um Rache nehmen zu können. Das tue ich dann auch. Während meine nicht gedemütigte an den Fingerkuppen leicht schwitzende Person auf die Wiedergeburt wartet und vor der aufblinkenden Werbebotschaft sitzt, die da fröhlich mitteilt, dass meine Gesundheitstränke fast aufgebraucht sind, und ich schleunigst neue erwerben sollte, um mich zu rächen. Schmunzelnd folge ich dem Aufruf und betätige das O, welches den In-Game-Shop[129] öffnet. Oh, wie schön: Da gibt es ja alles, was der vorsichtige Held so braucht, vom Pflaster, über Schraubenschlüssel bis zu feuerfesten Unterhosen. Aus purer Neugier und Kaufsucht erwerbe ich von allem einfach noch etwas und verlasse dann mit dem berühmten X der rechten oberen Ecke das Shopping-

---

[129] Dieser Shop erlaubt es, während des Spielens Widgets (Schraubenschlüssel, Heilung) einzukaufen.

Menü. Diesen Vorgang habe ich jetzt schon x-mal ausgeführt – Anwendungen beenden. Da bin ich inzwischen Meister, im Beenden und Starten. Robert entsteht diesmal ganz in der Nähe der letzten Grabstätte, dem Austragungsort des spektakulären Kampfes im kleinen romantischen Dorf. In den engen Gassen tummeln sich immer noch einige Gegner und Verbündete, wobei das Gefecht an Intensität eingebüßt hat. Letzte Überlebende versuchen sich krampfhaft zu heilen, suchen Deckung und provozieren mit lauten Ausrufen. Einer imitiert dabei einen balzenden Gorilla, während er hinter einem Zaun wippend Heilpflaster aktiviert, zu erkennen am blauen aufsteigenden Dunst und an einem seltsamen Geräusch. Beides fordert mich auf, schnell zu handeln, den Heilungsprozess zu unterbinden, seinen schwachen Energiepegel auszunutzen, zuzuschlagen, jetzt sofort. Geblendet vom Widget-Effekt laufe ich auf ihn zu und schieße mit der schnellen Maschinenpistole, woraufhin der blaue Dunst mit dem ersten Treffer verschwindet. Doch jene Schadenspunkte werden leider mit weißer Schriftfarbe angezeigt, was bedeutet, dass sich der gegnerische Kanonier noch nicht im roten Bereich, dem letzten Drittel seiner Energie, befindet. Weitere Faktoren verunsichern meine euphorische Attacke: Er bekleidet den Rang eines Majors der Stufe zwei, trägt ein riesiges furchteinflößendes Maschinengewehr, eine imposante blaue Latzhose und einen gelben Helm, dazu diese Gorilla-Gestik. All das macht mich nervös und zum Überfluss setzt dieser gewalttätige Bauarbeiter im Moment meines Beschusses eine ungeliebte Fähigkeit ein, die dem sonst so trägen „Gunner" einen schnellen Fuß verschafft. „Leg it!" Wie von einer Tarantel gestochen, mit Windeseile untermalt, rennt der animierte Blaumann los. So rasant, dass es mich irritiert, meine Reaktion völlig überfordert und sogar meine Nervenbahnen kurz zucken lässt. Ballernd umkreist er Robert mit Höchstgeschwindigkeit und die Bewegung meiner rechten Hand kommt kaum hinterher, jene wahnsinnige Erscheinung gut anzuvisieren, um Treffer zu landen. Mein Gegenspieler landet da um einiges mehr unter Zuhilfenahme seines *Super-Langweilers*, dem schnellsten Maschinengewehr mit einem 130 Kugel starken Magazin. In dem Moment, wo ich nachladen muss, ist es dann soweit. Mein Held verliert kläglich das Duell, was so zuversichtlich begann. Noch bevor Robert zur Zweitwaffe greifen kann, küsst er ein weiteres Mal den Boden. Dann erscheint im Chat das böse N-Wort. Eine weit verbreitete Floskel im Gamer-Jargon, die inzwischen jeden und alles bezeichnet, ursprünglich aber einen lernunfähigen Anfänger apostrophierte: den *Noob*. Auf mich wirkt dieser Ausdruck gar nicht sonderlich beleidigend oder erniedrigend, jedoch soll er dies für viele sein. In kürzester Zeit schon oft gelesen, richtet nun endlich jemand diese Vokabel gezielt gegen mich. Das bringt mein Gemüt in Wallung: Lautes natürliches Lachen befällt den mentalen Zustand, während ich darüber nachdenke, was für ein Bild der Typ am anderen Ende des Kabels von mir wohl haben könnte. Sicher nicht das eines grauen alten vom extremen Leben gezeichneten Greises mit klassischen Sprachmanieren. Ich hingegen stelle mir vielleicht auch eine vollkommen falsche Persönlichkeit vor, die hinter dem vermeintlichen Bauarbeiter sitzt, nämlich einen pubertierenden kleinen Wicht ohne Verstand und Anstand, der tagtäglich nichts Besseres zu tun hat, außer narzisstische Vorlieben am Heimcomputer auszuleben, indem er andere Spieler abwertet, um sich selbst aufzuwerten. Es könnte sich aber genauso gut um einen betrunkenen Studenten handeln, der im Spiel sprachlich wie optisch auf ironische Weise den Pöbel repräsentieren möchte. *Just for fun!* Wenn mir solche Dinge durch den Kopf gehen ist sicher gewiss, dass ich gemäß meiner alten Berufung und nicht zuletzt auch wegen des Berufes grundsätzlich zu spekulativen Übertreibungen neige, ja, ab und an Analysen durchführe, deren Wahrheit man nie bestätigt, sondern die einfach gut aussehen oder schön klingen, ganz wie ein Philosoph, der schöngeistige Literatur als Erkenntnismedium verwendet. Vielleicht ist der Tee doch etwas stark gewesen.

Vergeben und Verziehen sei dem Ein-Wort-Provokateur. Abseits geistiger Fluten widme ich meine Zuwendung wieder dem Kern des *Shooters*, der Mechanik, die mehr auf dem Verstand ihrer Programmierer beruht als auf emotionalen Ausbrüchen. Für das Design gilt dennoch eher Letzteres, da bin ich mir sicher, das kommt aus Tiefen irrationaler Köpfe - hohem Maß an Witz und Kreativität inklusive, so sehr treiben mir animierte Gestik sowie Kostüme der Helden Tränen in die Augen. Vielleicht ist es dieser Witz, die unglaubliche Freude, wie mit dem Töten umgegangen wird oder einfach nur der Kommerz: Soeben lese ich, dass dieses köstliche Spiel eingestellt wird. Gerade eben, in diesem Moment, ereilt mich jene Hiobsbotschaft. Ich bin beleidigt und verabschiede mich aus dem spielerischen Cyberspace. Bis bald!

Angela Merkel spielt Golf, Pool, *GTA Online*™ und fährt Omnibus

Eine umtriebige Aufregung ist immer dann im Gildenchat[130] zu spüren, wenn der Charakter namens Angela Merkei den Platz betritt. Da das letzte i bei Erstellung dieses politischen Accounts[131] groß geschrieben wurde, erscheint immer in eindeutiger Schrift die Bundeskanzlerin höchstpersönlich zum Online-Golfen, ohne gegen Copyrights berühmter Persönlichkeiten zu verstoßen. Falls solch ein Pseudonym ballernd mit Nikolausmütze und in Unterhose auf den Schlachtfeldern von *Battlefield Heroes*™ herumtobt, erheitert es niemanden so wirklich, doch hier, auf dem seriösen Pseudo-Grün eher älterer Herrschaften mit tendenziell viel realem Bezug zu einem gewöhnlichen Leben, sorgt solch hoher Besuch für einen kleinen Eklat. Auch im öffentlichen Chat verfallen einige Spieler in großes Erstaunen, wenn sie den Namen ihrer Kanzlerin über dem kleinen Girl in weißen Hot-Pans und rotem Haar erblicken. Authentischere Züge der Politikerin sind kaum zu verwirklichen, da leider nur drei Varianten weiblicher Erscheinungsbilder bei *Shot-Online*[132] zur Auswahl stehen. In den verschiedenen Item-Shops[133] gibt es diverse Accessoires, wie Hosenanzüge oder die bereits erworbene Perücke, doch

---

[130] Spezieller Chat, der nur von Mitgliedern einer bestimmten Gilde (Spielervereinigung) gelesen werden kann.
[131] Accounts beinhalten alle Daten und hinterlegten Informationen für einen Zugang zu einer Online-Plattform, zu einem Spiel, Forum, etc. im Internet.
[132] Populäres Online-Golfspiel mit RPG (Rollenspiel)-Charakter.
[133] Ein Geschäft im Spiel, wo Gegenstände und Kleidung gegen Spielgeld oder eine virtuelle Währung erworben werden können.

sind alle drei Grundgerüste einer Frau zu klein, zu sportlich und viel zu jung. Bei den Männern sieht es anders aus. Da existieren zwar ebenfalls nur drei Gestelle, doch sind diese äußerst heterogen in Alter, Größe und Figur. Peter Sloterdijk findet leider nicht sein virtuelles Abbild eines gemütlichen Golf-Philosophen, zumal es sowieso äußerst witzlos ist, mit solch einem Schwergewicht durch die Welt digitaler Golfanlagen zu spazieren, da dieser dort den Bekanntheitsgrad einer außerirdischen Spezies inne hat. Deshalb sind die drei Freunde, von denen hier ausführlich berichtet wird, namentlich als Westerwelle, Sarrazin sowie Merkel bekannt und mit ganz unterschiedlichem Image bezüglich ihrer Spielerqualität ausgestattet. Jene erkennt man an den zahlreichen Statistiken über Handicaps und Aufgaben, doch bis sich da etwas Handfestes herauskristallisiert, sollten schon einige Kurse gemeistert worden sein. Dazu später mehr, denn jetzt fängt die Geschichte erst einmal mit der Geburt der Avatare an.

Überraschenderweise besuchte ich heute Mittag einen alten Bekannten, der seit geraumer Zeit nicht mehr zu kommunizieren scheint, so beschäftigt verhielt er sich die letzten Monate, ohne auch nur den Hauch eines Piep-Tons an mich zu übermitteln. Den Grund seiner Verstummung könnte das neue Hobby des im mittleren Alter befindlichen erfolglosen Schriftstellers liefern: Golfen. Allerdings nicht auf hübsch zurechtgestampften umweltschädlichen Anlagen realer Natur, sondern in imaginären 3D-Zauberwelten am Bildschirm, verbunden mit tausenden Spielern und organisiert von großen Konzernen der Computerspieleindustrie. Neugierig geworden bin ich dann aber schon, als wir bei einem echten Bier über diese unwirklichen Paradiese redeten, wo man Dinge tun kann, die sonst schwerlich im Bereich des Möglichen liegen beim Gehalt eines Gelegenheits-Redakteurs für das Blättchen der

Glücklichen Arbeitslosen. Während er, namentlich Peter, am Flaschenhals nuckelte, schien sein Blick immer wieder zum Monitor zu wandern, so lange, bis ich ihn fragte, was mit seinen müde wirkenden Augen los sei. Daraufhin präsentierte mir die hagere Erscheinung ein mysteriöses Internet-Game, das ihm wohl schon seit Wochen den Schlaf raubt. Wir tranken weiter Bier, rauchten Zigaretten und unterhielten uns über Ex-Freundinnen und gutes Essen, wie damals als gestandene Kommilitonen geisteswissenschaftlicher Unbegreiflichkeiten. Nebenher startete jene Anwendung, die ich aktuell herunterlade, um dem Folge zu leisten, was ich vorhin auf Peters Bildschirm erblickte: Drei freundliche Gestalten sahen tief in unsere Augen, wobei eine davon auserkoren wurde, auf den virtuellen Golfanlagen Peters Geschicklichkeit vorzuführen. Einen Klick weiter fand sich die gewählte Figur auf dem sogenannten Platz wieder, der eine Vielfalt interaktiver Optionen bereithielt: Bekleidungsgeschäfte, ein Auktionshaus und vieles mehr, doch es verschlug ihn direkt aufs Grün zu seinen virtuellen Freunden. In einem Sammelsurium für golfwilligen Stubenhocker, explizit im Raum, treffen sich die virtuellen Gestalten voller Vorfreude und emsiger Ausgestaltung ihrer Kommunikationslust, die deutlich in dem kleinen Chatfenster am unteren Bildschirmrand zu lesen ist:
„Hallo zusammen!"
„Moin, eben afk[134], muss kurz was kochen."
„Wer kommt noch alles?"
„Hallo?"
„Können wir einen Happy-Kurs spielen?"
„Ich sollte noch Bälle kaufen, bin eben im Shop!"
„Bis gleich Depi."
„Hallo allerseits!"

---

[134] Netzjargon: Away from keyboard; Von der Tastatur abwesend.

„Hallo."
„Kommt Hildegart noch?"
„Hallo Klaus."
...
Nach einigen Leseübungen der kleinen Schrift beachtete ich das stetige Auftauchen der Buchstaben nicht mehr. Zu belanglos erschien mir, dem anspruchsvollen Bücherwurm, diese Form des Smalltalks. Interessant hingegen waren die optischen Erscheinungsbilder jener Teilnehmer, die Avatare, Repräsentanten von Fleisch und Blut sowie Formen des menschlichen Bildnisses. Und während wir so da saßen und unseren Lastern aus Rauch und Flüssigkeit frönten, startete der vermeintliche Chef des Raumes nach gefühlten Stunden voller Geplänkel und nach dem aktivierten Bereit-Status von allen vier Beteiligten den ersehnten Parcours, ein fröhlicher Golfplatz zum halben Eintrittspreis und doppelter Erfahrungspunktegenerierung, wie Peter euphorisch erklärte. Dann begann er mit der Motivation eines leicht Alkoholisierten ganz akribisch das Spielkonzept zu veranschaulichen. Dabei wurden Maus und Tastatur verwendet, um den bevorstehenden Schlag gewissermaßen zu konfigurieren: Auswahl des Golfschlägers in Anbetracht von Entfernung und Untergrund, Richtungsbestimmung und Abschätzung der Wirkungen von Wind und Wetter auf selbige, Trefferpunkt auf dem Ball, den sogenannten Spin, und ein paar Details, die ich vergessen habe. Beduselt verfolgte ich seine auf Verständnis bedachte Veranschaulichung mit dem gewünschten Effekt, denn diese stimmte mich äußerst neugierig, so dass ich beschloss, selbst einen virtuellen Golfer zu erstellen. Jenes zu diesem Zeitpunkt fiktionale Vorhaben teilte ich ihm gleich mit, woraufhin er extrem freudig reagierte, einen Prosit aussprach und den Eindruck hinterließ, als würde er eine neue Freundschaft zelebrieren, obgleich wir schon seit Jahrzehnten dickste Freund

sind. „Willkommen an Board, mein Lieber." Bin ich da so etwas wie einer Sekte beigetreten und inkarniere nun zu etwas völlig Neuem, das sich den Regeln eines eigenen Universums unterwirft? Solche Gedanken schossen mir durch den Kopf. Nicht zuletzt Peters schiere Besessenheit von einer falschen Existenz regte mich zunächst ganz leicht auf und dann zum Grübeln an und gab meiner Seele Gelegenheit für ein strenges moralisches Urteil, mit dem ich aber ganz bestimmt nicht klar kommen wollte, da doch jedes Mal neues Modernes der Verteufelung standhalten muss. Selbst das gedruckte Buch musste zu Zeiten seiner Modernität einer moralischen Abmahnwelle standhalten. Diese armen fixierten externen verschriftlichten Gedanken, wo kommen wir denn da hin? Na, das wissen wir ja inzwischen – weder in den Himmel noch in die Hölle, stattdessen in ein schier unendliches kunstvolles menschliches Universum, das mir von Jahr zu Jahr undurchdringlicher vorkommt. Doch wie ist das jetzt mit den Computerspielen?
Nachdem ich mit Golfspielen recht schnell genug Erfahrungen gesammelt habe, entscheide ich mich nebenher zu weiteren Experimenten und fühle mich geradezu hingezogen zu Spielen der kleinen pfiffigen Art. Im Eifer des Erkundungswahns entdecke ich ein Pool-Billard Game mit dem hochtrabenden Namen „Pool Nation". Nicht Pool Pub oder Pool Town, nein, Sie haben richtig gelesen. Nach der Installation jener spielerischen Software begebe ich mich an den virtuellen Tisch mit vorbildlichem Spielernamen, den auch Peter beim Golfen bevorzugt: Angela Merkei mit großem I. Nun spielt sie auch noch Pool. Bevor mein übereifriger Competition-Drang[135] zum Multiplayer in menschliche Gefilde schwappt, nehme ich es erst einmal mit der künstlichen Intelligenz auf und beginne

---

[135] Die Lust zum Herausfordern anderer Mitspieler.

eine kleine Meisterschaft im sogenannten 8-Ball. Der Architektur des Menüs zufolge schaut es ganz so aus, als ob man diverse Dinge wie Locations, Kugelsätze oder Queues freischalten kann, doch ohne Fleiß kein Preis – also, los geht's. Zuvor hatte ich in den Einstellungen einen Tutorial-Modus[136] aktiviert, der mir nun erklärt, wie das Unterfangen mit Stock und Kugeln zu steuern ist: Die Taste „O" bringt mich in eine Ansicht von oben, was sehr pragmatisch anmutet – ansonsten immer schön dreidimensional, wobei man sich ausgerichtet am Queue mit der Maus in alle Richtungen einen guten Überblick verschaffen kann. Mit „V" wechselt die Sicht zu einer freien Kamera, die es ermöglicht, den Tisch mit den Kugeln von jeglichen Perspektiven zu betrachten. Ja, das kenne ich auch von Eurosport, wenn Profis überall herumlaufen und sich alles ganz genau angucken. Denen tut es Angela Merkel gleich, so akribisch studiert sie jede neue Position der weißen Kugel und versenkt erfolgreich die eine oder andere Farbe, genauer jene halben Kugeln, die sie sich dezidiert durch den ersten gekonnten Stoß ausgesucht hat. Beim virtuellen Stoßen wird die Maus langsam zurückgezogen und dann prompt nach vorne geführt – ein einfaches Klicken genügt da nicht. Schnell kommt ein ambitioniertes sportives Feeling auf, eine zuweilen romantische Form des Billards, besonders dann, wenn eine Location hoch im Gebirge mit wundervoller Aussicht liegt und dazu stilvoller Jazz gespielt wird. Kein Vergleich zur hiesigen verrauchten Eckkneipe, wo ich damals als Jugendlicher die ein oder andere echte Kugel versenkte. Zugegeben, ein Vergleich hinkt dramatisch im realen Gefüge der Dinge, so bleibt dieses Spiel, in dem ich als Bundeskanzlerin agiere, ein virtuelles Konstrukt ohne Körper und Gestank. Doch passend zum bunten Bildschirm und dem stimmungs-

---

[136] Einführung in das Spiel.

vollen Sound koche ich schnell einen ayurvedischen Tee mit Zimt und Hopfen – irgendwie harmoniert das ganz gut.
Nach einigen erfolgreichen Partien gegen die ersten Computergegner gibt es zur Belohnung diverse Boni und Kosmetika[137], wie Tische, Kugelsätze und Queues. So werden immer wieder Anreize geschaffen, vorwärts zu schreiten und Neues freizuschalten, kleine Gimmicks, die das ästhetische Vergnügen des Spielers begünstigen, Abwechslung schaffen oder einfach wie ein Kinderüberraschungs-Ei funktionieren – nur ohne Schokolade. Zum Tee genehmige ich mir aber durchaus etwas Süßes. Politisch korrekt, gesundheitsfördernd, leicht steril und schwer durchschaubar gestaltet sich dieser Nachmittag vor dem Rechner, ganz im Gegensatz zu den waschechten Billard-Events mit Kippe, Bier und Gegröle. Doch vermissen tue ich alte Geselligkeit nicht, zu sehr erfreut mich digitale Spielbarkeit einer Zunft von Gegnern, die allesamt jederzeit verfügbar sind, sobald ich meinen Rechner hochfahre. Das war damals anders: Mut antrinken, Wohnung verlassen, Termine vereinbaren, usw. – das brauch ich nun nicht mehr. Stattdessen ziehe ich mit meiner virtuellen Kanzlerin umher, aktuell vom Golf bis zum Pool – mehr kommt noch. Doch zunächst die kleine Geschichte vom Billard: Das erste Turnier ist bald geschafft und als Belohnung winkt mir eine neue Location, die dann auch im Multiplayer bereit steht. Klasse! Außerdem sind Boni-Gegner freigeschaltet, wo ich um weitere nette Kosmetika kämpfen kann. Nach einer gefühlten Stunde hat Frau Merkei alle dem ersten Turnier innewohnen-

---

[137] Als Kosmetika werden Spielelemente bezeichnet, die nicht die Mechanik des Spiels verändern, sondern lediglich über ein anderes Design verfügen.

den KI-Spieler besiegt und sämtliche Achievements[138] erreicht. Doch noch sind keine Grenzen des Könnens in Sicht, recht angenehm konnte die Kanzlerin sämtliche Künstliche Intelligenz ausschalten. Wieder im Hauptmenü angekommen, schimmern weitere herausfordernde Wettkämpfe in Form von Kästchen umher – allesamt schön linear angeordnet, so dass sich der Reiz einer Erhöhung einstellt. Das wohl am nächsten einer in kleinen Schritten sich steigernden Herausforderung liegende Event trägt den Namen *Exchange Square Cup*, dem ich sogleich beiwohne mit sämtlicher Motivation, die ich über die Schnittstelle zur KI übermitteln kann. Filigran optimiere ich jeden Stoß und umwandere den Tisch per freier Kameraführung, während die Kniffe mit Tastatur und Maus locker von der Hand gehen. Schon nach kürzester Zeit komme ich mir vor wie ein Profi, was wohl daran liegt, dass die sogenannte Zielhilfe auf dem niedrigsten Niveau konfiguriert ist. Das hatte ich wohl vor lauter Überschwänglichkeit vergessen zu erwähnen. Wie selbstverständlich orientiere ich mich an den bunten pfeilartigen Grafiken, die anzeigen, in welche Richtung die gewählte Kugel rollen wird, wobei sich der Pfeil dynamisch verändert, während ich mein inzwischen geschicktes Manöver vorwiegend mit der Maus auswähle: Linke Taste gedrückt halten und dann langsam die Maus zum Körper ziehen, ganz so, als ob ein Stoß vorbereitet wird, um in letzter Konsequenz nach vorne zu schnellen und dem Ganzen einen angemessenen Schub verpassen. Funktioniert nahezu tadellos – fast jeden Gegner bezwinge ich beim ersten Versuch. Wie beim vorherigen Turnier stehen auch hier einige Boni-Runden mit entsprechenden Belohnungen bereit, die ich sogleich abkassiere. Es hagelt neue Kosmetika. Das Faszinosum des

---

[138] Errungenschaften, die im Profil des Spielers via *Steam* angezeigt werden – manche nennen es abfällig „E-Penis."

Unterfangens, das ich meiner virtuellen Existenz verdanke, speist sich insbesondere durch ein Voranschreiten der Optionen, wie man es ja schon von den ersten Konsolen-Spielchen kennt. Ein ansteigender Schwierigkeitsgrad tut sein Übriges, um dem Spieler zu suggerieren, dass er immer weiter machen muss und sich im Zweifel lieber krankschreiben lassen sollte, um auch die Nacht durch zu zocken. Das Ziel stellt wohl der Endsieg über alle KI-Gegner dar, wobei Hartgesottene auch sämtliche Boni und alle möglichen Sterne miteinbeziehen. Denn detailverliebt bietet dieser Pool-Simulator auch gewisse optionale „Quests", namentlich Sternchen, die dann angerechnet werden, wenn bestimmte Kriterien im Match erfüllt werden - beispielsweise sechs Kugeln hintereinander versenken oder eine bestimme Anzahl von Skill-Shots praktizieren; es wird immer schwieriger, alle drei Sterne pro Duell zu ergattern. Bisher schneide ich eher schlecht ab. Fast jedes Match habe ich mit einem einzigen Stern absolviert, ein paar wenige mit zweien. Doch keine Sorge! Kommt Zeit, kommt Sternchen und zwar alle drei für jedes Match!
Es klingelt an der Tür. Ich erwarte weder Besuch noch habe ich akustische Halluzinationen. Das Pool-Game lasse ich entspannt links liegen, denn einen Timer gibt es nicht. Der Spion verrät mir, dass es sich um Peter handelt, der wohl auf einen realen Sprung, ganz spontan und ohne Ankündigung, vorbeischaut. Freudig öffne ich. „Mein Internet hat sich verabschiedet – das macht mich ganz wahnsinnig; habe schon beim Provider angerufen – der schickt morgen einen Techniker." In Peters zittriger Stimme ist wirklich ein wenig Wahnsinn zu vernehmen. Dann präsentiert er mir mit glänzenden Augen sein Notebook, das er aus seinem Rucksack zaubert und er-

klärt fragend: „Du...ich muss zocken. Hast Du mal ne IP[139] für mich?" Ich bejahe, bitte ihn herein und krame den Router aus einer verstaubten Ecke, um das Passwort, das für den Zugriff ins W-LAN notwendig ist, auf der Unterseite des Gehäuses ausfindig zu machen. „Da haben wir ja den Code!" bemerke ich mit Erleichterung. Das Kabelgewirr in besagter Ecke, der aufgewirbelt Staub, die gebückte Haltung – all das ist nicht schön. Umgehend diktiere ich Peter das Passwort, der sogleich sein bereits aktives System damit füttert. Wenig später ertönt ein erleichtertes Seufzen – es ist angerichtet...äh...eingerichtet. Ich biete ihm und seinem technischen Weggefährten einen Platz auf dem Sofa an. Die beiden Gehirne, sein internes und sein externes, machen es sich bequem in dem Teil meiner Wohnung, der eigentlich für kommunikative Gelage ausgelegt ist – doch das macht nichts. Prompt verschwinde ich im Arbeitszimmer mit der abschließenden Bemerkung, dass man sich ja im *Teamspeak* treffen könne. Ich drehe mich noch einmal kurz um und sehe, wie sich Peter sein Headset um den Kopf legt; dann widme ich mich wieder enthusiastisch meinem Pool Billard, ohne auch nur zuvor die leiseste Andeutung auf ein neues Game in Peters Gegenwart gemacht zu haben. Peinlich versuche ich wohl zu verbergen, dass mein Charakter fremdgeht und dass ich den Namen der Kanzlerin gestohlen habe. Scherz beiseite, beizeiten wird das schon geklärt. Nach einigen friedvollen Runden gegen die Pool-KI brüllt Peter ein zaghaftes Geräusch, was wohl andeuten soll, dass ich zum Golfspielen eingeladen bin. Doch ver-

---

[139] Eine IP-Adresse ist eine Adresse in Computernetzen, die – wie das Internet – auf dem Internetprotokoll (IP) basiert. Sie wird Geräten zugewiesen, die an das Netz angebunden sind, und macht die Geräte so adressierbar und damit erreichbar.
(https://de.wikipedia.org/wiki/IP-Adresse)

spüre ich wenig Lust auf Bälle im Grün, vielmehr haben mich diese Kugeln auf dem virtuellen Tisch geradezu magisch in ihren Bann gezogen. Also offenbare ich meine Präferenz und rufe laut durch die Wohnung, dass auf meinem Rechner gerade anderes von statten geht. Einen Moment später steht Peter überrascht hinter mir und guckt über meine Schulter. Flapsig bemerkt er, dass jenes Spiel wohl eher der Mikrokosmos des Golfens sei und man dort kaum RPG-Feeling bekommt. Ich verstehe nichts. „Was ist das? RPG?" Meine naive Frage stößt auf besserwisserisches Dilettantentum: „Role Play Gaming! You understand?" Peter grinst. Nach einer kurzlebigen Diskussion über die Vorzüge eines Rollenspielcharakters einigen wir uns darauf, dass wir einerseits dieses auf ewige Zeiten und Fortschritt ausgelegte Prinzip beim Golfen verfolgen, andererseits aber auch offen für neue „Minigames" sein möchten. Zuerst setzt sich mein Wille durch und ich darf weiterhin dem Pool-Tisch frönen. Derweilen informiert sich Peter über das kleine Spielchen und kauft es sogleich mit ein paar Klicks für ein paar Euro. Während meine Kanzlerin ein Match nach dem anderen gegen die inzwischen durchaus herausfordernde KI gewinnt, spielt Peter eine Runde *Shot Online*™ mit demselben Namen und installiert nebenher *Pool Nation*™. Es folgt ein Abend voller Abwechslung aus Golf und Billard, bis Peter gegen Mitternacht auf dem Sofa einschläft und sich auch meine Wenigkeit ins Schlafzimmer begibt. Das Ritual von Schlafen, Pizza, Dosenbier und Zocken dieser beiden Games wiederholt sich einige Tage. Meine Arbeit als freier Journalist liegt brach, mein PC ist trotzdem ein Dauerbrenner und Peter ist inzwischen hier eingezogen, da der Netzbetreiber den Fehler seiner Internetverbindung einfach nicht finden kann. Nach einer Woche berichtet Peter von dem soeben auf PC erschienen Titel *Grand Theft Auto Five*™, oder kurz *GTA 5*, der auch über einen wunderbaren RPG-lastigen Multiplayer verfügen soll. Sein Laptop könnte im Angesicht der minimalen Systemanforderungen so gerade das Spiel bewältigen, sagt er stolz, für meinen Desktoprechner hingegen sieht er keinerlei Hindernisse. Er berichtet von dem neuen *GTA*-Spielprinzip voller Begeisterung und geradezu mit dem Unterton, als müssten wir es erwerben und die nächsten Monate durchgängig zocken. Ich komme direkt auf den Punkt: Genauso passiert es dann auch. Wir tauchen zusammen ins *GTA Online*-Universum ein – als Kanzlerin, einmal mit großem i und einmal in korrekter Schreibweise. Natürlich wählen wir dementsprechend unsere Charaktere aus und kleiden sie entsprechend. Nach erfolgreicher Anmeldung im *Rockstar Social CLub*™[140] und dem gigantischen Download von 65 GB Spieldateien spawnen wir in der großen verruchten City von *GTA* und besuchen zuerst Frisörladen und Bekleidungsgeschäft, um dem Style der Kanzlerin gerecht zu werden. Da kommt Freude auf. Und wie im wahren Leben auch Stress, denn alles kostet Geld, genauer Dollars – und die muss man erstmal verdienen. Also ab ins Menü und Mission auswählen, Freundin einladen und los geht es zur gemeinsamen Schießerei und Verfolgungsjagd. Vom Deathmatch[141] über Autorennen bis zum gemeinsamen Überfall ist alles dabei. Zunächst absolvieren wir einige kleine Aufträge, kassieren dafür Geld, investieren sogleich in Panzerung und Schusswaffe und fühlen uns bald unsterblich. Doch das sind wir nicht. Ab Level 6 wird's schwieriger. Einige verrückt gewordene Online-Player nehmen keinerlei Rücksicht auf unsere mangelhaften Erfahrungswerte und ballern uns hier und da ab. Konsequenzen hat das aber keine – außer

---

[140] Plattform von Rockstar Games, dem Hersteller von GTA. Dort können Charaktere oder Gruppen erstellt werden, sowie virtuelle Dollars eingekauft werden.
[141] Jeder gegen Jeden.

für die Statistik. Nach dem virtuellen Tod respawnt man sogleich unweit des Tatorts. Bargeld allerdings sollte besser auf der Bank liegen, denn nur dort ist es sicher vor menschlichen Langfingern, die über einen herfallen, wenn die Kanzlerin am Boden liegt. Das begehrte Spielgeld muss entweder hart in der *GTA*-Welt erarbeitet werden oder man investiert echte Euros in die virtuelle Währung, um ein paar Millionen Extra-Cash auf der Bank zu haben. Im letzten Fall kann quasi im Real-Life fürs Dasein im Cyberspace geschuftet werden, welch eine Errungenschaft. Freilich besticht die Umrechnung von 15 investierten Euro insbesondere durch die erhaltene Summe Spielgeld in Millionenhöhe, die locker in einen Hubschrauber und ein Luxusappartement gesteckt werden können. Im Real Life dagegen bekommt man nicht mal mehr drei Päckchen Zigaretten – ein lohnenswerter Deal. Apropos Kippen: Die gibt's natürlich auch im Spiel, genau wie diverse Getränke und Snacks – Sinnfreier Zeitvertreib sagen die einen, denn anders als bei simulationslastigen Survival-Games hat der Konsum hier generell wenig Konsequenzen, mal abgesehen vom grafischen Rauscherlebnis bis zur Alkoholvergiftung. Andere hingegen finden das äußerst amüsant, so auch Peter. Nachdem er Level 12 erreicht und sich ein schickes Appartement geleistet hat, ganz im Gegensatz zu seiner parasitären Wirklichkeit, verbringt er Stunden damit, einen Bongkopf[142] nach dem anderen zu rauchen, um dann voller Freude die farbenfrohe rauschende Optik auf seinem Monitor zu genießen. Nebenher wird Fernsehen geschaut – auch das kann man jetzt „in game" -, Musik gehört oder einfach nur geschlafen. Faszinierend meinen die einen, völlig bekloppt die anderen. Auch ich gehöre eher zu der Fraktion, die sich gerne spezielle Ziele im Spiel sucht. Nach einiger Zeit des Abhängens in Peters luxuriöser

---

[142] Aufsatz einer Wasserpfeife.

Wohnung überrede ich ihn, mit unseren beiden Politikerinnen eine Runde Tennis zu spielen. Auf meiner letzten Fahrt durch die Stadt habe ich zufällig einen Platz gesehen, wo dies möglich seien soll. *GTA* ist ein „Multiversum" voller Spiele im Spiel: Shooter, Rennspiel, Sportspiele und vieles mehr vereint sich unter dem Deckmantel eines Rollenspiels, das durch den Online-Mehrspieler-Modus zumindest solche Facetten bedient. Den Single-Player würde man vielleicht als typisches Open-World-Spielchen mit Story-Elementen beschreiben, doch wie auch immer, wenn nicht gerade abgehangen oder im Stripclub den Frauen zugeschaut wird, ist in der Regel Action angesagt – so verkauft es sich dann auch gerne als Actiongame. Peter und ich verlassen nun das Wohnzimmer und begutachten zunächst die Garage. Dort haben sich ein paar Fahrzeuge angesammelt, geklaute und umlackierte Sportwagen, die seiner Kanzlerin gehören. Mit einem blauen Pickup fahren wir gemeinsam gen Tenniscourt. Die PC-Steuerung ist übrigens das gemeine „WASD" mit den üblichen umliegenden Tasten, die das Ein- und Aussteigen sowie die Interaktion mit Objekten regelt. Die Maus regelt den Blickwinkel und das Zielen, bzw. Anvisieren. Zur Steuerung von Flugzeugen und Hubschraubern komme ich vielleicht später.

Unterwegs werden wir, wie das so bei *GTA* üblich ist, in diverse Verkehrsunfälle involviert, bekommen dafür aber keinen der fünf Sterne, die je nach Schweregrad von verbrecherischen Tätigkeiten verteilt werden und die Polizei auf den Plan rufen. Bei massiven Amokläufen mit Schusswaffengebrauch gibt es in der Regel 2-3 Sterne und es wimmelt von Ordnungshütern. Kann man in solch einer Situation nicht schnell genug flüchten und untertauchen oder eliminiert gar noch mehrere Cops, kommt das FBI und einige Hubschrauber hinzu, bis es dann bei 4 – 5 Sterne fast unmöglich erscheint, noch heil aus der Nummer wieder rauszukommen. Nun ja, wir sind im Moment nur zwei Rothaarige, die Tennis spielen möchten: Am Platz angekommen erwartet uns ein Game im Game, ein kleines Sportspiel, das vor 20 Jahren wahrscheinlich unter dem Titel „Tennis Nation" als eigenständige Software vermarktet worden wäre. Die Steuerung verhält sich intuitiv und wir spielen einige spannende Sätze. Amüsiert deckt Peter dann doch die Banalität des Zeitvertreibes im Zeitvertreib auf. Immer noch besser, als stundenlang die optischen Effekte des Drogenmissbrauchs zu begutachten, bemerke ich daraufhin zynisch. Also weiter im Spiel. Gleich ums Eck ist auf der Karte, die der Spieler über die Esc-Taste erreicht, eine Bar verzeichnet. Ich markiere dort per Doppelklick einen Wegpunkt, der daraufhin automatisch in der Mini-Map am Bildschirmrand erscheint und unsere Strecke farbig markiert. So findet man sich immer gut zurecht – wie im wirklichen Leben mit Navi und Smartphone. In der Bar angekommen erkunden wir in gediegenem Ambiente die Interaktionsmöglichkeiten. Leider kann kein Bier bestellt werden, aber eine Dartscheibe frohlockt Spieltriebe in uns. Wie zu erwarten – ein einfaches Mini-Game. Nachdem unsere Kanzlerinnen einige Pfeile geworfen haben, machen wir, wie es sich für eine ordentliche provinzielle amerikanische Kneipe gehört, Randale. Tatsächlich fällt es leicht, sämtliche Gäste der Bar aufzumischen. Es kommt zur Massenschlägerei mit sich anschließender Massenpanik. Amüsiert über derartige Funktionen wie die Interaktion mit den Getränken auf den Tischen, die man zwar nicht konsumieren, aber wenigstens doch umstoßen kann, beobachten wir das Treiben bis zum Eintreffen der Cops: zwei Sterne. Prompt zückt Peter seine Shotgun und streckt die ersten Polizisten nieder: Der dritte Stern blinkt. Gemeinsam schießen wir den Weg frei, kapern ein Polizeiauto und liefern uns eine wilde Verfolgungsjagd, die das jähe Ende in einer gigantischen Explosion des Fluchtwagens findet – Respawn. Völlig unbehelligt entstehen unsere Spielfiguren am Rande des Geschehens. Dann geht es weiter im Text, oder genauer am Monitor mit Maus und Gehirn. Letzteres wird bei unserem nächsten Blockbuster zur Abwechslung fast gänzlich ausgeschaltet. Nach langen Game-Sessions mit dem inzwischen sehr liebgewonnenen *GTA*, unzähligen Verfolgungsjagden, Schießereien und Aufträgen verschiedenster Genese, möchten die beiden Bundeskanzlerinnen verschnaufen und begeben sich auf die Suche nach einem weniger anspruchsvollen Spielchen. Auf einer kleinen gemeinsamen Reise durch das Streaming-Portal von *Steam*[143] stoßen wir auf den unfassbaren Omnibus-Simulator *Omsi3*™ und schauen fasziniert dem Spieler dabei zu, wie er einen Linienbus durch die Hamburger Provinz steuert, dabei verschiedene Interaktionen vollbringt, wie Fahrgeld kassieren oder die Klimaanlage regeln, bis er ca. eine Stunde an einer Haltestelle verweilt. Während dieser Mittagspause diskutiert er eifrig im Chat über seine häuslichen Aktivitäten als virtueller Busfahrer: So könne man ja gemütlich Hasch rauchen, was in der realen Fahrerkabine weniger zuträglich wäre. Und kühles Bier während der Fahrt ist ebenfalls ein Privileg des heimischen Spielers, während ernste Busfahrer der realen Welt zumeist stocknüchtern sein sollten.

Irgendwie sind wir ganz angetan von dem Simulator und da das Spiel aktuell zu einem supergünstigen Sale angeboten wird, werden im nu unsere Kreditkarten belastet und *Omsi* landet auf unseren Festplatten. Nach sportlichem Vergnügen auf Grüns und Pool-Tischen, gefolgt vom vielseitigen Third-Person-Gangster-Open-World-Genre kommt nun das einfache Steuern eines Busses mit wohlwollendem Augenmerk auf die

---

[143] Die Spielplattform Steam bietet seinen Nutzern an, ihre Spielaktivitäten zu übertragen, so dass andere User ihnen dabei zuschauen können.

sogenannte Realität. Genau jener Aspekt macht *Omsi* so sympathisch – auf eine ganz andere Weise als dies *GTA* tut, wo die Sympathie quasi entgegengesetzt wirkt, nämlich aus dem völlig realitätsfremden Aspekt einer kriminellen Großstadt voller Verrückter, die rauben, morden, ständig respawnen usw. – da lobt man sich zur Abwechslung mal das brave Gegenteil. Und so fahren wir zum Abschluss der wilden wochenlangen Gamesession im Namen der Bundeskanzlerin durch bodenständige Städte. Wenig später klingelt ein Handy. Peters Anschluss funktioniert wieder. Abrupt wird die traute Zweisamkeit unterbrochen und nach einer letzten gemeinsamen Zigarette verlässt er mit seinem Notebook meine Wohnung. Vorerst reicht es auch mit dem Gaming. Träge gehe ich zurück ins Arbeitszimmer, schließe *Steam* und öffne *Word*, um mich wieder meiner journalistischen Arbeit zu widmen. Dann kommt mir ein Gedanke: Vielleicht schreibe ich mal über virtuelle Spielewelten.

Heiße Stühle im Studentenwohnheim

Es gab eine Zeit, da spielten beim Spiel noch ganz andere Sachen eine Rolle. Der Computer stand in einem kleinen einfach eingerichteten Zimmer, dort, wo eigentlich ein Ort der geistigen Aktivität, des klassischen Lernens, der Übung und dem uneingeschränkten Wissensdurst vorhanden sein sollte. Ein Ort der fröhlichen Wissenschaft und lustigen Gesellschaft. Während zu den geregelten Zeiten viel interessantes Lernverhalten an den Tag gelegt wurde, konnte man abends gut beobachten, wie die Studenten zu virtuellen Helden mutierten und plötzlich gegen Monster am Bildschirm kämpften und nicht mehr gegen Müdigkeit im Hörsaal. Die Dinge in Computerspielen waren nicht ganz so langweilig, wie die Theorieapotheke der Professoren. Risiken und Nebenwirkungen hatten allerdings beide. Manch eine Theorie ließ den Kopf nahezu explodieren und stetig Gedanken kreisen, Assoziationen bilden und Wahnsinn nur schwerlich vermeiden. Auch gelangte der arme Student nicht mehr ins Paradies der einfachen Seelen zurück, einmal in diese komplexen Sachen verstrickt. Die Spiele hingegen waren oft nicht wenig kompliziert, aber sie nahmen etwas anderes vom Geiste ihrer Nutzer, als es Wortakrobatik tat. Im Gegensatz zum gemeinsamen Lernen barg traute Spielerei mehr Entspannung und förderte ebenso Vorstellungskräfte, ja, bei manch einem textbasierten Rollenspiel eskalierte sogar die Phantasie eines Mathematikers und vereinnahmte deren gesamte Aufmerksamkeit zu Lasten der Leistungen im Studium, das dann irgendwann nach unzähligen durchzockten Jahren trotz Talent abgebrochen wurde. Doch solche Extreme waren eher selten und meist nur mal in der Presse zu lesen oder als Schauermärchen im Suff von befreundeten Zahlenwissenschaftlern zu hören. Unsere Leidenschaft, die der Germanisten, Medienphilosophen und Psycho-

logen, raubte lediglich einige Semester, verdoppelte höchstens die angenehme Studentenzeit und bescherte vor allem interessante Erkenntnisse aus dem Reich der Macht, Gewalt, Kraft und Magie. Das strategische rundenbasierte Rollenspiel *Heroes of Might and Magic*™ begleitete mich und meine Kommilitonen vom Urbeginn an und weckt auch heute noch Erinnerungen, die schwarze Drachen mit Korrelationsberechnungen in Einklang bringen. Sie wissen nicht, was ich meine? Nun, dann erzähle ich mal von längst vergangenen Geschehnissen, die man in keinem Buch findet, die zumeist ohne literarische Substanz auskommen, gar ausschließlich in Programmiersprachen leben und nur selten den Sprung aufs Papier schaffen.

Es ist ein sehr kalter Winterabend, welcher sich durch dichte Wolken und einige Schneeflocken auszeichnet. Meine Hände erscheinen im hellen Licht leicht bläulich. Die eiskalten Stühle im Seminarraum lassen alle Einfälle im Ansatz erfrieren. Ich freue mich auf den heißen Stuhl zu späterer Stunde, den wir für zehn Uhr nachts angesetzt hatten. Ständig kreisen Gedanken um die Qual der Wahl: Ritter, Waldläufer, Zauberer, Ketzer, Totenbeschwörer, Kampfmagier, Hexer oder Kriegsherr. Der dritte Teil von *Heroes of Might and Magic*™ bietet acht Rassen mit jeweils spezifischen Gebäuden, Zaubersprüchen und Monstern. Neben dem Aussehen, was sicher auch Präferenzen hervorruft, gilt die Aufmerksamkeit bei einer Entscheidungsfindung der Handhabung und einhergehenden Strategie, die je nach Rasse immer anders optimiert werden sollte. So sind Zauber der Ketzer extrem stark im direkten Zufügen von Schadenspunkten, während Totenbeschwörer zum Beispiel verstorbene Monster wiederbeleben oder Geister herbeirufen. Waldläufer haben eine besondere Affinität zur Natur und können Wirbelstürme und Flutwellen auslösen.

Manche Monster sind gegen bestimmte Sprüche immun, schwarze Drachen sogar gegen nahezu jeden Zauber, was sie zu den gefürchtetsten Kreaturen der Serie gemacht hat. Entsprechend teuer sind allerdings auch die Gebäude und Rohstoffe, die zu deren Zucht nötig sind. Äquivalente Monster anderer Völker kosten etwas weniger und haben meist auch viel Energie sowie besondere Stärken. Doch der Leitsatz „Klasse statt Masse" gefällt mir und so liebäugle ich tatsächlich im Geiste mit den Ketzern und ihren exquisiten Drachenzuchtanstalten und vernichtenden Inferno-Zaubersprüchen vom *Feuerblitz* bis zum *Meteroitenhagel*. Es wird mir bei diesen Gedanken ganz warm ums Herz; so viel Wärme erzeugt der durchaus interessante Stoff aktueller Literaturtheorie von Dekonstruktion bis Werkimmanenz leider nicht. Das macht aber nichts, schließlich kann ich mich noch drei Semester später für den Stoff begeistern, wenn Lust und Laune an den magischen Helden verloren gehen und die Zeit drängt. Fest steht jedoch, dass meinem Gewissen suggeriert wird, Pflichten eines Eingeschriebenen erfüllt zu haben. Später kann ich dann beruhigt zocken, mich gehen lassen, die Seele an den Teufel des Entertainments verkaufen – ganz ohne Reue.

Es klingelt an der Tür. Ich öffne und sehe meinen Kommilitonen, der schon gierig nach Monstern und Helden lechzt. Das nächtliche Ritual kann beginnen. Mit dionysischen Substanzen bestückt, unter anderem auch mit dem allgemein tolerierten Nationalgetränk Brasiliens, geht es auf in die virtuelle Welt voller Magie und dem Zauber einer erfrischenden Interaktivität zwischen Mensch und Maschine. Und natürlich zwischen Mensch und Mensch durch die Maschine hindurch – jedoch nicht durchs Netz, sondern ganz bodenständig durch den kleinen Computer in meinem gemütlichen Studentenzimmerchen. *Heroes of Might and Magic*™ heißt das Kunstwerk und impliziert im Titel gleich die Protagonisten seiner Welt. Nach einigen Drinks und prägnanten Gesprächen über unseren vermeintlich seriösen Part des Lebens folgt das Eintauchen in das Lapidare, in das, was viele zumindest für eine drittklassige Freizeitbeschäftigung halten. Doch wie die anerkannte Kunst an sich, muss gerade das Computerspiel um Abwertungen fürchten, genauer um eine Degradierung in Bereiche der freien Zeit, wo die Frage der Sinnhaftigkeit noch fragwürdiger erscheint, als sie sich ohnehin im gesamten Leben stellt. Doch wir drehen das um. Gerade dieser Mikrokosmos macht Sinn. Gerade hier vor dem PC können wir sinnvoll, pragmatisch, strategisch und voller Freude handeln. Und ist nicht zuletzt die Freude und das Glück ein Garant für ein gelingendes Leben – besonders im philosophischen Sinne? Zu Beginn des 21. Jahrhunderts sind Computerspiele nicht das künstlerische Produkt, das sie ein Jahrzehnt später sein werden. Psychologen und Sozialwissenschaftler und vor allem Sozialpsychologen sehen in erster Linie nur Probleme, Probleme und nochmals Probleme. Klar – ohne Problem kein nennenswertes Forschungsprojekt. Doch diese Gleichmacherei, die Experimentierfreudigkeit im Kontext der Vermischung von Geist und Natur, das alles interessiert uns nicht. Wir wollen zocken! Mit einer gesunden Dosis Ernsthaftigkeit bewältigen wir das Konfigurationsmenü unserer Helden, unserem virtuellen Alter Ego. Dann folgt die tiefe Nacht. Bis zum Morgengrauen klicken wir abwechselnd in Kämpfen mit Zaubersprüchen und strategischer Gewalt um die Vorherrschaft auf dem Bildschirm. Und wie immer läuft es darauf hinaus, dass wir uns gegen die künstliche Intelligenz verbünden – gegen diese Helden grandioser Programmierkunst. Denn wahrhaftig erscheint uns das Universum, in dem wir unsere Figürchen bewegen und das uns den Eindruck vermittelt, nicht alleine zu sein. Das sind wir auch nicht. *Hot Seat* - eine aussterbende Spielvariante im Zeitalter einer Vernetzung, wo man getrost

reaktionär aber auch kritisch anmerken darf: Alleine mit Allen?!

Ich heirate meinen Computer

Einhundert Jahre sind vergangen seit die Zauberpest die magischen und mystischen Länder Faerûns für immer veränderte. Mächtige Reiche sind gefallen und große Städte wurden gestürzt, sodass nur von Monstern heimgesuchte Ruinen und um den Wiederaufbau kämpfende Überlebende zurückblieben.

Die Stadt Neverwinter, das Juwel des Nordens, schien von den Göttern gesegnet zu sein. Während der Rest der Schwertküste von diesem Ereignis verwüstet wurde, blieb Neverwinter größtenteils unversehrt. Dies war jedoch nur eine Gnadenfrist vor dem unausweichlichen Verderben. Etwa 75 Jahre später ließ ein Vulkanausbruch einen Regen aus Feuer, Asche und geschmolzener Wut auf die Stadt nieder und vernichtete alles, was ihm im Weg stand.

Heute hat Neverwinter viel seines alten Glanzes wiederhergestellt. Lord Neverember von Waterdeep hat die Stadt unter seinen Schutz gestellt und einen Aufruf an alle Abenteurer und Helden des wilden Nordens gerichtet, Neverwinter wieder aufzubauen, in der Hoffnung, eines Tages Anspruch auf den Thron und die Krone zu erheben. Aber böse Kräfte schmieden an dunklen Orten der Welt einen Komplott, um alles und jeden zu unterdrücken...[144]

Sechs Uhr morgens, der Wecker klingelt, Schlafenszeit. Kurz darauf klingelt es auch an der Tür. Hastig verabschiedet er sich von seiner Liebsten, die Nacht war lang und schön, doch jetzt kommt dieser alltägliche Schnitt, vor dem eine Flucht zwecklos erscheint. Sein Rollstuhl quietscht unentwegt, wäh-

---

[144] © http://nw.de.perfectworld.eu/about

rend jener den Weg vom Computertisch zur Sprechanlage zurücklegt. Ohne zu fragen, wer da sein könnte, betätigt er den elektronischen Türöffner, der, wie jeden Morgen um sechs und jeden Tag um drei, ein summendes Geräusch von sich gibt. Erschöpft wischt sich Peter peinlichen Schweiß, den die liebenswerte Pflegerin bei der tagtäglichen herzlichen Begrüßung nicht sehen soll, von seiner Stirn. Schwer atmend wartet er auf die einzige anfassbare Persönlichkeit, die ihn mit ihrer hilfsbereiten Anwesenheit zwei Mal in vierundzwanzig Stunden beehrt - seit Jahren. Sein virtueller Charakter[145] aus der Welt von *Neverwinter* ruht nun außerhalb eines aktiven Servers auf den Datenbanken des großen Rollenspiels, wo Millionen von Accounts[146] lagern, die regelmäßig von ihren leidenschaftlichen Anwendern genutzt werden. Alle von ihnen haben ein bestimmtes, an mal mehr mal weniger geknüpfte soziale Interaktionen gebundenes, Real Life (RL)[147]. Peter hingegen lebt mit seiner Gefühlswelt und seinem schlauen Kopf fast ausschließlich im Computer, genauer, in den hübsch animierten Welten seines Rollenspiels. Dort hat er viele Freunde, unterhält gar eine emotionale Beziehung zu einer Elfendame. Doch die Realität holt ihn ein. Die Dame, die soeben an seiner Tür klopft, ist fernab von magischen Wesen einer Virtualität, sondern so real und körperlich, wie keine andere Person, die Peter kennt. Alltägliche Dinge werden erledigt und bereits nach guten zwanzig Minuten ist alles geschafft. Ohne Hilfe undenkbar, ohne physische Kräfte einer

---

[145] Als Charakter wird in Rollenspielen die modifizierte Spielfigur bezeichnet.
[146] Konten, die für die persönliche Anmeldung erstellt werden müssen.
[147] Spieler bezeichnen das Leben außerhalb virtueller Spielewelten oder Online-Aktivität gerne als RL.

liebevollen Pflegerin kein Vergnügen. Zum Glück, so denkt der schwerkranke Pflegefall, hat alles einen Sinn und viele Aufgaben warten auf ihn, und nicht nur das: es gibt ein richtiges Leben im Falschen, entgegengesetzt zu diesen sozialphilosophischen Schriften von Adorno und Co. In Gedanken an seine Elfendame schläft er friedlich ein und freut sich träumend auf den nächsten Log-In seines Charakters, der sogar in seiner Abwesenheit gesetzte Aufgaben erfüllt und den ein oder anderen Astraldiamanten[148] produziert.

Neun Stunden später. Peter quält sich aus seinem Bett in den Rollstuhl. Multiple Sklerose lautet eine Diagnose seiner Ärzte, die ihn mit Medikamenten versorgen, aber für seine Seele nicht das Geringste tun können. Ganz im Gegensatz zu seinem Computer, der es überhaupt erst ermöglicht, noch ein menschenwürdiges Leben zu führen. Informatik und Spieleentwickler sei Dank. Und so kommt es dann auch, dass erste Aufmerksamkeiten des hellen Tages der Maschine gelten. Neben E-Mail und dem leicht verkümmerten *Facebook* geht es direkt in die Welt von *Neverwinter*™. Sein Zweihandschwertkämpfer[149] mit dem stilvollen Namen Rungo macht sich bereit für weitere Abenteuer. Insgesamt verfügt Peter über sechs Charaktere, die alle verschiedene Eigenschaften und Fähigkeiten haben. Auch das Aussehen ist sehr individuell, so kann der Spieler bei Charaktererstellungen ein ganz spezifisches Design gestalten. Rungos Level[150] ist momentan sechzehn von möglichen sechzig Stufen. Peters abtrünniger

---

[148] Währung des Rollenspiels, die zum Beispiel durch bestimmte Berufsaufgaben angesammelt werden können.
[149] Eine der Klassen, die bei *Neverwinter*™ zur Verfügung stehen.
[150] Die Charaktere steigen durch Erfahrungspunkte immer weiter im sogenannten Level auf. Die Punkte können durch Quests (spezifische Missionen) und Kämpfe erlangt werden.

Magier hat bereits den höchsten Level erreicht und wird momentan mit wiederholbaren „Tagesquests"[151] gefüttert, um weitere Kampagnen[152] zu meistern. Das Spielen im höchsten Level erinnert zuweilen an eine Endlosschleife, daher nutzt er lieber seine „kleineren Figuren", um mehr Abwechslung zu forcieren. Nach einem kurzen Ladebildschirm findet sich Rungo an genau der Stelle der Karte wieder, wo er sich zuletzt abgemeldet hatte. In diesem Fall ist es an einem Eingangstor zur großen Stadt „Protectors Enclave": eine Bastion der Friedlichkeit und des florierenden Handels. Feldwebel Knox, ein NPC[153], wartet nur darauf, frische Aufträge (Quests) zu verteilen. Doch zunächst gründet Peter alias Rungo eine Gruppe und lädt einige seiner Freunde ein, die sich auf ähnlichem Niveau mit ihren virtuellen Alter Egos befinden. Quests erledigt er am liebsten in einer Gruppe, ganz besonders dann, wenn alle Realen mit ihren Stimmen im *Teamspeak*[154] Platz genommen haben. Drei Mitspieler finden sich ein, das Abenteuer kann beginnen und Peter sieht einer glücklichen und spannenden Zeit entgegen. Leider ist die liebenswerte Elfendame nicht online. Er vermisst sie.

Bevor die ersten Quests erledigt werden, wirft er einen ordentlichen Blick in Rungos Inventar[155]. Dann geht es kurz zu

---

[151] Alle 24 Stunden wiederholbare Missionen mit ertragreicher Beute, die für das Weiterkommen in sogenannten Kampagnen benötigt werden.

[152] Kampagnen sind in diesem Fall Fortschrittsbäume, in denen verschiedene Belohnungen durch das Erledigen von Quests freigeschaltet werden.

[153] Non Player Character. Eine Spielfigur der künstlichen Intelligenz.

[154] Programm zur freien Telefonie, insbesondere unter Spielern weit verbreitet.

[155] Kleines Fenster, in dem Gegenstände (Beute und anderes) abgelegt werden. Um diese dann zu benutzen, zieht man per Drag and

einem Händler, um etwas Loot[156] zu verkaufen. Auch in einem Fantasie-Rollenspiel kommt der Kapitalismus nicht zu kurz. Epische Musik strömt aus dem großen Kopfhörer, ganz passend zu der prunkvollen Stadt. Nachdem alles in urbaner Umgebung erledigt ist, geht es auf zu fernen Orten. Dazu steuert Peter seine Spielfigur zum nächsten Reiseportal. Einfach auf „M" tippen und die große Map (Karte) erscheint, wo alles, was man so braucht, angezeigt wird. Für einen kleinen Überblick in näherer Umgebung existiert auch eine Mini-Map, die sich stetig in der rechten oberen Ecke des Monitors präsentiert. Die Gruppe versammelt sich am mächtigen Eingangstor der Stadt. Zwei Magier, ein Waldläufer und Peters Zweihandkämpfer haben nun erstmal nur noch ein Ziel: die Verbreitung einer seltsamen Seuche in einem entlegenen Gebiet aufzuhalten und es mit den hiesigen Kreaturen dort aufzunehmen. Los geht's!

Das Telefon klingelt. Sein einziger realer Freund meldet sich am anderen Ende der Leitung. Dafür muss mit ein wenig Peinlichkeit das Gruppengeschehen von *Neverwinter*™ unterbrochen werden, denn solche Stimmen, wie die seines Freundes, sind nicht alltäglich und werden gerne gehört. Michel fragt dezent nach einer Möglichkeit, an seinem MMORPG[157] teilzuhaben. „Kannst du mir bei dir zuhause am heimischen Rechner erklären, wie die ersten Schritte zu vollziehen sind?" „Klar, komm einfach vorbei und wir erstellen dir Deinen ersten Charakter." Peter verabschiedet sich nebenbei aus dem *Teamspeak* und aus der Gruppe, denn alte Kumpels aus der

---

Drop beispielsweise Kleidung an die entsprechende Stelle des Charakterfensters.
[156] Beute, die der Charakter aufnimmt, insbesondere von KI-Gegnern nach einem erfolgreichen Kampf.
[157] Massive Multiplayer Online Role Play Game.

materiellen Welt haben immer noch Vorrang vor seiner idealisierten virtuellen Welt. Michel kündigt sich in einer knappen Stunde an und er plant insgeheim Kaffee und Brötchen für diese seltene Zusammenkunft. Voller Erklärungsdrang des wohl momentan einzigen Sinnuniversums seiner selbst bereitet er alles vor. Nach guten fünfzig Minuten klingelt es an der Tür. Die interessante Charaktererstellung kann beginnen, nachdem der Gast gebührend empfangen wurde und beide menschlichen Spieler nun vor dem großen Monitor Platz nehmen: Ein bombastischer Vorspann läuft ab. Michels Account wurde soeben freigeschaltet und nun stellt sich die Frage nach den ersten unumgänglichen Attributen der Figur. Welche Rasse soll es sein? Mensch, Ork, Zwerg, Elf, Halb-Elf, Halb-Ork und einiges mehr stehen zur Auswahl. Nach reiflichen Überlegungen entscheiden sich die beiden für einen Halb-Ork, der besondere Fähigkeiten im Bereich des Angreifens zu haben scheint. Als Klasse wird der wachsame Waldläufer gewählt: ein mit Pfeil und Bogen ausgestatteter Fernkämpfer, der mit seinen Messern auch im Nahkampf bestehen kann. Weiterhin werden noch verschiedene Attributwerte verteilt; so etwas wie Stärke, Geschicklichkeit oder Intelligenz. Zu guter Letzt kann das Aussehen minutiös gestaltet werden. Michel lässt seiner Phantasie freien Lauf. Dann geht es auf in die faszinierende Welt von *Neverwinter*™. Grundlegende Dinge werden zunächst erklärt. Mit welcher Taste hebe ich etwas auf oder durchsuche Truhen und wie legt sich mein virtueller Held eine neue Rüstung an oder benutzt seinen Bogen? Dann kommt bereits die erste Quest, die ein NPC für Michels Helden bereithält. Es geht darum, verwundete Soldaten auf dem Schlachtfeld zu heilen. Übrigens, Michel heißt Michel, sein alter Ego unterscheidet sich nicht von seinem realen Namen. Freudig beginnt er mit dem ersten Auftrag, Peter sieht gespannt zu und faselt ein wenig hochtrabendes

Zeug über diese Welt, in der seine sechs Charaktere schon so einiges vollbracht haben. Nachdem die Soldaten geheilt und etliche Zombies eliminiert wurden, geht es weiter zum nächsten NPC. Bei ihm kann Michel seine erste erfolgreiche Quest „abgeben". Dafür erhält er eine Belohnung in Form von Kupferstücken und wenige Erfahrungspunkte. Level zwei wurde soeben erreicht und in dem Kräftemenü gibt es eine neue Fähigkeit, die sich mit dem linken Mausknopf aktiviert. Außerdem erhält Michel eine neue Quest. Dabei hört er genau auf die Inhalte der Sprachausgabe, die die nicht-menschlichen Figuren von sich geben. Prinzipiell finden sich aber alle notwendigen Informationen der zu erledigenden Aufgabe auch permanent unterhalb der Mini-Map: „In der Nähe des Tores Untote Soldaten töten (0/6)." Eine Schlacht mit Betätigen der linken und rechten Maustaste beginnt. Bei jedem Klick ein Pfeil oder ein konzentrierter Doppelschuss. Bunte Zahlen erscheinen über den gegnerischen Zombies. Das beziffert den Schaden, den sie erleiden. Außerdem kann Michel noch mit dem schnellen zweimaligen Drücken der berühmten „WASD-Tasten"[158] in eine bestimmte Richtung gegnerischen Angriffen ausweichen. Es folgt ein Endgegner[159] vor den Toren der großen Stadt und der reale Michel meistert diesen ohne Zögern und mit flinker Fingerakrobatik. Peter ist ganz begeistert von dem wilden Klicken und erwähnt nebenbei, dass alles noch viel interessanter wird. Protectors Enclave steht uns offen. Neugierig betritt der wachsame Waldläufer die Stadt.

---

[158] Bei den meisten Spielen werden die Tasten W, A, S, und D auf der linken Seite der Tastatur zur Richtungsbewegung (Norden, Westen, Süden, Osten) der Spielfigur genutzt. Nebenliegende Tasten (z.B. Q, E oder shift) bedienen oft Spezialfertigkeiten. F dient hier der Interaktion mit Gegenständen und Personen.
[159] Viele Quests zeichnen sich durch einen besonders schweren Endgegner aus, auch Boss genannt.

Es wimmelt von NPCs und menschlichen Spielern, wohin sich die Maus auch bewegt. Sein aktueller Auftrag besteht darin, ein Treffen mit Feldwebel Knox zu organisieren, um weitere Informationen zu erhalten. Dafür folgt er einfach dem schicken Navigationssystem, das funkelnde Sternchen auf dem korrekten Weg platziert. Beim Feldwebel angekommen drückt er die Taste „F" und interagiert so mit ihm. Die aktuelle Quest wird abgeschlossen; dafür gibt es weitere Erfahrungspunkte und ein wenig Kupfer. Level drei ist erreicht und eine neue Kraft freigeschaltet. Knox spricht von Untoten, die seine Stadt bedrohen und dafür sei es notwendig, sich zu einem Gewölbe zu begeben, um dort dieser Armee von Zombies beizuwohnen. Peter trinkt gemütlich eine Tasse Kaffee und beobachtet seinen Kumpel akribisch. Dabei erklärt er, was noch alles so kommen wird: Talentpunkte, Berufe, neue Kräfte, epische Items[160] und eine spannende Story rund um fantasievolle Wesen, dem Bösen und natürlich dem Guten, auf dessen Probe Michel gestellt wird. Es folgt eine nette Instanz[161], in deren Innerem eine Krone vor lauter Bösewichten geschützt werden soll, doch der reale Michel achtet kaum auf Hintergrundgeschichten, stattdessen schießt er sich durch wütende Mobs und steigt prompt noch einen Level auf. Zur Belohnung gibt es nach Beendigung dieser Quest noch einen wertvollen Gegenstand, genauer einen Gürtel, mit dem er gleich seinen Charakter ausrüstet, um bestimmte Werte, wie in diesem Fall kritischen Schaden, zu verbessern. Dann soll es weitergehen in ein Gebiet außerhalb der Stadt, namentlich

---

[160] Zumeist Ausrüstungen, die dem Charakter extrem hohe Attributwerte verleihen. Bei *Neverwinter*™ sind diese „Items" lila umrandet.

[161] Instanzen sind abgegrenzte Quests in bestimmten Gewölben, die über einen Einstiegspunkt und einen Ausgang verfügen.

das Blacklake-Viertel. Dort gibt es neue Aufgaben, wie Auffinden von Diebesgut oder Suchen von Hinweisen. Lauter Bösewichte müssen nebenbei eliminiert werden. Michel schlägt sich wacker und sucht fleißig glitzernde Dinge, die per Interaktion (Taste F) eingesammelt werden müssen. Nach genügsamer Investigation, einigen Kämpfen und dem Aufsammeln von Loot ist es wieder soweit: Level fünf. Peter erklärt kurz und bündig, wie er den neuen Kräftepunkt verteilen kann und Michel entscheidet sich für die Flucht des Plünderers, ein interessanter Ausweichmechanismus, der mit „Q" aktiviert wird und sich nach jedem Einsatz aufladen muss. Voller Neugierde, was es mit diesem neuen Skill[162] auf sich hat, geht das „Questen"[163] weiter. Diesmal sollen drei Schlammproben in einem bestimmten Gebiet, das sich auf der Karte blau umrundet darstellt, gesammelt werden. Dies ist schnell erledigt. Die Auftraggeberin möchte untersuchen, ob der Schlamm von Untoten verseucht ist. Doch solche Hintergrundinformationen scheinen nicht sonderlich zu interessieren: Hauptsache, Aufgaben können erfolgreich gemeistert werden. Viel interessanter hingegen stellt sich die Spielmechanik dar – ständig gibt es neue Funktionen und das komplexe Menü des Charakters erscheint immer wieder im neuen Lichte verschiedenster Möglichkeiten. Doch nun ist es Zeit für eine Pause. Zwei Stunden Spielzeit sind wie im Fluge vergangen. Peter kocht neuen Kaffee und schmiert ein paar Brötchen. Im Rollstuhl eine wahre Herausforderung, ganz im Gegensatz zu der Leichtigkeit seiner virtuellen Figuren. Es sind nun schon einige Stunden vergangen und Michel ist dankbar für diese Einstiegshilfe ins große Rollenspiel. Momentan backt er zwar noch kleine Brötchen, aber das soll sich ändern. Michel muss nach drei Stun-

---

[162] Fähigkeit, Spieler reden hier meist mit Anglizismen.
[163] Weitere Aufgaben erledigen.

den Zockerei seinen Freund verlassen, denn Real Life Termine rufen ihn. Er verspricht aufrichtig seine weitere Teilhabe an diesem tollen Rollenspiel und wartet gespannt auf eine Gruppenerfahrung. Der Charakter wird abgemeldet. „Denk an deine Zugangsdaten, Passwort, E-Mail und auch an alles andere."
„O.K., morgen können wir dann vielleicht gemeinsam einige Quests bestehen." Peter nickt kurz und begleitet seinen Freund zur Tür. Ein weiterer Mensch wurde infiziert, ein Opfer der Zeitdieberei, doch so zynisch ist das gar nicht, wie alle immer denken. Denn die Zeit wird in der Tat sinnvoll genutzt, ganz im Gegensatz zur interaktionsarmen Glotze.
Nachdem Michel seine Wohnung verlassen hat, widmet sich Peter wieder seinen großen Charaktere. Zeit für eine gepflegte Gruppe in einer Gewölbe-Instanz. Im Auswahlmenü entscheidet er sich für den abtrünnigen Magier, der schon längere Zeit auf Level 60 verweilt, denn höher geht es momentan nicht. Allerdings können die Ausrüstungsgegenstände noch ordentlich aufgebessert werden, was sich auch auf die Attributwerte[164] auswirkt. Im Teamspeak-Channel[165] wimmelt es von Freunden und er fragt sogleich, ob eine Gruppe Interesse hat, mit ihm neue Abenteuer zu bestehen. Gruppen können maximal aus fünf Charakteren bestehen, wobei diese Höchstzahl unbedingt erforderlich ist, um epische Gewölbe[166] abzuschließen. Am besten eine Mischung aus verschiedenen Klassen. Vier seiner Freunde suchen noch einen fünften Mitspieler, denn sie möchten gerne das Schreckensgewölbe meistern

---

[164] Ausrüstungen wie z.B. Gürtel oder Mäntel haben bestimmte Werte, die Attribute wie Kraft oder Verteidigung verbessern.
[165] Kanäle auf dem *Teamspeak*-Server dienen der gemeinsamen Kommunikation.
[166] Instanzen, die über Ein- und Ausgang verfügen. Episch ist besonders schwer.

- eine haarige Aufgabe. Peter nimmt daran Teil und bespricht mit den anderen Kumpanen, welche Strategien nützlich sein könnten. „Die Gruppeneinladung[167] ist raus." meldet eine jugendliche Stimme. Auf Peters Monitor erscheint mittig ein Fenster, wo die Einladung bestätigt werden kann. Ein kleiner Klick und er ist nicht mehr allein im großen Spieleuniversum von *Neverwinter*™. Die fünf Gesichter der Gruppe, inklusive seiner Mächtigkeit, erscheinen am linken oberen Bildschirmrand. „Ich trage uns dann mal für das Schreckensgewölbe auf einer Warteliste ein." spricht der Leader[168] leise und deutlich betont in sein Headset[169]. Da die Gruppe bereits vollständig ist, geht es direkt los. Nach kurzer Ladezeit finden sich alle Mitglieder in einem riesigen Kerker wieder. Die Atmosphäre ist schauerlich, obgleich ein kleines Lagerfeuer im Eingangsbereich Wärme und Gemütlichkeit ausstrahlt. Solche Feuer sind dafür da, sein stündliches Gebet[170] abzuhalten oder einfach nur Energie[171] aufzutanken. Zwei Magier, ein beschützender Kämpfer, eine Glaubensklerikerin und ein Waldläufer

---

[167] Jeder Spieler kann eine Gruppe gründen und andere Mitspieler in diese einladen. Der Loot (Beute) wird dann geteilt und Aufgaben der Quests gemeinsam erledigt.
[168] Leader=Gruppenanführer, der die Gruppe versammelt oder auflösen kann.
[169] Kopfhörer und Mikrophon in einem.
[170] Gebete können durch den Klick auf ein bestimmtes Symbol stündlich abgehalten werden. Dafür gibt es verschiedene Boni oder Astraldiamanten und Erfahrung.
[171] Auch als maximale Trefferpunkte bezeichneter Wert, der die Gesundheit einer Figur misst. Ist dieser Wert bei 0, stirbt der Charakter, kann aber von einem Mitspieler einmal wiederbelebt werden. Wird er hingegen erlöst, erscheint er beim letzten Einstiegspunkt und ist verletzt. Erste-Hilfe-Pakete können diese Verletzungen, die Defizite verursachen, aufheben.

stürmen das Gewölbe und stellen sich den ersten Gegnern. Peter ist wie immer bei diesem Spiel etwas aufgeregt, schließlich möchte er ein guter Magier sein und die Vorteile seiner Klasse und Rasse ausnutzen. Die wohl stärkste Eigenschaft seines virtuellen Alter Egos stellt der sogenannte Flächenschaden (AE-Damage) dar. Horden wilder Orks greifen an und Peters Magier zaubert eine blaue Kugel herbei, die nach zweimaligen betätigen der Taste „R" in die Menge fliegt, explodiert und jedem Gegner in einem bestimmten Umkreis Schaden zufügt. Es wimmelt von gelben und orangenen Zahlen[172] auf dem Monitor. Auch ein paar grüne Zahlen erscheinen, die durch Heilkräfte der Glaubensklerikerin entstehen. Alle Gegner sind erledigt und es geht weiter durch das Schreckensgewölbe. Zwischendurch finden sich immer wieder ein paar Schatztruhen[173] oder diverse Pakete[174]. Weitere monströse Gegner folgen und es wird geklickt und gedrückt, am laufenden Band, mal taktisch mal wirr. Die Konversation im *Teamspeak* hält sich in Grenzen, so merkt man doch, dass alle konzentriert bei der Sache sind. Bombastische Musik tönt stattdessen aus Kopfhörern und Geräusche des Kampfes erklingen: ein Bogen wird gespannt und Zauberkünste werden beschwört. Nebenbei macht der verursachte Schaden noch so einige Sounds - eine Kulisse des großen Gefechts. Doch es wird noch größer. Die Gruppe kämpft sich immer weiter vor bis zum alles überragenden Endgegner. Dieser zeichnet sich dadurch aus, als dass er kleinere Mobs von Gegnern be-

---

[172] Gelbe Zahlen stehen für normalen Schaden, während Orange kritischen Schaden beziffert.
[173] Truhen können durch die Interaktionstaste F geöffnet werden. Neben Schätzen jeglicher Art gibt es auch böse Fallen.
[174] Es gibt unterschiedliche Pakete, wie Diebstahl-, Natur- oder Religionspakete, die mit einem entsprechenden Äquivalent-Gegenstand geöffnet werden können.

schwört und selbst über ein sehr hohes Repertoire an Trefferpunkten verfügt. Peters Magier aktiviert einen Zauberspruch nach dem anderen, lässt es donnern, stürmen und blitzen. Dabei ist er ständig in Bewegung, um den kleinen Schergen des mächtigen Molochs zu entrinnen. Im *Teamspeak* ist leichte Aufregung zu spüren, doch am Ende geht alles gut aus und eine Schatztruhe hält die wohl verdiente Belohnung für alle Beteiligten bereit. Ein weiterer Tag verstreicht mit der Erledigung von Tagesquests, Gefechten und Instanzen. Seine liebste Elfendame kommt nicht online, nur die üblichen Verdächtigen sind im Game und im Channel. Er entschließt sich dazu, eine Pause einzulegen, etwas Kleines in den Backofen zu schieben und dann den stumpfen Fernseher anzuschalten, um selbst mal auszuschalten. Die Zeit verrinnt tatenlos, bis es wieder an der Tür klingelt. Es ist achtzehn Uhr am frühen Abend. Das alltägliche Pflegeritual beginnt aufs Neue.

Wenig später, kurz nachdem sich seine Pflegerin freundlich verabschiedet hat, klingelt das Telefon; es ist Michel. Kurzerhand möchte er gerne die Zugangsdaten zum *Teamspeak*-Server haben, um der illustren Rollenspielrunde auch kommunikativ beizuwohnen. Peter diktiert aus dem Kopf heraus langsam eine IP-Adresse[175] und das Passwort. „Dann sprechen wir uns gleich dort!" Die erste Person, die er auch im Real Life kennt, joint[176] gleich dem Channel – welch großartige Premiere. Schnell rollt Peter mit seinem Rollstuhl zum Rechner, um

---

[175] Eine IP-Adresse ist eine Adresse in Computernetzen, die – wie das Internet – auf dem Internetprotokoll (IP) basiert. Sie wird Geräten zugewiesen, die an das Netz angebunden sind, und macht die Geräte so adressierbar und damit erreichbar. (Wikipedia; http://de.wikipedia.org/wiki/IP-Adresse)
[176] Internet-Jargon: beitreten.

sich einzuloggen. Er kündigt das neue Mitglied an, berät sich gar mit den Anderen über eine Gildenteilnahme[177] seines Freundes. Dann ist es soweit: „User joined channel." spricht die freundliche Frauenstimme des Programms. „Hallo allerseits, ich bin Michel und ein wachsamer Waldläufer der Stufe 24. Allerdings hätte ich noch so einige Fragen rund um Gefährten, Verzauberungen, Kräfte und Talente. Das Spiel hat mich in den Bann gezogen, jedoch überblicke ich noch lange nicht die Komplexität." Es herrscht ein großes Tumult, jede und jeder möchte etwas Konstruktives beitragen: „Achte beim Waldläufer auf Kraft und kritische Treffer!" „Ein Hund ist ein guter Gefährte[178] für dich!" Viele Stimmen sind gleichzeitig zu hören, so dass alles ein wenig verschwimmt. „Werte am besten Lichtverzauberungen und blaue Steine auf!" Michel ist von den vielfältigen Tipps überwältigt, versteht er allerdings bloß ein Drittel. „Das mit den Steinen ist wirklich Ansichtssache." „Lasst uns mal zusammen eine Gruppe erstellen und dann schauen wir mal deine Ausrüstung an." Voller Tatendrang gründet Peter eine Gruppe und lädt all seine Freunde ein. Michels kleiner Waldläufer ist auch dabei und wird von den „Hochleveligen"[179] unter die Lupe genommen. Ein jeder steht mit Rat zur Seite. Es wird viel über diverse Attribute diskutiert, welche da sinnvoll oder eher weniger angebracht zu sein scheinen: Verteidigung, Robustheit, Regeneration, Lebensentzug und Bewegung schneiden eher schlecht ab. Der wachsame Waldläufer ist halt eine Schadensklasse, ein sogenannter DD (Damage Dealer). Michel möchte mehr über all

---

[177] Gilden sind Gemeinschaften von mehreren Spielern.
[178] Gefährten sind KI-Player, die den Charakter im Kampf unterstützen.
[179] Gamer-Jargon für erfahrene Spieler mit einem hohen Level ihres Charakters.

dies erfahren, doch scheint sein Horizont etwas begrenzt zu sein. Wo und wie kann er diese ganzen Daten abgreifen, fragt er in die Runde. „Einfach C drücken und im Charakterfenster auf der rechten Seite die Werte studieren." Dort findet man alle Eigenschaften in Zahlen wieder, die sich aus Grundwerten und Boni der angelegten Items zusammensetzen. Eine nächste Frage widmet sich den sogenannten Verzauberungen, die durch verschiedene Arten von Steinen in Ausrüstungsgegenstände eingesetzt werden können. „Steine können veredelt werden und je höher die Stufe ist, desto mehr Boni gibt es für den Gegenstand, der mit ihnen verzaubert wird. Einfach, nicht?" Michel nickt akustisch mit dem Kopf, in Wahrheit schüttelt er ihn: ganz klar ist ihm das ganze Unterfangen mit der Zauberei noch nicht. Stattdessen studiert er genau diese Steinchen und Ausrüstungsgegenstände, die wohl entweder einen Verteidigungs-, Angriffs- oder Unterstützungsplatz haben können. Es passt immer ein Stein hinein, welcher wiederum unterschiedliche Attribute erhöhen kann, so gibt es zum Beispiel blaue Azurbrandzeichen der Stufe vier, die kritische Treffer um den Wert 90 erhöhen. „Ich glaube, das Prinzip ist mir nun klar." spricht Michel ruhig in sein Mikrophon. Prompt verzaubert er seinen Flitzebogen mit einem gelben Steinchen, das erhöhte Kraft verspricht. Ein kurzes bombastisches Geräusch ertönt und es ist vollbracht. „Gegen eine kleine Goldgebühr[180] können Steine wieder entfernt werden." bemerkt jemand. „Alles klar, na mal sehen, ob ich da durchblicke, ansonsten ist mein Waldläufer zumindest bisher überall gut durchgekommen." Peter ergänzt: „Er hatte auch einen vorbildlichen Tutor." Grinsende akustische Gesten sind zu hören. „Dann sieh mal zu, dass Du auf Level 60 kommst, damit Dein

---

[180] Im Spiel gibt es eine Gold- und Zenwährung. Letztere ist kommerziell, erstere setzt sich aus Loot zusammen.

Charakter in unserer Gruppe bestehen kann." ertönt es leicht zynisch mit einem Augenzwinkern. „Gemach, gemach,...wer in kürzester Zeit 23 Levels schafft, wird sicher sehr bald ganz oben mitspielen." Michel wird von allen Online-Junkies gut aufgenommen und es herrscht weiterhin rege Kommunikation. Das erfreut Peter zutiefst, denn endlich mal einen Real-Life-Kontakt mit an Bord zu haben, ist schon etwas ganz besonderes für ihn. Alle anderen Gesellen kennt er zwar gut, weiß sogar viel aus dem realen Leben jener Online-Spieler, doch hat nie ein physischer Kontakt, namentlich Händeschütteln oder ähnliches, stattgefunden. Es sind dennoch wirkliche Freundschaften, die in virtuellen Welten heranwuchsen. Michel und Peter beschließen zu zweit einige Quests zu erledigen, auch wenn das niedrige Level Peters Magier schlicht unterfordert. Die Aufgaben der Questgeber sind auch alleine ohne größere Schwierigkeiten zu schaffen, wobei am Ende jedes Gebietes eine Instanz freigeschaltet wird, in die man sich nur mit fünf Abenteurern begeben sollte: idealerweise mit drei Damage Dealern, einem sogenannten Tank[181] und einem Heiler. Doch erst einmal soll der *Neverdeath-Friedhof* von Untoten befreit werden, das aktuelle Gebiet von Michels Waldläufer. Die Kreaturen dort sind für ihn eigentlich eine Herausforderung - mit der Unterstützung eines Level 60 Magiers allerdings kaum noch. Sie streifen beide durchs Land und sobald ein Mob[182] auftaucht, wird er von Peters Zauberkünsten in rasanter Eile eliminiert. „Das ist aber etwas langweilig, wenn du all meine schönen Gegner so schnell zerstörst. Ich brauche doch auch Erfahrung im Kampf." be-

---

[181] Tank=Panzer, Charakter (meist Zwerge), die starke Rüstungswerte haben und die Aggression der Gegner auf sich ziehen können.
[182] Ein Mob bezeichnet im Gamer-Jargon eine große Gruppe schwächerer Feinde.

schwert sich Michel via *Teamspeak*. „Nun gut, dann halte ich mich ab sofort etwas zurück." entgegnet Peter verständnisvoll. Stundenlang kämpfen sich die beiden durch den Friedhof, schlachten Zombies sowie andere grausige Gestalten und erledigen Aufgaben gewissenhaft. Dabei geht es immer um das Gute und Aufrichtige, die moralischen Grundsätze eines jeden Abenteurers.[183] Es ist vollbracht. Das gesamte Gebiet mit all seinen Quests wurde erfolgreich gemeistert und nun geht es wieder zurück in die glamouröse Stadt von *Neverwinter*, um Feldwebel Knox zu treffen. Michel weist bereits ein Level von 27 auf und muss nun noch einige Kräfte- und Talentpunkte vergeben. Bei jedem Level-Aufstieg gibt es diese zwei Punkte zum Verteilen in Bäumen, die sich immer weiter entwickeln und neue Boni oder einsetzbare Kräfte freischalten: Erdbebenschuss, Aspekt des Falken, Pfeilregen und vieles mehr warten auf den Einsatz, indem man diese Begegnungskräfte, Tageskräfte oder Klassenmerkmale in die Leiste am unteren Bildschirmrand zieht. Peter erklärt das Prozedere nochmal ganz genau. Als Noob[184] ist die Einrichtung dieser Spielelemente recht komplex und niemand weiß bei seinem ersten Charakter wirklich Bescheid, was optimal zu Attributen und Spielweise passt. Was und wie „geskillt"[185] wird ist gerade bei dem Talentbaum von Bedeutung, da die Spezialisierung eines der drei Wege sinnvoller ist, als überall verschiedene Fähigkeiten auszuwählen. Mit Bedacht vergibt Michel seine verfügbaren Punkte und studiert möglichst genau die

---

[183] Es sei angemerkt, dass es auch Rollenspiele gibt, bei denen eine gute und böse Laufbahn des Charakters möglich ist. Bei Neverwinter kämpft der Held immer für die „gute Sache".
[184] Noob=Anfänger, oft abwertend oder zumindest etwas zynisch.
[185] Skillen bezeichnet hier das Auswählen diverser Fähigkeiten der Spielfigur.

Erklärungen der Skills. Peter indessen überlegt, ob er nicht einen neuen Magier „heranzüchten" möchte, der einerseits überlegter trainiert und geskillt und andererseits ganz anders ausgerichtet wird. Da Michel sowieso seiner täglichen Arbeit nachgehen muss und heute Abend früh die Session beendet, weist er ihn kurz an: „Du, ich glaube, heute Nacht beginne ich noch eine Partie mit einem neuen Magier, der bei eins anfängt und sicher bis morgen Abend nicht höher ausfällt als dein Waldläufer. Dann können wir gemeinsam besser spielen." Michel scheint begeistert, verabschiedet sich prophylaktisch und eine neue Odysee beginnt in der Welt von *Neverwinter*.

Sicher, es wäre ebenfalls interessant, eine andere Klasse neu zu erschaffen, doch reizen Magier enorm, da sie für „Crowd-Control"[186] und „AE-Damage"[187] die wohl bedeutsamste Rolle einnehmen. Nachdem alle Einstellungen für den neuen Charakter abgeschlossen sind, begibt sich Peters Mr. Magic auf die Reise durchs Tutorial[188]. Wie immer müssen Verwundete gerettet, Pfeile eingesammelt und so allerlei Neues gelernt werden. Die absoluten Grundlagen des Spiels werden am Strand von *Neverwinter* erklärt, bis es über erste Schlachtfelder und den ersten Boss[189] in die große Stadt geht, wo Weiteres, genauer Weiterführendes, erläutert wird. Peter hat ja bekanntermaßen bereits einen Magier, doch diesmal soll alles ganz anders werden. Er hat sich im Internet durch sämtliche Seiten geklickt, um herauszufinden, wie ein wirklich guter Talent-Skillbaum mit dazugehörigen Kräften aussieht. So ein-

---

[186] Mengen, Massen, Mobs kontrollieren und an einer bestimmten Stelle festhalten oder zu Boden werfen.
[187] Flächenschaden.
[188] Einführung, erklärende Spieleinführung.
[189] Endgegner einer Instanz.

fach ist das schließlich nicht. In einem speziellen Guide wird erklärt, welche Dinge zu tun sind, um möglichst großen Schaden auszuteilen und die Menge der Gegner gut unter Kontrolle zu halten. Davon träumt Peter; hat er es doch schon einige Male in großen Instanzen erlebt, wie „imba"[190] Magier einfach alles richtig machen. Das verschafft einem Ansehen in der Gruppe und Gilde. Wie im richtigen Leben werden auch in Spielewelten überragende Leute gebraucht und mit dem größten sozialen Kapital ausgestattet. Natürlich werden auch schwache kleine Noobs mit viel Nächstenliebe überhäuft, insbesondere in Rollenspielen, doch strebt der gemeine Gamer in der Regel nach Perfektion und erfreut sich am Anblick genialer Spielweisen. Mr. Magic, so heißt Peters neuster Clou, meistert die ersten Quests erfolgreich, bekommt so erste Erfahrung, Ausrüstung, Zauberkräfte und ein wenig Kupfer. Mühselig scheint der Weg zu Ruhm und Reichtum, insbesondere zu Beginn, doch Peter bleibt seinem Prinzip treu, keinen echten Euro für seine Leidenschaft auszugeben. Das macht die Sache nicht einfacher, denn obwohl *Neverwinter*™ ein „Free to play" Game ist, verfügt dieses über einen umfangreichen Shop, wo Vorteile und Gadgets[191] für reales Geld erkauft werden können. Ganz umsonst möchten die Programmierer natürlich nicht arbeiten. Leider führt dies, ebenfalls wie im richtigen Leben, zu einer enormen Kluft zwischen arm und reich. Gerade im späteren Spielverlauf macht es sich bemerkbar, da irgendwann Grenzen für den „Free-Player" erreicht werden. Beispielsweise können ohne kostenpflichtige Sicherheitsmale kaum noch Steine aufgewertet werden, da die Chance absichtlich gering gehalten wird, dass diese auch funktioniert. Deshalb ist für Peter bisher auch bei „Rang 5-

---

[190] Imbalanced, übermächtig, nicht ausbalanciert.
[191] Spielerei ohne Nutzen, oft nur optische Mode, o. ä..

Steinen" Schluss, während andere, die viel Geld investieren, bis zu Rang 9 kommen, und somit bessere Attribute für ihre Verzauberungen erhalten. Aber was soll es; der Spielspaß muss nicht zwangsläufig unter mangelndem Kapitaleinsatz leiden. Eine kleine Pause soll für Erholung des Menschen sorgen, der sich hinter Mr. Magic verbirgt. Nach Kaffee und Kuchen geht es weiter, in das erste Gebiet außerhalb der prunkvollen friedlichen Stadt, zum *Blackdagger-Viertel*. Erste Quests versprechen Spannung: Zivilisten evakuieren, Diebesgut zurückholen und besondere Hinweise suchen. Wie erwähnt, immer im Zeichen des Guten. Danach gibt es eine kleine Instanz in der Kanalisation zu bewältigen - nichts Wildes. Danach begibt sich Peters Charakter zu den Questgebern[192], um wohlverdiente Belohnungen abzuholen. Und prompt auf ein Neues! Wir (Peter und Mr. Magic) müssen jemanden treffen in jenem düsteren Stadtteil, wo einst die Reichen und Schönen von *Neverwinter* wohnten und in dem jetzt Zombies, Orks und Hexer ihr Unwesen treiben. Gute acht Quests später geht es wieder zurück ins Zentrum der Stadt, genauer zu Feldwebel Knox, der uns immer wieder begegnet. Unterstützung im Turm-Viertel ist angesagt und prompt reisen wir in das zweite Gebiet auf der großen Karte, um uns mit Monstern der zehnten Stufe anzulegen. Ein NPC vergibt den Auftrag, 25 Orks zu töten und fünf gefangene Wachen zu befreien. Doch der erste Versuch, dies zu erledigen, geht gründlich daneben: Mr. Magic stirbt zum ersten Mal. Das kann glücklicherweise öfters passieren, gar ohne gravierende Konsequenzen. Am letzten Einstiegspunkt[193] „respawnt"[194]

---

[192] NPCs, die Aufträge verteilen
[193] Einstiegspunkte sind Lagerfeuer und meist friedliche Zonen, wo der Charakter erscheint, nachdem er gestorben ist.
[194] „Etablierung" der Spielfigur in der Umgebung.

der Charakter und ist leicht verletzt, wobei erste Hilfe Pakete für Wundheilung sorgen. Denn ein verletzter Abenteurer bekommt negative Effekte zugeschrieben. Wer sich das Paket sparen möchte (immerhin kostet es ein paar Silberlinge), muss sich fünf Minuten in der Zone eines Lagefeuers aufhalten. Peter unterweist seiner Spielfigur genau dies und nutzt die Zeit, eine kleine Kaffeepause einzulegen und linken Fingern sowie rechter Hand kurze Erholung zu genehmigen. Während es sich Mr. Magic am Lagerfeuer gemütlich macht, fährt Peter per Rollstuhl in seine Küche, um koffeinhaltigen tiefschwarzen Kaffee zuzubereiten. Schließlich wird das wie immer eine lange Nacht mit beständig aufregenden Abenteuern am Bildschirm und den Interaktionsinstrumenten. Und schon geht es weiter im Text und Bild. Während textbasierte Rollenspiele die bildliche Vorstellungskraft fordern, gibt es bei den 3D-animierten Games bereits alles schön eingefärbt. Peter erfreut sich an der aufregenden Grafik, die sein Hochleistungsrechner in wunderbarer Qualität wiedergibt.

Mr. Magic kämpft sich weiter durch das Gebiet und erledigt loyal alle Story-Quests[195], während der Spieler selbst weniger auf Inhalte achtet, als vielmehr nach bewährten Rezepten mit Spielmechaniken beschäftigt ist und lediglich Aufgaben erfüllt, welche rechts oben stetig in Kurzform eingeblendet werden. Nach einer guten Stunde scheint das Turm-Viertel fast bewältigt, bleibt noch die Gruppen-Instanz als krönender Abschluss: Der Mantelturm. Peter kennt die meisten dieser oft recht schwierigen Gewölbe in und auswendig, doch braucht es auch eine gut funktionierende Gruppe für den erfolgreichen Abschluss. Er trägt sich auf der Warteliste für diese Instanz ein und wartet ungeduldig. Spielen mit anderen

---

[195] Quests, die fortlaufend einer Geschichte folgen und für das Weiterkommen unerlässlich sind.

menschlichen Spielern regt ihn immer ein wenig auf, denn die Künstliche Intelligenz zu enttäuschen macht rein gar nichts, doch in einer menschlichen Gruppe zu versagen, fördert das schlechte Gewissen. Es passiert gar nichts. Doch nebenbei erledigt Mr. Magic noch einige Quests in der Stadt und steigt auf Level 16: Zeitpunkt für einen Gefährten seiner Wahl. Peter wählt eine Heilerin, denn diese kann ihn wunderbar mit neuen Trefferpunkten[196] versorgen. Doch dann ist es endlich soweit: eine Gruppe möchte den Mantelturm betreten. Peter bestätigt seine Bereitschaft und los geht's. Erste Monstergruppen werden zu Fall gebracht, es herrscht rege Stimmung, obwohl der Chat leer bleibt. Mr. Magic versucht die erste große Mob-Gruppe mit seiner *Arkanen Singularität* einzufangen; das gelingt einigermaßen, dann gilt es, verschiedene Begegnungskräfte zu koordinieren und Maustasten zu klicken. Ein reines Chaos herrscht, doch alsbald lüftet sich das Gemenge und alle Beteiligten sind zufrieden. Der Magier hat seinen ersten Job gut gemacht. Es geht weiter durch das Gewölbe und jeder einzelne Spieler hat seine Aufgabe zu erledigen: Waldläufer schießen Pfeile aus dem Hinterhalt, Zweihandkämpfer sind mit Nahkampf beschäftigt, während Glaubenskleriker heilen und beschützende Kämpfer die wilden Horden unter Kontrolle halten. Peters „Crowd Control" bewährt sich bisher nur wenig, die mächtigen Zaubersprüche, von erfahrenen Spielern in einem Guide empfohlen, entfalten noch nicht ihr volles Potential. Auch Talentpunkte und allgemeine Attribute sind bei dem niedrigen Level nicht gut entwickelt, wobei Peter Grundsteine für eine goldene Zukunft legt, indem er alles wohlüberlegt und mit Hilfe des Guides aus dem Internet skillt. Am Ende des Gewölbes gilt es noch, den mittelschweren Boss zu legen. Danach gibt's die Endstatistik aller

---

[196] Lebensenergie der Spielfigur.

beteiligten Spieler, wobei Mr. Magic beim ausgeteilten Schaden nur auf den dritten Rang kommt. Doch kein Grund zur Verzweiflung, schließlich waren zwei „Damage-Dealer" im Level um einiges höher und Peters Kombinationsfähigkeit der verschiedenen Kräfte braucht noch ein wenig Übung, um das Maximale herauszuholen. Davon wenig betrübt erledigt Mr. Magic gleich ein paar weitere Quests bis es in das dritte Gebiet geht, den *Blackdagger-Ruinen*. Sein Level ist bereits auf die stolze Stufe 19 emporgestiegen und einige Ausrüstung wurde bereits gefunden und wieder erneuert. Zu diesem Zeitpunkt gilt es noch nicht unbedingt, die besten Gegenstände zu sortieren, sondern man nutzt einfach das, was zu einem passt. Peter ist mit seinem neuen Charakter erstmalig vollständig equipt[197]. Drei seiner Ausrüstungsgegenstände verfügen bereits über mächtige Verzauberungen der Stufe fünf, welche er per Post von einem seiner anderen Charaktere geschickt hatte, um kleine legitime Vorteile im Anfangsstadium zu erhaschen. Mit der hiesigen Post kann man sich nicht nur Grüße übermitteln, sondern jegliche Gegenstände verschicken. Gut ausgerüstet geht es also weiter. Ein fremder Glaubenskleriker lädt ihn zu einer Gruppenpartie ein, was er dankend annimmt. Zu zweit ist es weitaus einfacher, Monster flachzulegen und Endgegner in kleineren Gewölben zu besiegen. Dementsprechend schnell verläuft das Spiel und der Kleriker heilt immer schön alle Wunden, so dass Peters neuer Magier durch die nächsten Quests sehr zügig und sicher hindurch gleitet. In 24 Minuten beginnt die Gewölbeerkundung, ein Event, das dem Absolventen große Belohnungen verspricht. Peter zögert nicht lange und loggt[198] seinen Charakter um, denn mit einem 60er Level ist solch eine Erkundung

---

[197] Ausgerüstet.
[198] Mit einer anderen Spierfigur „einwählen", einloggen.

schon um einiges mehr wert, zumal fast alle Gewölbe freigeschaltet sind und die Großen und Schweren besonders viele Drachensiegel[199] und epische Gegenstände abwerfen. Sein neuer Freund bleibt dabei auf der Strecke, doch sind solch flüchtige Bekanntschaften ohne Gilde oder zumindest kleinen Hintergrund so oder so meist ohne Dauer. Zwei Bildschirme später befindet sich nicht mehr Mr. Magic im Fokus, sondern jener langtrainierte Zweihandkämpfer erster Güte: das Prachtexemplar seiner selbst, der allererste Charakter. Dennoch gilt auch hier, ein zweiter Versuch, jene Talent- und Kräftebäume besser zu skillen, wäre von Vorteil aber zu viel Mühe steckt in diesem aufgeweckten Kerlchen, als dass er Konkurrenz von einer ebenbürtigen Klasse bekommen könnte. So zieht er nach etlichen Spieltagen, in reiner Zeit gemessen sicher mehr als einer Woche, wieder in den Kampf, um seinem Interakteur den kultigsten aller Dienste zu erweisen. Denn er ist nicht nur der älteste Held seiner Klasse, ihn gibt es auch nur einmal: den ersten Spielcharakter von Peter, inzwischen ein Relikt uralter Tage. Dass der Charakter wie sein Spieler selbst heißt, ist eher ungewöhnlich; vielleicht ein Zeichen naiver Alterserscheinungen, denn kaum ein jugendlich anmutender Nerd würde jemals seinen Real-Life-Namen in einem Game verwenden. Peter hingegen hatte damals wohl keine ausgeprägte Phantasie oder wollte sich einfach besser mit seiner Spielfigur identifizieren, warum auch nicht?

Peters Peter macht sich auf den Weg zur Gewölbeerkundung, drückt die Taste „O" und trägt sich für *das Versteck des Piratenkönigs* ein, eine „8300er Instanz"[200], die es durchaus in sich hat. Die Uhr schlägt 22, das Event beginnt und eine

---

[199] Siegel sind Gegenstände, die gesammelt werden, um sie gegen besondere Ausrüstungsgegenstände einzutauschen.
[200] Große Instanzen haben einen minimalen Ausrüstungswert.

Gruppe findet sich auch sehr schnell über jene Warteliste. Lediglich ein bekanntes „Gesicht" aus seiner Gilde hat mit ihm Kontakt aufgenommen und befindet sich innerhalb der Gruppe. *Teamspeak* ist ungewöhnlich leer für einen Sonntagabend. Doch auch ohne viel Brimborium auf kommunikativer Ebene aber dafür mit zielstrebigem Elan geht es auf ins Gewölbe, wo Piratenkönig und mehr auf ihre Vernichtung warten. Alle Teilnehmer nehmen die Herausforderung an und ein episches Geräusch kündigt den Ladebildschirm an. Mit leicht nervöser Stimme spricht Peter vorsichtig in sein Mikrophon: „Huhu, jemand da?" Es meldet sich ein Freund aus der Gilde und bekräftigt eine angesagte Strategie für das Unterfangen. Peter fragt erstaunt, wo denn die ganzen anderen Leute hin sind, und wo sich seine Elfendame herumtreibt. Stille erfüllt den virtuellen Raum. Dann folgt ein lautes Knacken und Knistern, doch keine Antwort. Inzwischen ist das Gewölbe geladen und die Gruppe befindet sich am Einstiegspunkt, doch einer fehlt. Sein *Teamspeak*-Freund hat wohl technische Probleme und prompt teilt die freundliche Frauenstimme des Kommunikationstools mit, dass jemand „disconnected" wurde. Schade, Ersatz folgt sofort, ein neuer „Damage Dealer" „joint" zur Gruppe und schreibt ein wohlwollendes „Heyho" in den Chat am linken unteren Bildschirmrand. Peter begrüßt ebenfalls alle Beteiligten und schon stürmen die ersten Figuren einen Mob von Gegnern, wobei der Magier mit seiner *arkanen Singularität*[201] sofort alle grausigen Gestalten einsaugt und an einen bestimmten Platz bindet. Daraufhin rennt Peter eilig mit einem Doppelanschlag auf „W" zum Feind und schlägt mit seinem großen Zweihandschwert wie wild drauf los. Mal betätigt er die linke, mal die rechte Maustaste oder

---

[201] Ein Zauberspruch, der die Gegner an sich bindet und die Mobs einsaugt.

aktiviert Begegnungskräfte auf den Tasten E, R und Q. Ein Waldläufer schießt aus dem Hinterhalt Pfeile, der beschützende Kämpfer versucht dann, die Aggressivität jener wütenden Horde an sich zu binden, um ein geordnetes Eliminieren zu ermöglichen. Der Heiler tut nebenbei das, was er am besten kann: Heilen. Alles geht gut, keiner beschwert sich. Nach einigen bösen Mobs erscheint in einer Sequenz ein erster Zwischengegner, namentlich der romantische Arzt. Nun wird es etwas heikel. Jener Arzt ist freilich nicht das übergeordnete Problem des Unterfangens, sondern die wütenden Horden, die mit erbitternder Vehemenz alles angreifen, was Schaden verursacht. So sind Waldläufer und Magier bald umzingelt und doch gelingt es dem beschützenden Kämpfer, ein wenig Ordnung in den Kampf zu bringen. Peter hingegen konzentriert sich mit seiner gesamten zerstörerischen Gewalt auf den Boss.[202] Nach einiger Zeit fällt dieser zu Boden und die restlichen Adds[203] werden mit etwas Mühe zur Strecke gebracht. Guter Dinge geht es weiter in diesem Gewölbe, neue Gegner stellen sich der Gruppe in den Weg, bis am Ende der ganz große Wurf wartet: Der Piratenkönig höchst persönlich stellt sich mit seinen Schergen dem Kampf gegen jene Gruppe, die da so eifrig gekämpft hat und immer noch hungrig zu sein scheint. Nachdem alles eliminiert ist stürmen alle Beteiligten zur Schatztruhe, wo epische Ausrüstungsgegenstände auf sie warten, die durch ihre lila umrandete Farbe[204] bestechen. Peter ergattert Schuhe mit ansehnlichen Werten der epischen Stufe Zwei. Zusätzlich gibt es zahlreiche Drachensie-

---

[202] Endgegner einer Instanz.
[203] Mobs, die versehentlich oder bewusst zu einem Pull dazukommen.
[204] Epische Gegenstände sind lila umrandet, normale hingegen grün, etwas bessere blau.

gel, deren nun knapp 100 Stück bereits in seiner Sammlung Platz finden. Daher wird es Zeit, sich beim hiesigen Händler in der Stadt nach einem epischen Ausrüstungsgegenstand umzuschauen. Denn für die Siegel bekommt man wahrhaft grandiose Helme, Handschuhe, Halsschmuck, Rüstungen und vieles mehr. Nach kurzer Verabschiedung im Chat verlässt Peter das Versteck des Piratenkönigs und begibt sich auf die Reise zum Handelszentrum von *Neverwinter*. Dort angekommen wirft er einen minutiösen Blick auf das Arsenal des Drachensiegelhändlers und vergleicht akribisch Eigenschaften der Kostbarkeiten mit seiner aktuellen Ausrüstung. Für gut 200 Siegel befindet sich auch ein spezieller Gefährte im Angebot: die Kampfratte. Nachdem sämtliche Kleidung genau studiert wurde, steht fest, dass sein Charakter bereits überaus episch equipt[205] ist und er an sich nichts Neues mehr benötigt. Dennoch könnte etwas erworben werden, was dann in einem zweiten Schritt beim sogenannten Verwerter in Astraldiamanten umgewandelt werden kann. Dieses Verfahren dient dem „Farmen"[206] von jenen Diamanten, die in größerer Zahl für ganz besondere Dinge zum Beispiel im Auktionshaus ausgegeben werden können: ein reger Handelsplatz für sämtliche Mitspieler, das *E-Bay* von *Neverwinter*. Peter jedoch möchte auf die Ratte sparen, denn einer seiner fünf Gefährtenplätze ist noch frei, wobei er vornehmlich Trulla, eine bezaubernde Glaubensklerikerin, als aktive Gefährtin auswählt. Alle anderen liefern als passive Unterstützer besondere „Buffs"[207], wie Regeneration oder Verteidigung.

---

[205] Ausgerüstet. Equipment angelegt.
[206] Wiederholtes Durchspielen bestimmter Spielabläufe (meist immer dieselben), um Gegenstände oder Währungen zu vermehren.
[207] Boni, die durch den aktiven Gefährten während eines Kampfes gewährt werden.

Obgleich noch einige Minuten des Events der Gewölbeerkundung verbleiben und Peter durchaus Lust hätte, an einer weiteren Partie zu partizipieren, lässt er langsam seine Hand von der Computermaus gleiten, nachdem der Logout-Button[208] betätigt wurde und nun eine hübsche grüne Naturlandschaft als Desktophintergrund auf dem Monitor erscheint. Erschöpft und zufrieden gönnt sich der reale Peter eine Pause und fährt mit dem Rollstuhl in seine kleine Küche, um einen leicht vorgezogenen Mitternachtssnack einzunehmen. Im Gegensatz zu seinen virtuellen Alter Egos reichen nicht ausschließlich Heiltränke, um Gesundheit und Energie aufzufrischen. Da wie üblich noch die ganze Nacht durchgezockt wird, macht er sich prompt einen starken Kaffee, obgleich Müdigkeit noch lange nicht eintritt, denn sein Rhythmus schlägt wie immer im Takt. Gegen Mitternacht geht es weiter. Er schließt den Mediaplayer, der die letzte Stunde hübsche brasilianische Klänge durch den Raum gewirbelt hat, und besinnt sich auf epische Musik seines begehrten MMOs[209], wobei er sein Headset anschließt, *Teamspeak* öffnet und vor dem Auswahlmenü seiner Charaktere ein wenig verharrt. Die Nacht ist noch lang und die Kumpanen sind rar, so fällt ein Entschluss leicht: Mr. Magic muss ran, weiter kommen, Abenteuer bestehen und im Level so weit aufsteigen, dass höhere Dungeons spielbar werden und seine neuste Zucht von Mitstreitern anerkannt wird. Die nächsten sechs Stunden der Nacht bis zum Eintreffen seiner Pflegerin sind ihm gewiss. Zauberkünste bestimmen von nun an die Spielweise, Blitzeffekte und mehr, auch so möchte Peter seinen Helden mal kämpfen sehen. In Strategie und Taktik unterscheidet sich die Spielweise des Magiers ganz enorm vom Zweihandkämpfer oder Waldläufer. Während

---

[208] Knopf zum Verlassen des Spiels.
[209] Kurzform für Massive Multiplayer Online Game.

Letztere eher ein schnell aufeinanderfolgendes Klicken erfordern und so ständig Schaden verursachen, bringen die Zaubersprüche durchaus ganz andere Qualitäten mit sich, wie zum Beispiel „Crowd Control", was meint, dass Gegner kontrolliert werden, indem Eis, Sturm und Feuer die Mobs binden und an bestimmten Orten festhalten, um dem Rest der Gruppe ebenso kontrolliertes Angreifen zu ermöglichen. Eine wahrhaft tolle Aufgabe. Gute „Control Wizards" (cws') sind gerne gesehene Gäste einer Partie, jedoch muss man sagen, dass sich das Spielen mit ihnen auch anspruchsvoller gestaltet als mit einem reinen „Damage Dealer" (dd). Das weiß Peter zu gut; auch die Verteilung der Skill-Punkte war eine Herausforderung bei seiner letzten Karriere, weshalb nun alles mit dem noch unerfahrenen Mr. Magic besser werden soll. Doch das ist eine andere Geschichte. Was aber immer bleibt und mitschwingt sind die sozialen Bindungen, seine Sehnsucht nach der Elfendame und das Abenteuer in einem ihm so langweilig gewordenen Leben.

Das Leben ist sinnlos, schnall das endlich!

„Rote Flagge genommen!" Heftiger Beschuss aus allen Richtungen, heftige Gedankenblitze versuchen, den besten Weg zur Basis auszuwählen. Durchs Lavalabyrinth am Fluss, über die Berge, vorbei an gierigen Scharfschützen oder einfach immer geradeaus, geradewegs zum Erfolg, zur Krönung und zum Etappensieg, der einen Punkt für unser Team beschert, wenn der Flaggenträger das heimatliche Ziel erreicht. Meine Freunde beschützen mich. Es ist sinnlos. Ja, das ist es. Ein nihilistischer Orgasmus. Doch solch ein Spiel fördert genauso Intelligenz wie Hirnforschung und Neurowissenschaften Erkenntnis fördern. Machen wir uns nichts vor. In den einfachen Dingen unserer Welt liegt oft ein nicht zu bändigender Reiz. Die Überschrift des kargen Kapitels, das lediglich eine Hommage an Kurzweil und Minimal des gemeinen Shooters sein soll, ist dem berüchtigten *Unreal Tournament 2004*™ entnommen: Diesen Spruch konnte man seinen Mitspielern im Death-Match akustisch um die Ohren hauen. Prost!

DayZ™ – Anekdote zur ewigen Wiedergeburt in einer offenen Welt oder: Überleben ist alles

Gestern ist mir etwas wirklich Unglaubliches in der postapokalyptischen Welt von *DayZ* passiert. Nachdem mich ein Mitspieler ohne ersichtlichen Grund einfach niederstreckte, erwachte (Respawn) ich in der Nähe eines verlassenen Schiffswracks, dessen Durchsuchung meine oberste Priorität darstellte. So durchforstete ich sämtliche Etagen und Kajüten, fand sogar nahrhaftes Obst, einige gute Kleidungsstücke, einen Schraubenzieher sowie ein hochwertiges Gewehr. Etwas unvorsichtig streifte mein Charakter durch die Gänge, ging unbedacht durch eine Tür und stürzte dann unbeabsichtigt einen Abgrund hinunter. Es fehlte offensichtlich das Geländer. Nun waren beide Beine gebrochen. Nur noch kriechend konnte ich mich fortbewegen - ein mühseliges Unterfangen. Über *Teamspeak* gab ich meinem Kumpanen die Position durch, welche wirklich und buchstäblich am Ende der Welt gelegen war. Es ist wohl möglich, die Beine mit Bandagen und Holzstücken zu schienen. Ich checkte mit einem schnellen Betätigen der Tab-Taste das Inventar: Taschenlampe und Batterie in den Hosentaschen, in der Jacke etwas Obst, eine Dose Cola und der sagenhafte Schraubenzieher, mit dem Dosenfutter geöffnet werden kann. Am Körper trug mein Überlebenswilliger ein Gewehr, lässig um die Schulter gehängt; das war es dann auch. Und so kroch ich dann umher, suchte einen Ausgang aus dem Wrack und freundete mich kurzzeitig mit dem Gedanken an, vielleicht lieber sterben zu wollen, als ewig auf rettende Hilfe zu warten. Durst- oder Hungertod schienen auch noch in weiter Ferne. Sicher könnte mein Charakter auch im nahegelegenen Meer ertrinken oder von umherlaufenden Zombies getötet werden. Ein Blick auf die Karte offenbarte mir aber eine ausweglose Situation. Neben dem Spielerechner hatte ich ein kleines Netbook mit der detaillierten Map von der großen *DayZ* Welt aufgebaut. Dort wurde ersichtlich, dass ich mich ganz im Norden gut fünf Kilometer von der nächsten Stadt befand und solch ein Krabbeln dorthin sicher Stunden in Anspruch nehmen würde. Mein Kumpel im *Teamspeak* schilderte mir seinen Aufenthaltsort und der lag zu weit südlich, um in absehbarer Zeit zu mir zu gelangen. So entschied ich mich für den Suizid durch Ertrinken und schleppte mich ins paradox rettende Meer. Doch keine Chance. Da es sich bei dem Spiel um eine sogenannte Alpha-Version handelt, und diese ständig entwickelt wird, fehlte wohl noch unter sicher anderen Dingen auch die Möglichkeit, fehlerfrei im Meer zu ersaufen. Zwar wurde der Bildschirm schwarz und weiße Buchstaben verrieten einen erlösenden Tod, doch beim Reconnect auf einen Server befand sich mein Mann mit gebrochenen Beinen wie gehabt im seichten Meereswasser nahe des Wracks. Zwei weitere Versuche blieben ebenso erfolglos. Die Mechanik des Spiels erlaubt bisher keinen Reset der Spielfigur und so stand fest: Ich musste einen anderen Weg finden, um mein Ableben zu besiegeln. In meiner Verzweiflung robbte der Charakter eine gute halbe Stunde ins Landesinnere durch hübsche Flora und Fauna bis zu Bahngleisen, die einen Hauch von Zivilisation in meinem Naturburschen hervorriefen. Mit etwas Glück könnte ja ein dahergelaufener Untoter Abhilfe schaffen, doch weit und breit nichts zu sehen und hören. Genervt betätigte ich die Umschalttaste, um so den In-Game-Voice-Chat zu aktivieren und sprach laut und deutlich: „Please, can anybody kill me?" Doch keine Reaktion, niemand in der Nähe. Nach weiteren zehn Minuten Krabbelei stand dann plötzlich ein Mitspieler vor meiner erbärmlichen Person. Jener schien eben erst „gespawnt" zu sein und verfügte noch über keinerlei sichtbare

Ausrüstung. Ich begrüßte ihn freundlich, doch ehe ich mich versah, schlug er meine Wenigkeit bewusstlos. Der Monitor färbte sich tiefschwarz mit weißer Schrift: Du bist bewusstlos. Oft folgt nach Bewusstlosigkeit der Tod, doch in diesem Falle nicht. Mein verwundeter Charakter erwachte wieder und war bis auf die Unterhose geplündert. Von dem weniger hilfreichen Mitspieler keine Spur. Genervt teilte ich meinem Verbündeten diese bodenlose Unverschämtheit, die mir wiederfuhr, mit. Er versprach, meinen gescheiterten Helden zu finden und ihn von seinem Leid zu erlösen, denn stundenlang kriechend auf Dehydrierung oder Hungertod zu warten ist kein großes Vergnügen und hat mit Spielspaß wenig am Hut. Mit umherliegenden Ästen und einer Bandage könnte ich mein Bein schienen, doch es war weit und breit kein Loot[210] zu finden. Und so kroch ich weiter Richtung Süden, in der Hoffnung auf Erlösung und Neustart. Meine Sehnsucht nach einem gesunden Charakter stieg stetig. Nach gefühlten Stunden war es dann endlich soweit. Kurz vor der nächsten größeren Stadt begegnete ich meinem Kumpel. Er sorgte für ein schnelles Ableben via Feuerwehraxt: Neustart und Respawn[211]!

Wir blieben auf dem Server und nun galt es, meine aktuelle Startposition zu bestimmen, damit eine weitere Zusammenkunft zustande kommt. Mein Charakter erwachte in der Nähe eines kleinen Stegs an der Küste, links eine betonierte Straße und ein paar kleine Häuser. Ich studierte akribisch die Karte auf meinem Netbook, doch konnte anhand der Infrastruktur nicht ausmachen, wo sich der Überlebenswillige befand. Also sprintete ich erst einmal entlang der Straße zum nächsten

---

[210] Beute, Begriff für Gegenstände, die aufgesammelt werden können.
[211] Erneute Etablierung der Figur in der Spielwelt.

Ort, in der Hoffnung, ein Schild zu entdecken, auf dem sich Informationen über Städtenamen befinden. Und so kam es dann auch. Ein Ortsschild verriet mir den Namen der Stadt, die sich vor mir aufbaute. Diese Standortinformation teilte ich sofort via *Teamspeak* mit und wir verabredeten einen Ort, an dem das ersehnte Treffen stattfinden sollte. Vorher wollte meine virtuelle Persönlichkeit noch das Nötigste einsammeln. Vor allem benötigte sie mehr Inventarplätze, ergo musste ich am besten einen Rucksack finden, oder auch Westen und Hosen mit mehreren Taschen. Zu Beginn eines Restarts hat man lediglich vier Plätze im Inventar, in denen sich bereits Taschenlampe und Batterie befinden - sonst nix. Laut Empfehlung meines etwas erfahreneren Freundes zerriss ich das T-Shirt in zwei Bandagen, um im Notfall nach einer Attacke Blutungen zu stoppen. Denn Zombies können einen durchaus böse verletzen und besonders in größeren Städten sind diese zu Hauf anzutreffen. Ohne jegliche Waffen ein schwieriges Unterfangen, auch wenn die wirkliche Bedrohung eher von anderen Mitspielern ausgeht. Prompt tauchte vor mir ein Untoter auf. Mit meinen Fäusten wollte ich den Kampf nicht aufnehmen und so schlich ich in sicherer Entfernung um ihn herum. Wenig später befand sich mein Charakter mitten im Zentrum der Stadt und ich entschied mich dazu, erst einmal sämtliche Häuser zu erkunden, um bessere Kleidung und vor allem Essen und Trinken zu finden. Pepsi- oder Coladosen stillen Durst und machen gar etwas satt, auch eine Bierdose ist nicht zu verachten, doch um den Wasserhaushalt längerfristig zu sichern, bedarf es einer Flasche, die an Brunnen oder Seen aufgefüllt werden kann. Diese waren auch auf meiner Karte verzeichnet. Ich durchstreifte sämtliche Häuserblöcke und fand tatsächlich neue Hosen und einen Regenmantel sowie einen kleineren Rucksack. Außerdem bewaffnete ich mich mit einem Feuerlöscher, der zwar nicht sonderlich gute

Nahkampfeigenschaften hat - doch allemal besser als meine nackten Fäuste. Weiterhin fand ich einen Motorradhelm, eine Sonnenbrille und diverse Dosen mit fester Nahrung. Leider konnte ich diese nicht öffnen, da weder Dosenöffner, Schraubenzieher oder ähnliches Gerät auffindbar war. Mit Rucksack und Co bewegte ich mich weiter nördlich, in der Hoffnung, meinen einzigen Freund zu treffen. Er teilte mir über *Teamspeak* mit, dass er Nahrungsmittel für mehrere Kompanien bei sich trägt und ein Treffen durchaus sinnvoll scheint. Ich konnte nun recht detailliert die nächste Stadt erkennen und überprüfte das Ortseingangsschild: Bingo! Nun kam die Orientierung zurück und ich konnte ganz genau meinen Standpunkt bestimmen. Und so vertagten wir dann das Spiel auf morgen, indem sich jeder ein lauschiges Plätzchen zum Ausloggen suchte.

Jetzt ist es wieder soweit. Angespannt warte ich auf ein Lebenszeichen meines Spielekammeradens, der natürlich auch Real-Life besitzt und nicht ständig vor dem Rechner hockt. Das soziale Experiment *DayZ* wartet ebenso auf neue Herausforderungen, genauer auf zwei Newbies[212], die voller Tatendrang erst einmal friedlich diese großartige Welt erkunden möchten. Für ein postapokalyptisches Szenario sieht die Natur wirklich nahezu romantisch aus, mal abgesehen von den leicht demolierten Städten und Dörfern. Jene Karte ist original einer tschechischen Gegend nachempfunden, denn dort kommt ein Teil des Entwicklerteams her. Plötzlich ist Rumpeln im *Teamspeak* zu hören, wenig später ein freundliches „Hallo" und dann die erfreuliche Nachricht, dass es bald losgehen kann. Vorab findet eine Lagebesprechung statt, indem wir ganz genau die detailgetreue Karte studieren und einen möglichen Ort für unsere Zusammenkunft bestimmen. Weiterhin

---

[212] Frisch entstandene Charaktere oder unerfahrene Spieler.

checke ich die Umgebung mit dem verzeichneten Loot[213]. Ein Krankenhaus sowie eine Baustelle sind ganz in der Nähe. Vielleicht gibt es dort eine gescheite Nahkampfwaffe und medizinische Versorgung für unterwegs. Mein Kamerad sucht derweilen einen Server mit möglichst wenigen Spielern. Los geht es! Ich joine[214] gezielt über die Freundesliste, mein Monitor färbt sich kurz schwarz, dann kommen Soundeffekte der Umgebung hinzu: Wind und Vogelgezwitscher. Kurz darauf offenbart sich die Grafik meiner aktuellen Position. Per Return-Taste wechsele ich schnell in eine Third-Person-Perspektive[215] und drehe meinen Charakter in alle Richtungen, um etwaige Gefahren auszumachen. In der Ferne ist ein kleines Dorf zu erblicken, ansonsten nur dichter Wald. Parallel zum interaktiven Spiel studiere ich weiterhin die Karte und versuche, meine Position genauer zu bestimmen. Eine Notwendigkeit, denn Verlaufen in der weiten Welt von *DayZ* stellt ein nerviges Unterfangen dar. Ich renne entlang einer kleinen Straße zu dem Dorf und erblicke nun in einer Senke jene große Stadt, die ich bereits auf der Map ausfindig gemacht hatte. Kleinere Häuser lasse ich links liegen und laufe wie ein Irrer zur Baustelle am Ortseingang, um dort nach Waffen und Dosenöffner zu suchen. Tatsächlich gibt es dort brauchbare Sachen, wie Schraubenzieher, eine volle Packung Reis und eine kleine Axt. Euphorisch geht es weiter Richtung Krankenhaus. Frische Bandagen, Morphium und Ephedrine sind die Items meines Begehrens. Darauf bin ich deshalb besonders scharf, denn es können ständig Unfälle geschehen, mit den Konsequenzen gebrochener Beine meiner Selbst oder Bewusstlosigkeit meines Mitspielers; daher ist eine wandelnde Apotheke immer

---

[213] Beute, sämtliche Items wie Waffen, Kleidung, Nahrung, etc.
[214] teilnehmen
[215] Sicht auf die „3. Person".

hilfreich. Nachdem ich einige Häuser durchkämmt habe, lichtet sich vor mir ein kleines Feld mit einem größeren Wald dahinter. Weiter nördlich ist ein militärischer Flughafen verzeichnet. Jene Position soll unser Treffen verheißen, genauer an einer Scheune unterhalb des Einganges zu unserem erhofften Waffen-Loot[216]. Militärbasen verheißen allerdings nicht nur Gutes, sondern sind aufgrund ihres Durchgangsverkehrs vieler Spieler auch besonders gefährlich. Manchmal sollen sich gar Banditen versteckt halten, die nur darauf warten, einen gezielten Schuss abzugeben. Andere betreiben gerne sogenanntes Server-Hopping, was bedeutet, dass sich Spieler ständig in der Nähe einer Basis auf verschiedenen Servern einloggen, um möglichst viel Loot zu ergaunern. Dieser erscheint nämlich nach einem Server-Restart aufs Neue. Vor meinem virtuellen Auge tauchen plötzlich zwei große Hangars auf. Das muss der Flugplatz sein, wo unsere Zusammenkunft geplant ist. Auch eine Scheune erscheint am linken Bildschirmrand. Schnell und aufgeregt gebe ich meine Position durch und kündige mein Eintreffen an. Nach einigen Minuten Sprint mit flacher Atmung erreiche ich die Scheune, an deren Fenster bereits mein Freund gespannt auf mich wartet und jene Umgebung genau überprüft. Alles scheint so weit in Ordnung zu sein - keine potentiellen Feinde in Sicht. Freudig begrüßen wir uns mit der anerkannten internationalen Geste für Freundlichkeit, welche mit der Taste F1 aktiviert wird. Es gibt verschiedenste Gesten auf den F-Tasten, von Richtungsdeutend bis „Hände hoch".
Beide Charaktere stärken sich erst einmal mit Dosenspaghetti und einer schönen Dose Bier. Dann wird das vermeintliche Ziel angegangen: Auffinden von Waffen und Munition im militärischen Stützpunkt. Gespannt tasten wir uns bei Son-

---

[216] Loot=Beute.

nenschein immer näher an die Basis heran. Langsam aber sicher geht die Sonne unter und ein dämmeriger Zustand der *DayZ*-Welt ist in Sicht. Das kommt uns nur zu Gute versichert mir mein Kumpel, denn wer möglichst unauffällig bleiben möchte, versteckt sich gerne in der Dunkelheit. Nach einigen Minuten erleben wir einen grandiosen Sonnenuntergang und entschließen uns, das Flugfeld inklusive aller Gebäude genau unter die Lupe zu nehmen. Diverse Server haben ausschließlich „Daylight" aktiviert, doch hier bricht momentan die Nacht herein. Kriminelle Spannung erwartet die beiden Suchenden und voller Begierde checken sie alle Einrichtungen des Flugplatzes, wobei tatsächlich ersehnte Waffen entdeckt werden. Meine Person freut sich über ein *Mosin*-Scharfschützengewehr inklusive Visier, während mein bester Freund ein *M4*-Schnellfeuergewehr ergattert. Munition finden wir für beide Waffen auch zu Hauf - welch ein Glückstreffer. Voller Enthusiasmus und voller Panik vor feindlich gesonnenen Spielern verlassen wir den Stützpunkt gen Norden, doch plötzlich das Erwartete: Schüsse fallen. Hektisch suchen unsere virtuellen Persönlichkeiten Deckung, die zum Glück durch einen nahegelegenen Wald gegeben ist. Pfeifende Kugeleinschläge überall; mit der Taste „Y" begebe ich mich in eine liegende Position, getarnt durch kleine Büsche. Mit dem Fernglas überprüfe ich alle Gebäude in unmittelbarer Umgebung und entdecke tatsächlich auf dem Dach des Towers einen potentiellen Gegner. Zumindest scheint er mit seinem Zielfernrohr aggressiv unsere Gegend zu erkunden. Chancenlos flüchten wir in einen dichten Wald nördlich der Basis, um uns zu verschanzen und Weiteres abzuwarten. Nach diesem schockierenden Beschuss laufen wir dann doch schnell zur nächsten Stadt, in der Hoffnung, ein ruhiges Plätzchen abseits jeglicher Aggression zu finden. Völlig erschöpft machen unsere realen Personen eine Zigarettenpause und wechseln nebenbei den Server. Selbst solch kleine Schießübungen vermeintlicher Gegner treiben den Adrenalinspiegel enorm in die Höhe, so dass eine Auszeit wohltuend wirkt. Wenig später auf einem anderen Server hat sich die Lage beruhigt. Bestens ausgerüstet erkunden wir die Umgebung, ohne uns aus den Augen zu verlieren, denn Rückendeckung ist das A und O in diesem für jedermann geeigneten Überlebenssimulator. Doch in der Gruppe fühlt sich der vermeintlich schwache Spieler trotz aller Unwegsamkeit stark, und je mehr Spieler zusammen auf Tour gehen, je gefährlicher kann es für so ein kleines Dream-Team werden. Doch sind wir glücklicherweise in Sicherheit. Auf der Karte ist ein nahes Dorf verzeichnet, wo unsere beiden Charaktere Unterschlupf suchen möchten. So geschieht es dann auch: das dreistöckige Haus gewährt uns eine Ruhepause in der oberen Etage, denn dort kommen nur selten die KI-gesteuerten Zombies vorbei, geschweige denn, dass uns menschliche Spieler ausfindig machen könnten. Von der Lauferei erschöpft stärken wir uns ein wenig mit Dosenfutter und studieren nebenbei die Karte. Weit und breit ist kein Spieler oder Zombie zu sehen, so dass es schon bald weiter geht zur westlichen Gegend dieser einem realen Ort nachempfundenen Welt. Im Landesinneren hoffen wir auf weitere Beute und neue Umgebung, die auskundschaftet werden kann. Außerdem wird beschlossen, eine nächste Begegnung mit anderen menschlichen Spielern kämpferisch auszutragen, wenn es die Situation erlaubt. Bahnschienen, Straßen, Wege, Waldflächen und Felder helfen uns bei der Orientierung außerhalb von Städten, denn niemand hat bisher einen Kompass gefunden, geschweige denn eine In-Game-Map[217]; und

---

[217] Im Spiel selbst können auch detaillierte Touristen-Karten verschiedener Regionen gefunden werden, die man auch zu einer größeren Karte kombinieren kann.

so laufen wir immer weiter westlich bis zur nächsten größeren Ansammlung einiger Häuser, wo laut Map ein Brunnen zu finden sein soll. Dort möchte ich gerne meine Wasserflasche auffüllen, denn das ständige Sprinten mit Doppel-W[218] macht durstig. Prompt taucht an georteter Stelle der ersehnte Wasserspender auf, mit dem ich in Interaktion per Mausrädchen trete: Entweder kann sich mein dehydrierter Charakter direkt an dem Brunnen laben oder seine in der Hand befindliche Flasche volllaufen lassen. Mit Taste „F" bestätige ich die erste Aktion und trinke einige ordentliche Schlucke direkt aus dem Hahn, dann scrolle ich mein Rad eine Option tiefer und befülle die Flasche. Untermalt wird das ganze Prozedere mit realistisch anmutenden Soundeffekten. Selbst Details wie die Atmung des Charakters, Fußschritte oder Wind in den Bäumen sind Teil einer wunderbaren Geräuschkulisse. Und dort befinden wir uns, in einer virtuellen Welt voller Bilder und Geräusche, abseits eines real erscheinenden Universums, wo nichts anderes wartet, als die gefasste Persönlichkeit unseres Selbstbildes, das relativ langweilige Dinge zu erledigen hat. Zumindest muss es sich in der Regel keine Sorgen ums Überleben machen, nicht ständig Essen und Trinken looten und auch keinen Zombies den Schädel einhauen. Neben der allgegenwärtigen Unberechenbarkeit menschlicher Mitspieler muss man ständig auf der Hut sein, angespannt mit leichten Adrenalinschüben rechnen und wie beim realen Wellenreiten oder Skifahren auch mal dem Flow-Effekt guten Tag sagen, wenn schwierige Situationen gemeistert werden.

Der Wasserhaushalt ist erst einmal gedeckt. Eine dunkelgrüne Anzeige im Inventar zeigt nebenher die Bedürfnisse des Charakters: hungrig. Jene wechselt auch zu den Farben orange und rot, je nach Schweregrad. Im Falle eines neutralen Zu-

---

[218] Doppelter Anschlag auf die Taste W bewirkt den Renn-Modus.

standes erscheint nichts, doch auch positive Werte werden mit hellgrüner Farbe angezeigt: hydriert. Mit knurrendem Magen und zwei vollen Wasserflaschen geht es weiter durch die postapokalyptische Welt von *DayZ*, immer auf der Suche nach neuen Abenteuern, die weder an einfache Stories oder komplexe Drehbücher gebunden sind, denn Open World ist genau das: offen und frei ganz ohne vorgefertigte Handlungsskripte. In dieser Alpha-Version ist aktuell die Komplexität nur ansatzweise vorhanden und noch recht übersichtlich, selbst wenn man erahnen kann, wie viele Möglichkeiten in Zukunft implementiert werden sollen. Alpha-Spieler kämpfen zwar nicht nur gegen Zombies und andere Überlebende, sondern auch gegen Bugs[219] und halbfertige Spielelemente, doch das mindert kaum eine hoffnungsvolle Erwartungshaltung mit ergiebiger Spannung. Sehnsüchtig warten User immer wieder auf neue Updates der Entwickler, wobei man mit diesen Menschen auch in Interaktion treten kann, indem im Forum Verbesserungsvorschläge gemacht oder Fehler reportet[220] werden. Doch davon möchten unsere Charaktere momentan nichts wissen. Gierig nach neuem Loot und gespannt auf neue Situationen aller Art setzen wir unser Spiel fort. Plötzlich fällt ein Schuss, gar mehrere. Mein Kamerad teilt mir professionell über *Teamspeak* mit, dass es sich um ein *SKS*-Gewehr handelt und die Einschläge schon recht nah gewesen sind. Leichte Panik macht sich breit. Weitere Schüsse folgen - diesmal ein anderer Klang. Hastig und angespannt tönt es: „Das sind mehrere!" Dann folgt eine moralische Lehrminute: „Combat-Logger sind wir ganz sicher nicht, wären wir strenggenommen auch nicht, aber nun heißt es: Aufpassen!" Ich entgegne dieser Bemerkung mit unwissenden Ambitionen über Combat

---

[219] Bugs sind Fehler innerhalb der Spielmechanik.
[220] Bericht über Fehler veröffentlichen.

und Loggen, während eine Erklärung gleichermaßen folgt: „Es gibt Spieler, die sich in Gefahrensituationen oder auch während eines Kampfes vom Server trennen, um etwaige negative Folgen zu vermeiden oder einfach nur deshalb, weil es Feiglinge sind." Aha. Nein, feige möchten wir nicht sein und so stellen wir uns der vermeintlichen Bedrohung, indem vorerst Deckung gesucht und gespannt Ausschau gehalten wird. Eine nervöse Ruhe kehrt ein. Dann schlagen Türen in der Ferne und jedes Geräusch vom Wind in Büschen und Bäumen lässt uns vor dem Rechner zusammenzucken. Die Atmosphäre ist unheimlich und der Adrenalinpegel erhöht; schon irre, was man mit Sound, Grafik und Gameplay alles auf einen handelsüblichen Laptop zaubern kann. Dazu kommt der Faktor unbekannter Mensch via Netz und auch eine kleines Gefühl der Sicherheit durch den Freund im *Teamspeak*. Nicht umsonst wird *DayZ* auch gerne als soziales Experiment bezeichnet, mit dem das Verhalten der Spieler zueinander in einer Überlebenssituation studiert werden könnte – doch das wollen wir momentan gar nicht so genau wissen, denn durch diese Unberechenbarkeit eines oder mehrerer Gegenüber wird's richtig spannend. Nun kommt auch noch die etwas berechenbarere künstliche Intelligenz hinzu: Zombiegeräusche sind in der näheren Umgebung zu hören. Panisch drehe ich meinen Charakter um 360 Grad, schaue überall genau hin, doch entdecke nichts Ungewöhnliches. Dann wieder ein Schuss. Es wird auf einmal grau auf meinem Bildschirm und ein dumpfer Schlag ist zu hören. Mit „X" richte ich meinen Charakter auf und renne panisch in die Richtung meines Teamkammeradens und brülle derweilen panisch ins *Teamspeak*. „Hinter Dir! Ein Zombie." tönt es zurück. Dann ein weiterer Schlag und grau gefärbte Umgebung. Mit der Taste 2 hole ich eine Axt hervor, drehe mich rasant um und blicke auf einen wütenden Untoten. Nebenbei verliere ich bereits Blut und sollte mich schleunigst verbinden, doch vorher gibt es einen gezielten Schlag mit der Axt auf das Haupt der KI und sie geht glücklicherweise sofort zu Boden. Mein Kumpel gibt mir nach dieser Auseinandersetzung Deckung, denn es könnten immer noch jene schießwütigen Mitspieler in der Nähe sein. Versteckt hinter einem kleinen Busch verbinde ich meine angeschlagene Spielfigur, wobei Rechtsklick und „Use" auf eine Bandage im Inventar dafür ausreichen. Während des Verbindens ist man allerdings unfähig, sich zu verteidigen oder die Umgebung zu beobachten. Doch alles geht so weit gut. Plötzlich ist im Voice-Chat[221] eine Stimme zu hören: „Hey Dudes, are you friendly?" Etwas aufgeschreckt aber auch leicht amüsiert betätige ich schnell die Umschalttaste, um „in-game" direkt zu kommunizieren und spreche mit gekünstelt ruhiger Stimmlage: „Hi there! Yes, we are just exploring the game peacefully." Nahezu gleichzeitig ermahnt mich mein Kumpel im *Teamspeak* vor allzu blindem Vertrauen und gibt mir den Rat: „Traue niemandem in diesem Spiel!" Doch auch wenn es vielleicht vorteilhaft erscheint, in dieser Virtualität erst zu schießen und dann zu fragen, appelliere ich an meine reale Moral und verhalte mich entsprechend freundlich. Ohne Grund vermeintlich friedliche Spieler zu erschießen, würde mich nicht ruhig schlafen lassen, erkläre ich nebenher meinem Kollegen. Dann tauchen vor uns tatsächlich zwei Spieler auf, einer wohl mit einem *SKS*-Gewehr bestückt, der andere ein *M4*-Schnellfeuergewehr am Anschlag. „Please, drop your weapons or shoulder them!" brüllt mein Team-Kamerad in den Voice-Chat. Entgegen aller vermuteten Antizipation packen beide tatsächlich ihre Waffen weg, wobei wir dann sel-

---

[221] Im Spiel integrierter Push-to-talk Chat, über den per Tastendruck verbal kommuniziert werden kann. Dabei müssen die Spielfiguren in der *DayZ* Welt in einem Radius von 30 Metern zueinander stehen.

biges tun. Welch tolle Begegnung, ganz ohne Schießerei und Blutvergießen. Wir unterhalten uns ein wenig, tauschen einige Informationen über die nähere Umgebung aus und ziehen dann friedfertig unserer Wege. Positiv überrascht und dennoch angespannt zücken wir beide wieder unsere Waffen, bestimmen unsere Position und planen den Weg zum nächsten Militärstützpunkt, einer besonders heißen und gefährlichen Zone. Doch vorher loggen wir uns an einem sicheren Platz nahe eines kleinen Waldstückes aus, um im Real-Life eine Pause machen zu dürfen.

Nach einer kleinen Lagebesprechung loggen wir uns frisch gestärkt auf einen ebenso frischen Server ein und spawnen[222] sogleich am letzten Logout-Punkt. Die Serverzeit beträgt 15:00 Uhr[223] und die Sonne scheint wunderschön durch hübsch animierte Baumkronen. Hinter meinem Monitor sind die Wetteraussichten weniger erfreulich: graue Wolken am Horizont des Fensterausblicks. Da lobt man sich ja eine postapokalyptische Welt a la *DayZ*, wo Überbleibsel von Zivilisation kaum noch vorhanden sind und es ausschließlich um den „Survival-Aspekt" geht; da ist jeder Sonnenstrahl willkommen – da lohnt es sich zu überleben. Denn wie wir bereits schmerzhaft erfahren haben, beginnt eine virtuelle Wiedergeburt ohne all den schönen Loot, den unser Charakter mühselig über längere Zeit zusammensuchte. Und so philosophiere ich ein wenig im *Teamspeak* über den minimalistischen Anspruch des Games, der lediglich darin besteht, zu sammeln und zu jagen - mal abgesehen von den sozialen Multiplayer-Komponenten. Und das macht unglaublich viel Spaß. Seit dem

---

[222] Spawn: Erscheinen der Spielfigur an einem bestimmten Punkt in der Welt.
[223] Die Zeit auf dem Server lässt erkennen, ob es in der Spielwelt taghell, dämmerig oder dunkel ist.

letzten Patch[224] kann man gar Wildtiere erlegen, heuten, Steaks herausschneiden und über einem Feuerchen grillen. Richtig urig! Das bringt mich auf die grandiose Idee, dieses neue Feature mal auszuprobieren, anstatt zielstrebig nach neuem „Military-Loot"[225] zu gieren. Mein Vorschlag kommt gut an: „Haben wir denn auch alle nötigen Utensilien?" fragt mein Mate[226]. Daraufhin untersuche ich erst einmal das Inventar. Ein altes Küchenmesser hatte ich in weiser Voraussicht letztens mitgehen lassen, Tuchfetzen sind noch vorhanden und eine Axt zum Schlagen von Feuerholz und Stöckchen trägt mein Charakter auf dem Rücken. Das dürfte reichen. Nahe dem Waldstück entdecken wir einen Hochsitz; vielleicht das Zeichen für ein gutes Jagdrevier? Zumindest legen sich unsere Charaktere auf die Lauer und schon ein paar Sekunden später erblicken wir zu unserem Erstaunen einen grasenden Hirsch. Prompt schieße ich auf das virtuelle Wildtier und es geht sogleich zu Boden. Echtes Jagdfeeling kommt auf, obgleich ich im echten Leben Vegetarier bin. Gespannt renne ich zur erlegten Beute. Jene liegt regungslos zwischen den detailliert animierten Grashalmen auf einer Lichtung. Dann erteile ich meiner Spielfigur den Befehl, das Küchenmesser zur Hand zu nehmen und fahre mit dem Fadenkreuz über den toten Hirsch. Per F-Taste häute ich diesen und schneide sogleich ein paar saftige Steaks heraus. Mit „Tab" öffnet sich Inventar- und Umgebungsanzeige, worauf die sechs rohen Fleischstücke sofort in meinem Rucksack landen. Weiter geht's mit Baumfällen und Stöckchen sammeln, dann suchen wir ein lauschiges Plätzchen für unser erstes Barbecue. Zunächst wird

---

[224] Patch: ein Software-Update, das neue Features bereitstellt und/oder Fehler behebt.
[225] Militärische Beute, insbesondere Waffen und Munition.
[226] Mate: Teamkamerad.

ein sogenanntes Kit erstellt, bestehend aus Stöckchen und einem Tuch: die entsprechenden Gegenstände werden dazu im Inventar miteinander kombiniert. Jenes Kit lege ich dann auf den Boden und packe etwas Feuerholz dazu. Zu guter Letzt entzündet mein Charakter das Feuer mit Streichhölzern – Voila! In der Umgebungsanzeige wird die Feuerstelle nun inklusive sechs freier Plätze angezeigt – dort gehört das rohe Fleisch hinein, welches ich sogleich aus meinem Rucksack mit einer flotten Mausbewegung ziehe. Fasziniert schauen wir nun an, wie die einzelnen Steaks immer röter werden, was wohl den Grad der Hitzentwicklung darstellen soll. Nach ca. 10 Minuten sind unsere rohen Fleischstücke nicht nur im Hintergrund der Kacheln[227] knallrot, sondern auch insgesamt gut durchgebraten. Fährt man nun mit der Maus über sie hinweg, so wird angezeigt, dass es sich um verzehrfertiges gebratenes Fleisch handelt. Gemächlich packe ich schon einmal drei Steaks ein, um sie sogleich zu konsumieren. Doch schon wenig später ist der Rest auf dem urigen Grill verbrannt. Verbranntes Fleisch bekommt unseren virtuellen Freunden ebenso schlecht, wie rohes – ein schmaler Grat während der Zubereitung – das wird sicher noch „gepatched".[228] Amüsiert von derartigen Details verlassen wir die brennende Feuerstelle und machen uns auf den Weg zu einem ebenso heißen Pflaster, allerdings im anderen Sinne: der größte Militärflughafen im Nordwesten, wo es ungeahnten Loot zu plündern gibt und der ein wohlbekanntes und heiß begehrtes Gebiet für Banditen aller Art darstellen soll. Unterwegs kommen wir an einer abgelegenen Tankstelle vorbei, deren Explosion neuerdings

---

[227] Mit Kacheln sind quadratische Plätze (Slots) gemeint, in die Gegenstände gelegt werden können.
[228] Durch einen Patch (Update, Ergänzung) behoben oder veränderte Eigenschaften einer Spielmechanik.

wunderschön animiert ist – laut den letzten „Patchnotes"[229]. Deshalb wagt mein übermütiger Freund eine kleine Schießübung auf Zapfsäulen. Nach einigen Schüssen explodiert tatsächlich mit einer überaus ansehnlichen Animation und lauten Sounds die gesamte Tankstelle, woraufhin eine gewaltige Rauchwolke in vertikale Luft steigt –das Gebäude jedoch zeigt sich unverändert. Wohl eher ein kleines optisches Gimmick für den Moment als mit realistischen Konsequenzen beseelt - jene Möglichkeit, Explosionen herbeizuführen. Alles noch nicht ausgereift, aber im Ansatz vorhanden: So feiern und bemängeln Alpha-Spieler ambivalent Features und Bugs in *DayZ*. Wir hingegen sind ausschließlich stille Genießer, finden uns mit jenen und diesen Dingen im Endeffekt einfach ab und erkunden pathetisch die große virtuelle Welt – im Einklang mit einem weitgehend funktionstüchtigen Programmcode.

Es wird dunkel. Zu lange halten wir uns jetzt schon auf, in diesem von der Zeit gespeisten Raum. Dämmerung übermannt uns, Spannung steigt. Die Optik unserer Charaktere wandelt sich zum Schwarzen, zu einer Grafik, die nur Dunkles im Sinn hat. Nacht bricht langsam herein und ein Blick auf Serverlisten[230] verrät uns, dass wir nicht alleine sind. Vorsichtig pirschen wir an Anhaltspunkten entlang: Ein Bahngleis führt fast direkt zum hochfrequentierten Loot des wohl größten militärischen Geländes. Nach gut zehn Minuten erreichen wir einen finsteren bewaldeten Hügel, der sich südlich der Bahngleise vor uns aufbaut. Sterne funkeln am Himmel und ein heller Mond spendet etwas Licht, so dass zumindest Umrisse jener Landschaft zu erkennen sind, die sich majestätisch

---

[229] Erläuterungen über Veränderungen durch einen Patch, bzw. ein neues Update.
[230] Mit der Taste „P" wird eine Liste geöffnet, die alle Spieler anzeigt, die sich auf dem Server befinden.

im „field of view"[231] erschließen lassen. Nun geht es südlich der Bahngleise zum großen dunklen Berg, auf dessen Anhöhe sich ein Vorposten des Airfields befindet und von dort aus möchten wir akribisch, taktisch, vorsichtig zu den vielversprechenden Gebäuden vorstoßen, die in diesem Gebiet immer wieder zum Kriegsszenario mutieren, wenn Spieler unverhofft aufeinanderstoßen und gierig um Loot kämpfen. Diese wohlumkämpften Gebäude sind freilich auch auf einer frei zugänglichen Karte verzeichnet, deren Informationsgehalt auch unsere Wenigkeit in Anspruch nimmt. Schließlich möchten wir gezielt partizipieren, genau dort, wo es um die beste Ausrüstung geht. Prompt sind Schüsse zu hören. Mein Kumpel rät aufgeregt zur genauen Erkundung der Umgebung. Vor uns baut sich die Militärbasis auf, an der Spitze des Berges an einer Lichtung umgeben von hohen Bäumen. Wieder fällt ein Schuss. Das Gebäude mit dem höchsten Waffenloot (die Karte des Zweitrechners zeigt dort einen großen roten Punkt) offenbart sich in seiner vollen Größe. Wir pirschen an einer Mauer entlang und lugen durch einen kleinen Spalt, um herauszufinden, ob die Tür noch verschlossen ist. Ein zumeist trügerisches Zeichen, das eine Unversehrtheit des Ortes suggerieren kann. Der ein oder andere Spieler schließt gerne Türen hinter sich, doch die Regel ist das nicht. In unserem Fall scheint alles noch unangetastet zu sein: sämtliche Türen und Tore sind verschlossen. Plötzlich stürmen zwei fremde Spieler vor unseren Augen auf das hiesige Gefängnis zu – dem Gebäude, wo sich oft gute Waffen, Munition oder andere nette Gimmicks finden lassen. „Ich hab ihn!" schreit mein überhasteter Kamerad in sein Mikrophon. Laute Salven seiner *M4*

---

[231] Sichtfenster, das in den Einstellungen angepasst werden kann. Je höher, desto weiter die Sicht und desto mehr erforderte Rechenleistung der Grafikkarte.

erschüttern die Umgebung. „Feind am Boden!" „Feind? Du bist mir ja einer." entgegne ich zynisch. „Erst schießen, dann fragen – das ist in der Regel die Devise in diesem Spiel." bekomme ich daraufhin zu hören. Während wir relativ unaufgeregt miteinander plaudern nimmt uns der zweite mutmaßliche Gegenspieler mit einer Schnellfeuerwaffe unter Beschuss. Per Rechtsklick wechsele ich in den Zielmodus meines Scharfschützengewehres und visiere den Eingangsbereich des Gebäudes an, wo ich den verbleibenden Spieler vermute. Dann schaut er um die Ecke und mein erster gnadenloser Headshot[232] bahnt sich an. Bei gedrückter rechter Maustaste hält das virtuelle Alter Ego den Atem an und das Zielen fällt wesentlich leichter; so kommt es dann auch, dass ich ganz genau treffe. Auch vor dem Bildschirm blieb mir in diesem Moment die Luft weg und nun macht sich Erleichterung breit – Gefahr gebannt. Dann pirschen wir uns weiter vor. Mein Freund möchte das Gebäude untersuchen, während ich ihm Feuerschutz geben soll. Aus sicherer Entfernung beobachte ich seine Aktion durch das Zielfernrohr meiner *Mosin*[233] und gebe via *Teamspeak* Entwarnung, obgleich natürlich jederzeit erneut Gefahr drohen kann. Er findet einige nützliche Dinge, unter anderem eine Feldflasche, reichlich Munition und eine schwarze Weste mit zwölf Inventar-Plätzen. Gut gelaunt treffen sich unsere beiden Charaktere an einer südlich gelegenen Straße, die uns direkt zum größten Flughafen der Karte führt. Inzwischen hilft das Hochstellen des Gamma-Wertes[234] kaum noch, um auf Entfernung einigermaßen gut sehen zu können. Zum Glück ereignete sich die erfolgreiche Schießerei eben

---

[232] Kopfschuss.
[233] Russisches Scharfschützengewehr.
[234] In den Optionen kann dieser Wert angepasst werden und hilft bei Dunkelheit, besser zu sehen.

noch in annehmbaren Lichtverhältnissen, doch nun wird es wahrlich kriminell. Nächtliche Erkundungen haben zwar den Vorteil, dass man nicht so leicht gesehen wird, aber umgekehrt sieht es eben auch nicht besser aus – potentielle Feinde können in der tiefschwarzen Dunkelheit überall lauern. Vorsichtig pirschen wir Richtung Flugfeld, zum begehrten Tower und zu den Hangars, wo oft militärische Raritäten zu finden sind. Mit dem letzten Patch wurde eine neue Waffe, namentlich *AK 47*, implementiert und natürlich dürstet ein jeder Spieler danach, solch innovative Contents auszuprobieren – jeder neue Stoff ist eine Versuchung wert. Der Server ist weiterhin überfüllt und die tiefschwarze Nacht macht uns zu schaffen, so dass wir uns dazu entschließen, einen Wechsel auf Tag und Leere zu vollziehen.

Nach einer kleinen Kaffeepause durchstöbere ich die Serverliste nach etwas Geeignetem – hell und leer soll es sein, damit möglichst kein Kontakt am Flugfeld zu Stande kommt und wir in Ruhe auf Loot-Suche gehen können. Ein Server mit dem amüsanten Namen „Sterbehilfe" fällt ins Auge: vier von dreißig Spielern und frisch bei Tageslicht gestartet – wunderbar! Wir loggen uns voller Erwartung ein und besprechen sogleich, wer welche Regionen des Flugfeldes durchkämt: Mein Charakter kümmert sich um Gefängnis, Tower, Lagerhallen und Hangars, während die weitläufigen Zeltreihen im angrenzenden Lager von meinem Kumpel übernommen werden. Risikofreudig im Anbetracht geringer Spielerzahl auf der Liste durchstöbern wir zwar mit gezückter Waffe, jedoch ohne besondere Vorsicht das Gebiet und finden tatsächlich eine grandiose *AK-M*, diverse Magazine für eben diese und eine Menge anderen brauchbaren Loot. Nun sind unsere Rucksäcke, Westen, Hosen und Jacken endgültig prall gefüllt mit Nahrung, Wasserflaschen, Munition, Medizin (Morphium, Ephedrin, Antibiotika, etc.) und anderen nützlichen Items.

Mein Scharfschützengewehr tausche ich aus reinem Interesse entgegen taktischer Vernunft gegen das neue AK-Schnellfeuergewehr, welches ich gleich mit einem vollgeladenen Magazin aufmunitioniere. Nun überfällt uns ein nihilistisches Unbehagen in dieser Open-World, denn besser kann es kaum mehr gehen und so verfliegt auch der Sinn unserer Unternehmungen. Was also tun? „Lass uns ruhig mal die Konfrontation suchen!" entgegnet mein Mitstreiter auf die Frage, welchen Sinn unsere virtuelle Existenz nun noch hat. Auf dem Airfield herrscht ja gerne reger Betrieb, was dazu verleitet, die Charaktere getarnt am Rande zu positionieren und in Lauerstellung auf potentielle Feinde zu warten, doch der aktuelle Server ist fast leer, woraufhin wir schnell ein Hopping[235] veranstalten. Jegliche Begegnungen in diesem Spiel sind der unheimlichen Art, lassen Adrenalin in die Höhe schnellen und das Herz rasanter schlagen – genau jenen Kick suchen wir; die unberechenbaren Vertreter einer affenartigen Spezies vor ihren Bildschirmen aufs Kreuz zu legen ohne dabei selbst ins Gras beißen zu müssen. Ein Server mit sechsunddreißig Spielern wird ausgewählt und auf meinem Monitor erscheint ein Countdown, der „Spawnzeit"[236] herunterzählt. Just in dem Moment, wo sich die farbenfrohe Umgebung offenbart, höre ich bereits eine wilde Schießerei, es scheint also etwas los zu sein. Am Rande der Start- und Landebahn des Flugfeldes verharre ich getarnt in einem Busch und beobachte insbesondere die Gebäude. Schon jetzt bereut mein virtuelles Ich die Verwerfung des Scharfschützengewehres, wäre es doch eine Wohltat, die Möglichkeit zu nutzen, aus dem Hinterhalt per

---

[235] Wechsel zu einem anderen Server.
[236] Um das Server-Hopping in Kampfsituationen unattraktiver zu machen, muss eine Minute gewartet werden, ehe der Spieler erneut joinen kann.

Visier anzugreifen, so nun muss ich mit dem Schnellfeuergewehr näher ans Geschehen. Mein Partner spawnt etwas verzögert unweit meiner eigenen Erscheinung. Vor unseren virtuellen Augen läuft tatsächlich jemand mitten auf dem Flugfeld entlang – scheinbar zielgerichtet mit gezückter Waffe. Per gedrückter Umschalttaste nehme ich auditiven Kontakt auf: „Hey Dude, stop runnig and put down your weapon!" Zur Überraschung stoppt er daraufhin und schnallt sein Gewehr auf den Rücken. Wir gehen vorsichtig auf ihn zu. Nach einer kleinen Unterhaltung versichert uns dieser freundlich wirkende junge Mann, der sich „ingame" lieber weiblich präsentiert, dass von ihm keine Gefahr ausgehe, aber wohl seinen Auskünften zu Folge Banditen in näherer Umgebung ihr Unwesen treiben. Wir fragen ihn höflich, ob er sich uns anschließen möchte, so wäre es doch eine Gaudi, zu dritt jenen Unruhestiftern den Gaos zu machen. Er willigt ein und fragt „by the way"[237] nach etwas Trinkbarem – seine Vorräte scheinen erschöpft. Ich durchforste mein Inventar und lege zwei Dosen Bier auf den Boden, doch just in diesem Moment rattert ein Schnellfeuergewehr, MP oder ähnliches in unmittelbarer Umgebung. Panisch brülle ich ins *Teamspeak*, drehe meinen Charakter um 360 Grad und bin sogleich tot, schwarz mit weißer Schrift: „You're dead." Mein Kumpel schreit ebenfalls wutschnaubend und berichtet mir sogleich von einem Hinterhalt mit dem grandiosen Lockvogel, auf den wir naiv hereingefallen sind. Keine Chance – es haben sich wohl zwei seiner Verbündeten herangeschlichen und unsere abgelenkten Charaktere hinterrücks niedergestreckt. Welche Demut! Genervt müssen wir uns zwangsweise von dem mühsam zusammengesuchten Loot trennen und fangen wieder bei null an: Restart; aber vorher entschließen wir uns dazu, das Game ein

---

[237] Im Online-Jargon gerne mit „btw" abgekürzt: beiläufig.

wenig ruhen zu lassen und auf neue Updates zu warten. „Wenn Du Lust hast zu zocken, so melde dich via *Steam* oder *ICQ*." „Server disconnected.", sind die letzten Worte jener Cyber-Frauenstimme des *Teamspeak*-Programms, die mich erreichen – schnell hatte ich das Kreuz in der rechten oberen Ecke geklickt – ausgeklinkt.

Nach einer guten Woche Spielpause erreicht uns die Nachricht eines größeren Updates. Gespannt studiere ich daraufhin die Patchnotes: zwei neue Städte im Norden, ein neues Wildtier, neue Helme und Uniformen, eine weitere Handfeuerwaffe, Angelhaken inklusive Würmer, Seil und Stock, Fische und vieles mehr, was es zu entdecken gilt. Außerdem sind einige Fehler behoben sowie diverse Soundeffekte implementiert worden. Also auf ein Neues! Bereits im *TS* eingeloggt warte ich in der Lobby von *DayZ* und spähe schon einmal einen geeigneten Server aus. Wie so oft ist dabei der Fokus auf Tageslicht und geringe Spieleranzahl gerichtet. Ein deutscher Server mit dem Namen „Butter bei de Fische" fällt ins Auge: frisch gestartet mit lediglich zwei virtuellen Persönlichkeiten an Bord. In diesem Moment betritt mein Mate den *TS*-Channel und erzählt sogleich, dass er Verstärkung besorgt hat, die gleich im *TS* eintrifft. Er überzeugte wohl eine Freundin, in dieses überwiegend von männlichen Usern gespeiste Universum einzutauchen – welch eine Wohltat. „User joined channel." Die feminine Stimme stellt sich vor und stellt wissbegierig Fragen rund um die Installation des Games. Mein Kumpel klärt sie prägnant auf – dafür muss man keine Raketenwissenschaftlerin sein. Leider dauert der Download ein wenig, ansonsten geht alles weitere recht fix. *DayZ* verfügt nicht über sonderlich komplexe Grundeinstellungen wie manche „MMORPGs"[238], wo virtuelle Charaktere zunächst auf-

---

[238] Massive Multiplayer Online Role Play Games.

wändig eingerichtet werden müssen. Und schon geht es los. Doch nun muss unsere weibliche Mitstreiterin erst einmal die grundlegende Steuerung und weitergehende Funktionen kennenlernen. Da kommen schnell Fragen zu Inventar und Interaktion mit der Umwelt auf. Bewegung in der Welt ist standardmäßig mit den WASD-Tasten belegt; das weiß sie schon. Tab fürs Inventar und „F" für die Interaktion wird schnell eingeübt, Gesten über die F1-F10 Tasten entdeckt und Kameramodi via Return angeschaut. Sie lernt schnell, erkundet bereits das erste Haus und sammelt einen Apfel ein: per Rechtsklick wird dieser sogleich verzehrt. Ein Manko bei diesem durchaus durchdachten Überlebenssimulator ist die wahrscheinlich gewollt realistische Tatsache, dass man so ohne weiteres nicht seinen Aufenthaltsort bestimmen kann. Dazu braucht es nämlich eine externe Karte und Anhaltspunkte wie Ortsschilder im Spiel. Wer es möglichst realistisch haben möchte, kann sich auf die In-Game-Maps, die mühsam gesucht werden müssen, beschränken und bei jeglicher Kommunikation auf Walkie-Talkies oder an Raum gebundenen Sprachchats zurückgreifen. Doch das machen wohl die Wenigsten – zu mühsam und zeitaufwändig stellt sich das Unterfangen dar, welches leicht durch Zusatztools wie *Teamspeak* und Browser mit Map, bzw. Zweitrechner mit selbigem, umgangen werden kann. Einzig ein Kompass, der freilich auch ins Inventar flutschen muss, bringt für die Orientierung „in game" wundersame Vorteile, um sich zumindest grob zu orientieren, wenn man denn Anhaltspunkte wie Sonne, Mond oder Küste hat. Unsere Truppe möchte möglichst schnell zusammenfinden, so kann zumindest bei den zahlreichen umherstreunenden KI-Zombies besser agiert werden und der Kampf gegen jene Kreaturen erfordert durchaus Übung – vor allem zu Beginn, wenn lediglich Äxte oder Baseballschläger zur Verfügung stehen. Für Feuerwaffen muss

immer auch die Munition passen, was Anfängern bei der Vielfalt verschiedenster Kaliber nicht gerade leicht fällt, zudem man meist schon viel Zeit damit verbringt, kompatible Magazine und Munition zu finden. Gefährliche Militärzonen eignen sich natürlich für ergiebige Beute, wie wir bereits gesehen haben, doch möchten wir alle zusammen solch ein Gebiet erkunden: Also – als erstes Positionsbestimmung und Treffpunktvereinbarung, sowie Hilfestellung unserer lieben Dame beim Auffinden eben dieser. Angestrengt versucht Karo einen Hinweis zu entdecken, der Aufschluss gibt, wo sie sich befindet. Unsere beiden erfahrenen Überlebenskämpfer haben dies bereits herausgefunden – nach einigen Reinkarnationen bekommen Spieler ein Gefühl für ihre Umgebung und jene Positionen verheißen logistische Effizienz für das Zusammentreffen, denn wir sind nicht weit auseinander an der Ostküste der Karte gespawnt. Karo hingegen berichtet von einer riesigen Stadt, die sich soeben vor ihrem virtuellen Auge aufbaut, scheinbar im Landesinneren – Wasser hingegen ist nirgends zu entdecken. Aufgrund eines Ortsschildes, welches allerdings mit kyrillischen Schriftzeichen versehen ist, können wir auf unseren externen Karten, wo auch die Übersetzungen aller Städtenamen zu finden sind, genau bestimmen, um welche Stadt es sich handelt: *Novomitrovsk*, die Metropole des Nordens. Neuartige Gebäude soll es geben und da noch niemand dieses recht frisch implementierte Pflaster kennt, entschließen wir uns dazu, genau dort den Treffpunkt zu setzen. Während unsere beiden Charaktere den gefahrvollen Weg gen Norden aufnehmen, kann Karo in Ruhe und mit etwas Vorsicht die urbane Zone erkunden und sich in Supermärkten sowie Wohnhäusern mit ersten Dingen ausrüsten.
Einige Zeit später, nach einer kleinen Phase des Schweigens, schreit unsere Freundin hysterisch in ihr Mikrophon und liefert sogleich den Grund: „Zombies greifen an!" Wir empfeh-

len Flucht im Rennmodus via Doppel-W. Sie erstattet Bericht von einer wilden Verfolgungsjagd und versucht sich in Sicherheit zu bringen, doch das ist, wie wir ihr nahelegen, nicht sonderlich einfach, da die unliebsamen Untoten gerne durch Türen und Wände „glitchen"[239] – da muss noch ordentlich programmiert werden. Trotzdem schafft sie es, ihre Verfolger abzuschütteln, allerdings nicht ohne dabei Schaden zu nehmen: „Ich blute!" schreit sie panisch über den *TS*-Server. Schnell gebe ich eine verbale Anleitung zum Verbinden: „T-Shirt ausziehen, ins Inventar legen, Rechtsklick, Zerreißen, Rechtsklick auf die Fetzen und Bandagieren auswählen, fertig." Brav wird alles befolgt und sie überlebt ihre erste folgenreiche Attacke. Adrenalingeladen äußert Karo den Wunsch, dass wir uns doch beeilen mögen und sie derweilen in einer kleinen Hütte auf uns warten mag. Ihrer virtuellen Dame sei kalt und zwei bräunliche Hinweise auf Hunger und Durst zieren den Status des Inventarmenüs.[240] Aufgewühlt teilt mein Kumpel mit, dass dies nicht lange gut geht und sie sich zumindest auf die Suche nach Essen und Trinken begeben sollte. Oder es gibt noch die Möglichkeit, sich auszuloggen und zum Zeitpunkt der Ankunft unserer Experten wieder einzuklinken; auf dem Weg haben wir bereits schon einiges an Verpflegung in unseren frisch gefundenen Rucksäcken verstaut. Feige aber weise entscheidet sie sich für den Log-Out – denn eine weitere Wiedergeburt würde uns aller Wahrscheinlichkeit nach wieder auseinanderreißen in Planung und Treffen. Mit geübter Manier kämpfen wir uns durch sämtliche Dörfer und

---

[239] Fehler im Spiel ausnutzen.
[240] Im Inventar (Tab-Taste) gibt es drei Balken, die von hellgrün bis rot Hunger, Durst und Unterkühlung anzeigen können, wobei keine detaillierten Werte angegeben werden. Braun ist bereits kritisch und rot kurz vor Exitus.

Kleinstädte, looten Verpflegung, finden Waffen in Polizeistationen und Feuerwehrwachen, kleiden uns ein, essen und trinken hin zum „healthy-status"[241], bis nach guten dreißig Minuten *Novomitrovsk* in einem Tal auftaucht. Mein Kamerad kommt fast zeitgleich an, allerdings ging er einen etwas anderen Weg, da wir beide möglichst viel Loot abgreifen und dabei nicht in Konkurrenz treten wollten. Nun sind wir mal wieder vereint – fehlt noch unser gemeinsames Anhängsel. Sie scheint afk[242] zu sein. Also rennen wir enthusiastisch zum Kern der Metropole, um dort beliebte Gebäude zu checken. Polizeistation und Feuerwehrwache sind leider geplündert, der Server läuft wohl auch schon einige Zeit. In anderen Häusern gibt es noch etwas frisches Gemüse und Dosenfutter sowie eine Feldflasche. Wir verschanzen uns im Zentrum der Stadt und beordern unsere Freundin zum Log-In – so genau wissen wir nun auch nicht, wo sie sich gerade aufhält. Wenig später meldet sie sich im *TS* und klinkt sich sogleich ein, dann wird geklärt, wo das Fräulein genau zur gemeinsamen Exkursion abgeholt werden kann. Unweit unserer Position treffen wir sie an, leisten erste Hilfe in Befriedigung zweier Grundbedürfnisse, bis ihr Status hellgrün erleuchtet. Bisher haben unsere beiden Schusswaffen noch keine passende Munition – das möchten wir ändern. Für den Nahkampf verfügen die beiden Erfahrenen bereits über eine Axt, Karo hingegen hat lediglich einen Baseballschläger im Inventar. Ein gemeinsamer Streifzug durch die Metropole beschert allen Beteiligten weiteres Equipment und genug Verpflegung für eine längere Wanderung, außerdem finden wir eine Axt für Karo und etwas Munition für mein *SKS*-Gewehr. Begleitschutz des

---

[241] Statusanzeige, die im hellen Grün höchste Gesundheit bescheinigt.
[242] Away from keyboard.

Bambis[243] ist also gesichert. Unsere Gruppe macht sich auf den Weg, wie könnte es anders sein, zum großen Flugplatz, der am nordwestlichen Ende der Karte liegt. „Der Wandersimulator stellt sich ein!" tönt es zynisch im *TS*. Leider gibt es noch keine Fahrzeuge, die allerdings für kommende Patches angekündigt wurden. So lange müssen alle Spieler auf Schusters Sohlen vertrauen, wenn sie Entfernungen bewältigen möchten. Also begeben wir uns auf einen langen Fußmarsch entlang der nördlichen Hauptstraße, vorbei an Wald und Wild. Karo kreischt laut, als sie einen Hirsch abseits der Straße auf einer Lichtung entdeckt. Des Entertainments willen schieße ich das Tier und da mein Kumpel sogar ein Messer dabei hat, entzünden wir ein Lagerfeuer, um ein wenig Fleisch zu verspeisen. Begeistert schaut unser Bambi auf das Prozedere: Kleidungsfetzen mit Stöckchen kombinieren, „Feuerplatz-Kit" fertigen, Baum fällen, Holz abgreifen, alles aufeinanderlegen und mit Streichhölzern entzünden. In weiser Voraussicht hatte ich eine Packung mitgehen lassen. Dann werden Fleischstücke, die zuvor aus dem Hirsch mit einem Messer herausgeschnitten wurden, in das Feuer hineingelegt und verweilen dort, bis sie durchgegart sind, denn rohes Fleisch macht krank und schmeckt den virtuellen Personen auch nicht besonders gut. Etwas Zeit verstreicht, dann darf sich jeder ein fertig zubereitetes Hirschsteak nehmen und sogleich verspeisen – Proteine für den bevorstehenden Marsch. Dann geht es weiter. Wir looten unterwegs noch eine kleine Stadt, die auf dem Weg liegt, und kurz vor dem Ziel befindet sich ein größerer Bauernhof, der einiges an Verpflegung zu bieten hat. Karo zeigt sich beeindruckt von unseren Ortskenntnissen, doch die sind leicht über externe Karten zu erklären, obwohl wir uns

---

[243] Als Bambi wird ein schlecht ausgerüsteter Neueinsteiger bezeichnet.

auch schon ohne Hilfsmittel in der Umgebung des Flugfeldes auskennen – war dieser Ort schon in der Vergangenheit Schauplatz wilder Exkursionen und ungewollter Exekutionen. Ich plaudere ein wenig aus dem Nähkästchen, worin sich einige skurrile Erlebnisse befinden, wie die Geschichte mit den gebrochenen Beinen oder auch Erfolgsgeschichten von erlegten Mitspielern, doch wie auch immer etwas verläuft, es endet immer im Exitus mit schwarzem Screen und in Reinkarnation mit Hemd, Hose, Taschenlampe und Batterie.[244] Quasi eine unendliche Schleife, die immer wieder anders ausschaut und dem Gesetz ewiger Wiederkunft glücklicherweise insofern widerstrebt, dass immer alles ganz unterschiedlich verläuft. Nietzsche kannte noch nicht das virtuelle Dasein. Auch unser Bambi kennt es nicht besonders gut, hat sie lediglich Erfahrung mit Handyspielen und auch *Steam* war ihr bis zum heutigen Tage ein Fremdbegriff. Doch sie ist begeistert und erfreut sich an unserer liebevollen Hilfestellung zu allen Belangen des Spiels. Unsere Truppe marschiert weiter durch die Wälder von *Chernarus* bis zu den verdächtigen Mauern des Militärgeländes – und wieder am verdammten Ort angelangt, wo immer wieder blutdurstige Mitspieler warten. Ein Blick auf die Spielerliste verrät, dass der Server relativ leer ist, also wagt unser kleines dreiköpfiges Geheimkommando einen „Loot-Run" quer durch Barracken, Tower, Hangars und Zeltlandschaften. Und tatsächlich, wie fast immer an diesen Militärbasen, werden wir fündig in Sachen Waffen und Munition. Ladies first: Karo rüstet sich mit der *AK-74* und gefüllten Magazinen aus, kleidet sich ein und findet den Bergrucksack, der Größte seiner Art. Einige herumstreunende Zombies werden sogleich von unserer Dame eliminiert. Viel Freude bereitet das neue Gerät, doch lautlos ist anders. Nach einigen Salven

---

[244] Die standardisierte Anfangsausrüstung jedes Spielers.

begeben wir uns gemeinsam in Deckung und beobachten sorgsam die Umgebung: Außer Wind und Vogelgezwitscher ist nichts zu hören, das postapokalyptische Ambiente wird mit leisen Tönen in Szene gesetzt. Plötzlich ertönt ein lauter Knall, vielleicht eine Explosion in mittlerer Entfernung. Diskussionen über die Ursache entbrennen; an sich kann es nur eine Tankstelle oder eine Granate gewesen sein, andere Knaller-Effekte sind uns nicht bekannt. Da sich inzwischen der Server gut gefüllt hat, steigt gleichermaßen das Adrenalin, doch Karo bleibt erstaunlich gefasst, hat sie bisher noch nicht den Schrecken einer hinterhältigen Attacke erlebt, die mit steigender Spielerzahl immer wahrscheinlicher wird. Die erfahrenen Hasen beschließen, eine Route einzuschlagen, die zur nächsten großen Stadt gen Süden führt, um dem Neuling ein wenig die virtuelle Kultur einer tschechischen Nachempfindung näher zu bringen. Jede Stadt hat ein möglichst einzigartiges Flair, auch wenn sich gewisse Gebäude im Design typologisieren lassen – das bleibt in Spielewelten nicht aus, so sieht jeder Supermarkt, jede Polizeistation, Kneipe, usw. gleich aus, was den Überlebenden natürlich hilft, bestimmten Loot ausfindig zu machen. Wohnhäuser hingegen sind zwar recht abwechslungsreich gestaltet, doch auch hier gilt: Die Qualität der Beute ist nach Gebäuden klassifiziert, am beliebtesten sind sogenannte Herrenhäuser mit grünen Balkonen, wo oft Waffen und Munition aufbewahrt werden aber auch bestimmte Fassaden lassen auf speziellen Loot schließen. Mit der Zeit richtet man sich intuitiv nach der Optik, während Anfänger gerne externe Karten mit Loot-Wegweiser zu Rate ziehen.

Nach einigen bewaldeten Hügelketten erreicht unser Grüppchen mit den letzten Sonnenstrahlen *Scoby-Sobor*, wo es neben protzigen Denkmählern und Kirchen das übliche Sortiment aller städtischen Gebäudearten gibt. Zunächst fallen einige hässliche Plattenbauten in der Peripherie auf, doch auch wenn man sämtliche Etagen und gar das Dach dieser Wohnblöcke betreten kann, lohnt es sich kaum, dort nach adäquatem Equipment zu suchen. In früheren Versionen konnte man im hohen Stock noch Zuflucht vor den Untoten finden, da diese kaum Treppen hochkamen, doch dieser Bug wurde längst behoben. Allerdings sei in diesem Kontext noch zu erwähnen, dass das „Glitchen"[245] der KI-Zombies durch Türen und Wände hindurch bis zum heutigen Tage noch vermehrt vorkommt. Gut, das ganze Prozedere befindet sich halt noch im Alpha-Status – was soll's. Wir strotzen den Bugs entgegen und hoffen auf alles Gute, was uns die Engine zu bieten hat. Spaß machen Interaktionen mit der virtuellen Umwelt allemal, und vom mangelhaften Welt-Design mal abgesehen, funktioniert das Interface durchgängig befriedigend bis gut. Jene Wertung trifft auch den auffindbaren Loot ganz gut. Wenn auch keine Waffen vorhanden sind, so rüsten wir uns großzügig mit Konserven und frischem Obst sowie Gemüse aus. Viele Wohnhäuser verfügen über eine Küche, die Kochgeschirr und Essen bereithält. Karo fragt, wie ein Kochtopf anzuwenden sei. Wir erklären sogleich, dass Gaskocher und Kartusche dafür notwendig sind und man dieses 3er-Geschirr kombinieren muss, um diverse Rohkost zuzubereiten. Mit dem nächsten Patch soll zur Ernährungslage noch ein Gartenanbausystem eingeführt werden, über das eigene Tomaten gezüchtet werden können. Derartige Gadgets tragen zum Amüsement der Spieler bei. Die wenig subtile Crafting-

---

[245] Ein Glitch bezeichnet prinzipielle Fehler in der Programmierung eines Spiels, die von KI oder Spielern ausgenutzt werden können.

Komponente[246] lässt in Jedem einen Hauch von Kreationismus und Kreativität entflammen, wobei es durchaus andere Überlebenssimulatoren gibt, wo Crafting in einem komplexen System eingebunden ist und in einer sogenannten Sandbox[247] agiert. *DayZ* hat andere Prioritäten, wie zum Beispiel das ausgeklügelte Waffensystem, welches realistisch Magazine, Munition und einzelne Bestandteile der Waffe trennt oder auch das Verhalten der virtuellen Person, die abhängig von Körpertemperatur, Blutfluss und Anstrengung verschiedene Reaktionen zeigt. So zittern Charaktere nach einer Laufpartie deutlich beim Anvisieren potentieller Feinde und können dies durch Ruhephasen vermindern. Blutverlust hingen führt zu deutlichen Einbußen bei der Wahrnehmung – Strich – Grafik, die dann an Farbe und Kontur verliert. Solch einfache Erscheinungen werden in anderen Simulationen noch auf die Spitze getrieben, indem beispielsweise ein psychischer Zustand simuliert wird, der vom Spielerverhalten abhängig ist: Verhält sich der Spieler weltfremd oder unethisch, so kann er am Wahnsinn zu Grunde gehen. Nicht bei unserem Spiel, alles ist erlaubt, nicht alles von Vorteil und einiges appelliert an Vernunft und Moral, doch daran hält sich fast niemand. Shooter-Mentalitäten oder ein KOS-Prinzip[248] sind weit verbreitet. Weibliche Intuitionen unserer Mitstreiterin haben kaum Platz in diesem Universum, doch sei bemerkt, dass auch feminine Adern der überwiegend männlichen Spezies im Spielprinzip untergehen. Ausnahmen bestätigen natürlich wie so oft jene

---

[246] Crafting bedeutet, wie die Übersetzung nahelegt, das Fertigen von Gegenständen durch handwerkliches Geschick oder Blaupausen.
[247] Baukastensystem in einer Open World. „Sandkasten"
[248] Kill on sight (einen Spieler bei jeglicher Begegnung attackieren oder/und töten).

Regeln, die auch in anderen Games Anklang finden. So gibt es führsorgliche Feuerwehrmänner und vergewaltigende Banditen, weibliche Erscheinungsbilder aller Art und viele mehr, doch was überwiegt ist immer eher der Jagd- weniger der Sammlertrieb, wobei letzterer im Loot-Rausch schon zu seinem Recht kommt. Genau dort setzen unsere Charaktere an, wenn sie wie verrückt überall auf Beutefeldzug gehen – in der virtuellen Umwelt nach Brauchbarem suchen. Dabei sind alle Beteiligten fasziniert vom offenen Weltdesign und einer vermeintlichen Unsinnigkeit des Daseins, doch diese Leere, so möchten wir unserem Neuankömmling zeigen, kann gefüllt werden: Da der Server sich immer größerer Beliebtheit erfreut, entscheiden wir, uns in der Nähe eines kleinen Militärstützpunktes am Rande des Urbanen auf die Lauer zu legen. Eine Konfrontation mit menschlichen Spielern hat Karo bisher nicht erlebt, und so forcieren wir solch ein Unterfangen. Wenig später passiert dann das vermeintliche Gebaren einer Begegnung der besonderen Art. Jedes Aufeinandertreffen ist irgendwo etwas Spezielles, so selten wie andersartig erscheint es im Lichte der Programmcodes, im Nirgendwo der Einsen und Nullen, aber doch so nah und unverschlossen, denn wo auf einmal Pixel auftauchen, die von fremder Hand gesteuert werden, so klammheimlich entsteht ein sozialer Bezugspunkt abseits maschineller Erscheinungen. Nachdem wir uns alle in einer Scheune verschanzt haben und aus Fenster und Tor die Umgebung beobachten, kommt es zum sozialen Experiment, das *DayZ* ja auch im Großen und Ganzen darstellen könnte, wenn nicht immer wieder streitsüchtige *Counter Strike* Kinder das Flair eines gesitteten Ambientes zerstören würden. Diesmal jedoch läuft es anders ab: Karo möchte mit ihrer femininen Stimme gerne den Sprachchat testen und tut dies auch vehement mit einem gewissen Rollenspielcharakter. So gibt sie sich kreativ als überlebende Feuerwehrfrau

aus und beschallt die zwei verwirrten Spieler unweit unserer Scheune. Die reagieren prompt mit willkürlichen Ausrufen, laufen panisch umher und suchen Deckung an nahe gelegenen Buschreihen. Amüsiert beobachten wir das Treiben und versuchen in weiterer Konsequenz, eloquenteren Kontakt aufzunehmen. Mein Kumpel fragt nach der Herkunft der beiden Irritierten und versichert Gewaltfreiheit, wenn sie sich ergeben und mit erhobenen Händen aus dem Gebüsch hervorkommen. Nebenbei fragt er uns, ob jemand zufällig Handschellen dabei hat. Das Fesseln unliebsamer Mitspieler ist eben auch eine Möglichkeit der nonverbalen Interaktion und wie der Zufall es will, habe ich tatsächlich welche dabei, irgendwann in friedvoller Voraussicht gelootet. Während im *Teamspeak* heimlich diskutiert wird, was mit den beiden verlorenen Seelen geschehen soll, droht Karo mit geballter Waffengewalt einer ganzen Horde verschlagener Feuerwehrfrauen und –Männer in dem Fall einer Auseinandersetzung. Wohl erstaunt und leicht verängstigt traben die beiden Spieler nichtssagend aus ihrem Versteck, legen Waffen nieder und heben per F3-Taste die Hände hoch. Ein grob gehobeltes „Let be friends!" ertönt in Form einer Stimme, die an einen Pubertierenden erinnert, aber durchaus mit sympathischem Akzent, der auf östliche Beheimatung schließen lässt. Nach einer freundlich gesinnten ausgiebigen Plauderei und einem kleinen Flirt mit Karo entschließen wir uns parallel dazu, einen weniger freundlichen Schritt zu tun: Wir machen Gefangene! Von zynischem Humor begleitet, fordere ich einen der armen Teufel auf, sich umzudrehen und auf den Boden zu knien, damit ich in aller Ruhe das Handschellen-Gadget testen kann. Selbige nimmt mein virtuelles Alter Ego dafür zur Hand und benutzt sie per F-Taste. Siehe da, es funktioniert! Freudige Aufregung ist „in game" sowie im *TS* zu spüren, Gelächter macht sich breit, während der Gefangene verwundert berichtet, interaktiv weitgehend eingeschränkt zu sein, ergo ausschließlich laufen zu können. Einzig allein schlummert die Latenz einer Befreiung durch ständiges Hin- und Her-Wackeln der Arme oder das Öffnen per Schlüssel mit Hilfe einer anderen Person, doch niemand hat solch einen. Ich entschuldige mich ironisch für die Unannehmlichkeiten und gestikuliere ein wenig per Spielfigur. Da niemand aus unserer Gruppe Gewalt- oder Unterdrückungsphantasien hegt, belassen wir es bei diesem kleinen Intermezzo, verabschieden uns freundlich und ziehen gen Süden, um unterwegs die zwischenmenschliche Begegnung noch einmal Revue passieren zu lassen.

Nach einiger Zeit erreichen wir eine weitere Militärbasis, entlegen in einem Waldgebiet, abgeschottet von jeglicher Zivilisation, inmitten naturgegebener Walachei und irgendwie etwas geheimnisvoll. Zunächst sind nur hohe Mauern, Zäune und Wachtürme zu sehen, doch bei näherer Betrachtung durch Ferngläser und Zielfernrohre entdecken unsere Schützlinge Kasernen und ein größeres Krankenhaus innerhalb des Komplexes. Das riecht mal wieder nach Beute und potentieller Gefahr durch Spieler sowie Zombies. Kein Problem, denn schließlich suchen wir ständig neue Abenteuer in einer Welt, die aufgrund ihrer Offenheit durchaus langweilig werden kann. Während wir uns anschleichen, grölen prompt einige Untote Soundeffekte heraus, um uns zu beunruhigen. Routiniert zücke ich daraufhin meine Feuerwehraxt und erledige gekonnt den ersten Angreifer lautlos. Karo scheint von dem taktischen Verhalten beeindruckt, hätte sie selbst lieber direkt voluminös geballert. Eine Meisterleistung in präziser Klick-und Zieltaktik stellt sich ein, fast verbunden mit einem kleinen Flow-Erlebnis, denn so gut klappt das nicht gerade immer. Auch der zweite „Zomboid" wird gekonnt ins endgültige Jenseits befördert. Alle sind begeistert und erfreuen sich an meiner Initiative. Mein Kamerad checkt derweil die leicht unübersichtliche Umgebung und hält Ausschau nach wahren Bedrohungen durch „humanoide" Erscheinungsformen, die zumeist entgegen der Künstlichen Intelligenz unentdeckt bleiben möchten. Doch es scheint hier sicher zu sein, so dass wir getrost ins Herz der Basis vorstoßen. Im Zentrum angekommen beschließen wir, in verschiedene Richtungen getrennt auszuschwärmen und möglichst schnell sämtlichen brauchbaren Loot einzusammeln. Karo findet in einer Kaserne ein voll ausgestattetes *Mosin*-Scharfschützengewehr, das wohl jemand dort gegen andere Beute eingetauscht hat, wie mein Kumpel bemerkt, denn von Natur aus sind diese Waffen eher nur in der Basisausführung zu haben. Gierig folgt er nach der Nachricht Karo in den Kasernenbau und tauscht seine billige *SKS* gegen die hübsche Königsklasse der Sniper. Daraufhin entbrennt eine kleine Diskussion, wer nun welche Waffe haben darf, wobei es hier, wie hin und wieder auch in realen Welten, heißt: Lass der Lady den Vortritt zu sämtlichen Entscheidungen. Im virtuellen Umfeld gelten solche emanzipatorischen Devisen grundsätzlich verstärkt, versteht sich insbesondere die Gaming-Community als fortschrittlich, modern und höflich. So kommt es dann, dass mein Kollege die *Mosin* gegen Karos *AK* tauscht, damit auch sie den Genuss eines Präzisionsgewehres kennen lernen kann. Munitionstechnisch sind alle inzwischen ganz gut bestückt, findet sich überall zumindest mal ein brauchbares Päckchen oder auch das ein oder andere gefüllte Magazin. Meine Person giert stetig nach neu implementierten Dingen wie zum Beispiel Granaten, die das „Loot-Programm" äußerst rar erscheinen lässt. Solche Gadgets finden sich momentan ausschließlich bei sogenannten „Heli-Crash-Sites", wo ein abgestürzter rauchender Hubschrauber liegt und in dessen Innerem die rarsten Gegenstände verteilt sind, insbesondere seltene Waffen und eben diese tollen Handgranaten, deren Effekte äußerst sehenswert sein sollen. Doch Derartiges finden wir nicht. Nachdem die Basis komplett durchsucht wurde, beschließt unser Trüppchen, weiter gen Süden zu ziehen, in die Metropolen der hiesigen Küstenregion. *Chernogorsk* und *Elektrozavodsk* stellen die größten urbanen Gebiete des Südens dar, wo sich auch einige Spawn-Punkte[249] befinden, was zunächst keine sonderliche Bedrohung ausmacht, jedoch aufgrund eines nahegelegenen Militärflughafens dazu führen kann, dass frisch gerüstete Spieler zu Hauf angetroffen werden. Die beiden im Jargon der opportunen Abkürzungen als Cherno und Elektro bezeichneten Städte sind so oder so gerne Schauplätze menschlicher Begegnungen und Auseinandersetzungen. Zudem wimmelt es von untoter künstlicher Intelligenz. Vor dem Betreten des heißen Pflasters möchten wir uns alle noch stärken, quasi dafür sorgen, dass jeder Charakter „energized" und „hydrated"[250] ist. Dafür holzen wir einen Baum und entzünden ein Lagerfeuer, während Karo mit ihrem Scharfschützengewehr in den angrenzenden bewaldeten Hügeln auf Jagd geht, um tierisches Protein zu schießen. Ich hingegen nehme sämtliche Feldflaschen an mich und versuche, zum nächstgelegenen Brunnen zu gelangen, damit der Flüssigkeitshaushalt auf ein Maximum getrieben werden kann. All solche Vorbereitungen sind von Vorteil, mit größtmöglicher Fitness lebt man länger im Falle einer Verletzung und grundsätzlich ist eine Bevorratung des positiven Zustandes zu empfehlen, da in schwierigen Situationen kaum Zeit für „Körperpflege" bleibt. Wie schon erwähnt liegt hingegen der psychische Zustand ausschließlich vor dem Monitor, im realen Menschsein, an der Schnittstelle zur Materie. La-

---

[249] Mögliche Koordinaten auf der Karte, an denen Spieler neu starten („spawnen").
[250] Bestmögliche Zustände der Charaktere.

tente Psychopathen sitzen vor dem Computer, virtuelle Persönlichkeiten entwickeln hier kein Eigenleben. Folglich haben wir momentan ausschließlich Probleme mit dem Körper unserer Protagonisten, die stetig Energie und Flüssigkeit verbrauchen oder über Kälte klagen. Doch das Verpflegungsprogramm fruchtet – Karo bringt einen zerlegten Hirsch und ich habe alle Flaschen an einem nahegelegenen Brunnen befüllt. Unser dritter Mensch im Bunde lag derweilen auf der faulen Haut und hat sich am Lagerfeuer gewärmt. Ich schmeiße überschüssige Flaschen in die Runde, das Fleisch grillt und alle genießen vermeintliche Ruhe vor stürmischen Zeiten interaktiver Begegnungen. Im freundschaftlichen Kreis vertilgen wir sämtliche Steaks und saufen Wasser bis zum Erbrechen, dann geht es los zur nächstbesten Area, die Loot und Abenteuer verspricht. Hochhäuser bauen sich langsam im Süden auf, während wir über die Hügel streifen und uns heimlich nach vielfältiger Urbanität sehnen. Nichts gegen das ursprüngliche Naturerleben mit tollen Wetteranimationen inklusive rauschendem Wind und aufsteigenden Vögeln, doch nach einiger Zeit spartanischer Lebensweise im Dschungel der Wildlife-Grafik, düngt es doch die Meisten nach Beton und Stahl. Zudem fehlt einfach begehrenswertes Equipment, das in den schönsten Formen grundsätzlich immer in Gebäuden liegt, selten auf weiter Flur, so gut wie nie ohne Grund und nie ohne die Tatsache, dass es jemand abgelegt hat. Natürlich freut sich jeder über eine frische Leiche oder daher geworfene Gegenstände, doch ist es die ursprüngliche Beute, von der man in erster Linie Besitz ergreifen möchte und die hinter zumeist verschlossenen Türen schlummert. Von einem kleinen Berg aus beobachten wir sorgsam nahegelegene Häuser, entdecken dabei einige Zombies und deuten alle Faktoren dahingehend, dass noch kein menschlicher Spieler in letzter Zeit an jenem Ort gewesen zu sein schien. Auch aktuell ist keine fremde Seele auszumachen. In trügerischer Sicherheit wiegend stürmen unsere drei Gestalten los, inspizieren sämtliche Gebäude, die Loot versprechen, und erledigen nebenbei noch ein paar Untote im lautlosen Nahkampf. Leider entpuppen sich erste Hausdurchsuchungen als wenig lukrativ, doch im Zuge unserer geplanten Brandschatzaktion geht es schnell Richtung Zentrum, zu Polizeiwache, Feuerwehr, Krankenhaus, Herrenhäusern sowie diversen Fabrik- und Bürogebäuden – das verspricht mehr. Nicht gerade nach dem Standard eines Sondereinsatzkommandos, sondern eher getrieben von Gier und Laune, durchkämmen wir schnell sämtliche Hot-Spots. Plötzlich fleht Karos feminine Stimme um Hilfe. Eine unübersichtliche Gruppierung mehrerer potentieller Bösewichte hat sie im nahegelegenen Krankenhaus eingekesselt. Sie berichtet von tiefen englischen Tönen mit russischem Akzent, ist von Angst um ihren virtuellen Leib getrieben und hat sich vorsichtshalber ergeben, Waffen niedergelegt und die Hände hochgenommen. Alarmiert enthusiastisch, die spielerische Sache sehr ernst nehmend, brüllt mein Kumpel im TS: „Ruhe bewahren! Wo genau bist Du? Wie viele Spieler kannst Du sehen?" Ich hingegen halte mich verbal zurück und bringe meine Spielfigur erst einmal zu einer übersichtlichen vermeintlich sicheren Stelle in einem Hinterhof. „Koordination, liebe Leute! Wir werden Dich befreien!" heißt es weiter von unserem zumindest einigermaßen erfahrenen selbsternannten General einer geheimen Kommandosache. Kurz darauf berichtet Karo, wie sie mit den Aggressoren kommuniziert; sie sollen von ihrer Weiblichkeit eingeschüchtert sein und hegen glücklicherweise keine Erniedrigungsphantasien, dennoch stehen nun vier schüchterne schwer bewaffnete Russen um ihr virtuelles Frauenbild herum und beraten vermutlich über einen externen Sprachchat, was zu tun ist. Unsere beiden zum Sondereinsatz beorderten Figürchen geht es in Punkto

Ratlosigkeit ähnlich, so wissen wir nicht, wie wir das Dilemma auflösen könnten. Weitere kostbare Zeit vergeht und entschlossen pirschen wir klammheimlich zum Ort des akuten Geschehens, zur andererseits chronischen Bedrohung jedweder „Menschlichkeit" in einem künstlichen Universum. In heimlicher Absprache mit Karo nehmen unsere Charaktere Positionen ein, die das Treiben im gläsernen Vorraum des Krankenhauses gut einsehbar machen. Tatsächlich: Vier Spieler in gut ausgestatteter Montur und Waffen am Anschlag umzingeln unser liebes Fräulein, das kniend mit den Händen hinterm Kopf auf Hilfe wartet. „Wir sehen Dich! Bleib ruhig! Zugriff wird erfolgen!" Aufgeregt verbalisiert unser Koordinator den diffus verkürzten Plan, Karo zu befreien. Ich hingegen bin weniger optimistisch: „Gegen vier Leute? Ob das gut geht?" Den Überraschungsmoment nutzen heißt es daraufhin. Die Situation wird uns gut gesonnen sein weiter. Dann erfolgt vom Kommandanten eine schnelle Aufgabenverteilung - simpel aber effektiv soll es sein. Schneller Zugriff, spontane Tötung aller potentiellen Feinde, usw.. Mir wird ein gewisses Ausmaß unangebrachter Ernsthaftigkeit bewusst. So wäre es mir durchaus lieber, das ganze Unterfangen weniger koordiniert, sondern mit mehr Sinn für Spaß und Spiel durchzuführen. Doch alles deutet darauf hin, dass es blutig und ernst zugehen wird. „Hast du mindestens einen im Visier?" Ich entgegne mit einem Zuspruch und das Gemetzel geht los. Wir ballern auf alles, was nicht Karo ist. Einige Körper gehen zu Boden, andere, zwei an der Zahl, entkommen ins Treppenhaus. Schreie im *TS* verdeutlichen das schwierige Unterfangen – Karo ist nicht gefasst, greift nicht ihre Waffe, die frohlockend auf dem virtuellen Boden schlummert, sondern rennt panisch aus dem Gebäude. „Komm zu mir, Richtung Wald!" lasse ich verlauten, um der Situation etwas Gutes abzugewinnen, doch nur weitere Eskalationen nehmen ihren Lauf. Während mein Schutzinstinkt das liebe Fräulein in Gewahrsam nimmt und mit Waffengewalt jegliche Gegenwehr zu unterbinden versucht, stürmt mein Kumpel, namentlich vorher als Chef der ganzen Sache tituliert, ins Krankenhaus, um jener Übermacht menschlicher Spieler den Gaos zu machen. Es fallen weitere Schüsse und deutliche Ausrufe im hiesigen Sprachchat des Spiels sind zu vernehmen, doch alles scheint soweit geklärt: Geisel befreit. Doch die Überlebenden kämpfen hart; unser Koordinator zerbricht an den verschanzten Zwei, die ihn nach der Aktion überraschenderweise im Kreuzfeuer haben. Nachricht über den Tod seiner Virtuosität nehmen wir zur Kenntnis, wenn fluchende Wortmaschinerie über den Server rasselt: „So ein Mist, dabei hatte ich sie fast! Vorsicht, nun seid ihr auf euch allein gestellt!" Eine weitere Wiedergeburt nimmt seinen Lauf der imaginär-maschinellen Dinge. Im Anbetracht aussichtsloser Situation laufen Karo und meine Wenigkeit zu einem Ort, der Übersichtlichkeit und Schutz zu versprechen scheint. Wenig später, wohl einige Sekunden schwarzen Screens, tönt es durch unser *Teamspeak*: „Bin wieder da! Allerdings im Osten, an der Küste!" Ein taktisches Gespräch später neigen alle Beteiligten dazu, mal wieder Treffpunkte zu arrangieren. Karo und ich harren immer noch in unsicheren Gefilden aus, doch entscheiden wir uns im Anbetracht der Tatsache einer potentiellen Gefahr dazu, den Server zu wechseln. Und Plopp! Mit ein paar Klicks sind wir wieder auf der sicheren Seite, keine rachsüchtigen Russen in Sicht, bzw. auf Server. Eine weitere Odyssee mit Zielsetzung der Zusammenkunft nimmt ihren Anfang, doch kommt es nicht mehr heute zum Abschluss. Die erschöpften Kämpferinnen und Kämpfer ziehen sich für einige Stunden aus der virtuellen Welt zurück, um im Real Life Dinge mit weniger weitreichenden Konsequenzen für Leib und Leben zu erledigen. „Bis später liebe Leute!"

Entgegen einer geplanten abendlichen Game-Session verlagert sich die virtuelle Zusammenkunft auf den späteren Nachmittag des nächsten Tages. Zu viele Real Life Events blockieren ein ungehemmtes Spielevergnügen, so muss Karo sechs Stunden am Tag arbeiten, während unsere beiden realen Charaktere als freie Journalisten recht flexibel aufgestellt sind. Ich schreibe gar einen Bericht über *DayZ*, wie ihr unschwer lesen könnt, was meine verbrachte Zeit mit dem Spiel für mein schlechtes Zockergewissen eine Rechtfertigung einbringt. Doch sollte man nicht zwangsweise immer sein Hobby zum Beruf machen, so verliert der Berufspilot recht schnell die Freude am Fliegen, ganz im Gegensatz zu dem leidenschaftlichen Microsoft-Flight-Simulator-Spieler oder, um im RL zu bleiben, zum sportiven Segelflieger. Trotz jener beruflichen Aspekte der Spielkunst bleibe ich ein sportlicher Typ, einer, der allerdings nur bei Lust und Laune an Zockkulturen partizipiert und mit aufkommender Langeweile oder Überforderung abschaltet und sich ausklinkt. Gleich klinkt er sich aber wieder ein, zunächst ins *TS*, wo gierig auf die beiden Mitstreiter gewartet wird. 17.00 Uhr ist angesetzt, eine Zeit, die langen ausgiebigen Spielspaß verspricht. „User joined channel." verheißt sogleich die freundliche Frauenstimme des Programms. Kurz darauf meldet sich Karo zu Wort: „Hallo lieber Retter, nun sind wir wohl unter uns und auf uns allein gestellt." Eine heiße kleine Diskussion über Möglichkeiten und Pläne in der *DayZ*-Situation entflammt. Doch der Dritte im Bunde lässt nicht lange auf sich warten; pünktlich vereint starten wir nahezu gleichzeitig den Überlebenssimulator. Ich durchstöbere die Serverliste und wähle nach üblichen Kriterien aus. Zwei etablierte Helden und eine recht frische Geburt spawnen sogleich in der Welt auf einem recht übersichtlich gefüllten Server. Und wieder auf ein Neues heißt es, einen Treffpunkt zu vereinbaren, welcher für Karo und mich ebenso erreichbar ist, wie für unseren verschollenen Freund, der sich neu ausrüsten muss. Gerade die ersten zwanzig Minuten sind zumeist eine haarige Angelegenheit, wenn es darum geht, das nötigste Equipment zum Überleben aufzuspüren und man gegen diese widerlichen KI-Zombies recht machtlos dasteht. Ein gerade frisch implementiertes Feature in Form eines Fahrzeuges würde natürlich helfen, die Distanz zwischen den beiden verschlagenen Gruppen schnell zu überbrücken, doch leider findet niemand in nächster Zeit solch ein Gefährt, satt dessen bekommen wir alle den Zorn der Zombies zu spüren. Im *Teamspeak* geht es rund, alle brüllen wilde Ausrufe umher, meist davon gekennzeichnet, Opfer eines Angriffs zu sein: Die künstliche Intelligenz meint es nicht gut mit uns. Nach unzähligen Attacken untoter kleiner Computerprogramme nähern wir uns wieder an. Doch vor unserer ersehnten Begegnung, noch etwas entfernt, auf Anhöhen einer größeren Metropole, kommt es zum erneuten Showdown – diesmal zwischen Karo, meiner kleinen Seele und einer wilden Horde menschlicher Spieler, die vermeintlich gar in der Player-Liste als Clan verzeichnet steht. Zumindest legt es diese Massenansammlung nahe. Fünf Spieler haben den ‚Tag'[251] „(-DNR-)" vor ihrem Namen stehen und genau diese fünf Freunde eröffnen das Feuer Richtung unschuldiges Pärchen, das doch nur friedlich seine Gruppe zusammenführen möchte. Karo wird angeschossen, geht zu Boden und beklagt sich über gebrochene Beine. Ich hingegen höre pfeifende Kugeln und rette mich hastig hinter einen großen Felsen. Panisch brülle ich in den Voicechat mit gebrochenem Englisch, dass wir in friedlicher Mission unterwegs sind und keinen Ärger haben möchten:

---

[251] Ein Tag [tæg] (engl. Etikett, Mal, Auszeichner, Anhänger) ist eine Auszeichnung eines Datenbestandes mit zusätzlichen Informationen. (Quelle: Wikipedia)

„We are in peacefull mission on the road and don't like to have any trouble!" Daraufhin erhebt ein krächzender Kauz seine Stimme mit den angsteinflößenden Worten: „You will die!" Karo gesteht mir derweilen, dass sie es wirklich mit der Angst zu tun bekommt, so ganz hilflos am Boden kriechend, im RL glücklicherweise noch aufrechtsitzend mit verschwitzten Fingern am Anschlag diverser Tasten. Weitere Kugeln schlagen in meiner unmittelbaren Umgebung ein. Einer der feindlich gesonnenen Spieler singt etwas vor sich hin: „Lalala, die Noob-Ritter kommen..." Wahrscheinlich ein deutscher Clan, der sich dem Banditentum verpflichtet fühlt und Schandtaten einer wohlwollenden Gefälligkeit vorzieht. Und so endet dann unser virtuelles Dasein, als wir, eingekesselt von fünf Seiten nur noch laute Schüsse hören und nach dem schwarzen Bildschirm mit der weißen Schrift „You are dead" noch einige verrückte Ausrufe der Täter vernehmen. Karo zeigt sich enthemmt genervt von so viel sinnloser Gewalt im Universum der fast grenzenlosen Möglichkeiten, während ich schon im Ladebildschirm zur nächsten Wiedergeburt verharre. Und wenn sie nicht gestorben wären, dann hätte alles noch viel weniger Sinn – so geht alles seinen Gang, immer wieder aufs Neue, immer wieder anders, immer wieder schön. Bis zum nächsten Mal!

Abschluss- und Randbemerkung des Autors

Der Ausspruch „In der Welt sein und auf der Bühne stehen" bekommt mit den Sphären imaginärer Lebensräume seine eigentliche Bedeutung. Ähnlich der technischen Reproduzierbarkeit von Kunstwerken, die der Adelsklasse eine privilegierte Partizipation abspricht, verhilft das Online-Computerspiel prinzipiell auch denjenigen zu Macht und Ruhm, deren Aura im Angesicht der materiellen Realität einem Waschlappen gleichkommt. Doch wenn eine Compact Disk nach Walter Benjamin folgenschwer die Aura des Konzertes zerstört, gleichermaßen aber unabdingbar gewordene positive Effekte für alle Menschen bereitstellt, so verwundert es kaum, dass jene Interaktivität im Spiel ebenso vernichtend wie wohltuend und aufbauend wirkt.

Björn Pötters

Trolle und Flammen – Geschichten vom virtuellen Schlachtfeld

Herstellung und Verlag:
BoD - Books on Demand, Norderstedt
ISBN 978-3-7392-4131-9

© 2016 Björn Pötters